当代杂文名家书系

行吟江湖一声啸

郭兴文 著

群众出版社
·北京·

图书在版编目（CIP）数据

行吟江湖一声啸 / 郭兴文著. —北京：群众出版社，2015.10
（当代杂文名家书系）
ISBN 978-7-5014-5425-9

Ⅰ.①行… Ⅱ.①郭… Ⅲ.①杂文集—中国—当代 Ⅳ.①I267.1

中国版本图书馆CIP数据核字（2015）第243850号

当代杂文名家书系

行吟江湖一声啸

郭兴文 著

出版发行：群众出版社
地　　址：北京市西城区木樨地南里
邮政编码：100038
经　　销：新华书店
印　　刷：北京普瑞德印刷厂

版　　次：2015年11月第1版
印　　次：2015年11月第1次
印　　张：10.875
开　　本：880毫米×1230毫米　1/32
字　　数：220千字

书　　号：ISBN 978-7-5014-5425-9
定　　价：38.00元

网　　址：www.qzcbs.com
电子邮箱：qzcbs@sohu.com

营销中心电话：010-83903254
读者服务部电话（门市）：010-83903257
警官读者俱乐部电话（网购、邮购）：010-83903253
公安综合分社电话：010-83901870

本社图书出现印装质量问题，由本社负责退换
版权所有　侵权必究

思想不灭　杂文不死　希望常在

（总　序）

朱铁志

《求是》杂志副总编

在群众出版社出版的"当代杂文名家书系"中，八位同行的作品名列其中。老友阮直兄嘱我写一点感想作为总序，犹豫再三，还是从命了。之所以犹豫，一是因为近年来工作繁忙，对杂文创作的整体情况缺乏应有的调查研究，所知有限，没有多少发言权；二是对于八位作者的了解不均衡，有的熟悉一些，有的不那么熟悉，缺乏知人论世的先决条件；三是对自己的判断能力越来越不自信：真理的相对性和判断的绝对性是一对矛盾，私心以为一孔之见的东西，别人看来可能一文不值，所以聪明人通常是谨慎而沉默的。好在我并不聪明，又兼八位作者的作品摆在那里，"鸡蛋"的味道如何，自可仔细品评，未必非要拜见"母鸡"。借用国庆长假，清茶一杯，拜读佳作，也不失为一桩美事。何况我之所以斗胆作序并不是自认有资格，而是因为崇尚独立人格、独立思考、独特表达，是因为推崇自由之精神、独立之思想。在八位作者身上，我不同程度地发现了这种"三独"气质，看到了流淌在他们文字间的杂文精神，禁不住引为同道。尽管并不完全赞同他们的所有观点，但这似乎不至于成为我们彼此疏远的原因。君子和而不同，本是同志之道；杂文作者之间，更应具有求同存异的雅量、欣赏"异己"的胸怀。

有人说网络时代是杂文式微的时代，也有人说杂文已死，杂文家已亡，蕴含其间的悲愤与无奈不难体会。这样的说法，一方面道出了事实真相，即传统的、主要活跃于报纸副刊的杂文确实呈现出衰微的景象，与报刊发行量、广告量双双走低的整体趋势高度契合。另一方面，互联网特别是移动客户端的迅猛发展，从技术层面为人们的自由表达预留了巨大空间、创造了极大可能。一批思想深邃、材料丰富、文笔犀利的网络杂文异军突起，大有取代传统报刊杂文的态势，让习惯了在报刊园地挥洒的传统杂文家一时不知如何掌握文章分寸，妥善把持杂文的"度"，变得像个"足将进而趑趄，口将言而嗫嚅"的"小脚女人"。从这个意义上说，杂文似乎确已式微、杂文家确乎半死不活了。

然而，这不过是事物的表象而已。如果把目光从报刊"花边文学"中稍稍移开一点，放眼"海量信息、实时更新、双向互动"的网络空间，就不得不承认，杂文非但没有死，反而以更加

总 序

健朗的姿态、更加犀利的锋芒、更加多变的样式在更广阔的空间复活了。如果说传统杂文属于"小众写作",门槛相对较高,那么如今的网络写作则是典型的"众声沸腾"、"百花齐放、百家争鸣"。人民群众的知情权、表达权、监督权从未像今天这样得以充分体现。一个有出息、有抱负的杂文家,不必和"评论"争短长,无须抱怨网络抢了饭碗,应该从传统报纸副刊的小天地里杀将出来,努力使自己成为评论写作、杂文创作、网络耕作的"三栖动物",竭尽全力干好自己手中的活计就是了。本丛书的八位作者身份不同、年龄各异,既有我的前辈,也有我的同代人,更有风华正茂的七零后、八零后。他们没有止步于传统报刊,而是潇洒游走于实体报刊和虚拟空间两大地带,成为广受关注的杂文作者。

赵相如老师早年供职于《人民日报》,如今主持《华商汇》及其副刊的笔政,无论从事意识形态色彩很重的党报工作,还是主办民间刊物,都兢兢业业、一丝不苟,干得风生水起、异彩纷呈。作为杂文界的前辈,赵老师不仅几十年笔耕不辍、佳作迭出,而且在自己主持的园地里团结培养了一大批优秀作者,使《华商汇》成为一块全国为数不多的杂文热土。丰富的阅历、渊博的学识、勤奋的笔耕,使他的杂文干净清爽、老辣纯熟、绵里藏针,具有娓娓道来、从容不迫的美学气质。赵老师的杂文,极少有华美的词句、华丽的铺排,更没有华而不实的装腔作势。他的言说,倒像是阅尽世事沧桑的智者与后生秉烛夜谈,说的都是家常话,道的却是人间至真的情与理。

行吟江湖一声啸

郭兴文先生长我几岁，属于同代人。但在我心目中，他早已是闻名遐迩、功成名就的大家了。郭兴文先生生长于人文传统深厚的陕西，大学时专攻文史，毕业后长期供职于《西安日报》，写新闻、办副刊、搞研究，样样涉猎，均有所成，著述颇丰，曾获韬奋新闻奖等百余奖项。深厚的文史功底使他的杂文具有浓郁的书卷气，他常将笔触伸向时间深处，在泛黄的书卷中寻找古为今用的资源，自如游走于古今之间，见人所未见，发人所未发。

我与阮直兄相识多年，时有沟通，是无话不说的老朋友。文人间的友谊少不了以文相识、以文相交、以文相敬。除了思想观点、审美趣味的契合，更兼声气相投、性格暗合。阮直兄，原名刘永平，从内蒙古到广西北海，一路南下，不仅将大嗓门喊到了南方，也把杂文之火烧到了那里。说到他的杂文创作，不能不提他对整个杂文文坛的贡献。他所主持的《北海日报》《北海晚报》是编发杂文颇多的地方报纸。熟悉如今杂文创作生态的朋友不难明白，这是多么不易。不仅如此，他还常常向各省市报刊毫无保留地推荐作者，许多知名和不知名的作者经他推荐走上了杂文创作的道路。他的古道热肠，是被朋友广为称道的。阮直的杂文创作带有鲜明的文学色彩，他始终把杂文作为文学的一个分支来经营，不屑于平铺直叙的所谓"直抒胸臆"。他的创作善于从细节出发，透过具象的观察得出宏大的结论，善于将理性的思考投注到感性形象的描摹之中。他创作的最大特点是幽默机智。机智来源于博学基础上的顿悟，而幽默不仅有先天性格的优势，更是一种智力的优越，这就难怪他的杂文常有一些

总 序

奇妙的构思让人拍案叫绝。

熟悉赵青云的名字，始于赵相如老师主编的《华商汇》。因为常在其中的"社情杂思"栏目中碰面，由知其文而知其人，逐渐成了朋友。在我看来，青云近乎全才：头顶复旦大学哲学博士学位，担任宁波海事局的主要领导，能文擅画，又有一手专业水准的篆刻技术。更为难得的是，他并不恃才傲物，为人极其谦和朴实，不失文人本色。他的杂文多从现实中来，重实际、接地气，具有浓郁的生活气息。在朴素的文字背后，常有奇思妙想；在平和的表达之下，蕴藏尖锐的批评。

本套丛书的一大特色是八位作者中有四位女将。这里单独强调杂文作者的性别，绝无性别歧视的意味，而是因为杂文这种特殊的文体似乎男性更加青睐，与男人性格更加契合。虽然这并非绝对真理，但证诸以往的杂文创作，却是不争的事实。以我十分有限的阅读经历，发现活跃或曾经活跃在当代文坛的杂文女作者实在有限，二十一世纪以来活跃的杂文女作者似乎更少。

多年前认识孔曦，有过两面之缘，也读过她的一些作品，算是老朋友了。孔曦的经历比较丰富，工学出身，做过技术员，当过刑事技术讲师，后从事报纸编辑工作，已有多部杂文随笔集出版。读女作者的作品，往往不自觉地有"女性写作"的先入观念作祟。然而我看了孔曦近期的创作以后，却吃惊地发现她现在的创作充满了男性作者也未必具有的阳刚之气。其思想之刚健、行文之果决、论断之坚硬，都让我对这位上海女人另眼相看。

至于高伟，说来有趣，我是通过她行走天下的儿子认识她

的。那个大三男孩独步青藏高原,不仅用自己的脚步丈量天有多高、地有多阔、人能走多远,而且洋洋洒洒写下了几十万字的游记,这在如今的独生子女当中实在不多见。我很好奇,这么好的孩子背后一定站着一位了不起的妈妈吧?是的,高伟便是。高伟系作家、诗人出身,博览群书带来的通达灵动,加上小说家细致入微的刻画描写,使她的杂文随笔带有一种作家气质。透过她文中涉猎的阅读范围,我也明白了她教子有方的内在秘密。高伟的杂文最为可贵的一点是她在针砭时弊的同时,常常毫不留情地解剖自己。女性的直觉一旦上升到哲学的高度,就很可能产生一种令人悚然而惊的力量和震撼。这个"一生只向真理低头"的快乐女子,善于把打击自己的力量当作自己的力量,因而具有双倍的力量。

马亚丽的名字并不陌生,从《杂文四重奏》中就已知道。作为东北老乡,我对马亚丽有一种天然的亲近感。她曾经做过环卫工人、绿化工人的经历,尤其让我肃然起敬。有人说杂文的门槛比较低,似乎谁都可以写,我完全不认同这样的说法。对于蹩脚的创作而言,小说、诗歌、散文,甚至所谓学术论文的门槛都不高,谁都可以操持,但结果却有天壤之别。流在血管中的是血,流在下水道里的只能是污水。马亚丽用自己的勤奋和才华,不仅改变了自身的命运,而且将作品刊发于全国各大媒体。她的创作徜徉于古今之间,善于从时间深处钩沉掌故,挥洒哲思。有人说她是"女子文学"中一枝挺立的奇葩,有侠骨剑气之勇、翠竹红梅之美、凌霜傲雪之姿。其文风俏皮流丽、峻拔犀利,融说理、

总　序

言事、抒情于一炉，于荒唐中见真情，于幽默中寓深意。

　　林永芳的存在是我孤陋寡闻最有力的证据。在八位作者当中，林永芳或许是最具学者气质的一位。这不仅是因为她在先后从事科技工作、理论工作和行政工作之余始终坚持有效阅读，更是因为她的独立姿态、她的桀骜不驯、她的旁征博引、她的表面平和冲淡实则锋芒毕露的文字。林永芳的杂文有思想、有文采、有锋芒、有力度。但当她面对网络时代众声沸腾的局面时，却谦虚地说自己"不会再有'文章济世'的天真幻想了。只不过，既然上天赐我尘世一游，既然观察未停止、思考未停止，既然偶有所思所感，不忍就这样任其散佚湮灭。相信独立思考的东西，总不会毫无参考价值。'思想超市'里的产品丰富一分，总胜过单调一点。倘能给他人以那么一星半点的共鸣和启迪，也就不算白写了"。这样的说法，或许无意间道出了如今很多杂文家的写作宗旨，具有相当的普遍性。

　　是的，文章未必是"经国之大业、不朽之盛事"，也肯定没有"一言兴邦，一言丧邦"的威力，但自由思想、自由表达，永远是创造的前提。这就是杂文无论怎样卑微，依然有其独立存在价值的原因所在。

2015年10月6日于北京

我行我素二十首
（代　序）

郭兴文

我行我素见真淳，不遮不掩赤子心。
似水流年哗哗过，光阴如箭扣弦紧。
梦醒三更砺笔剑，斗室义气可干云。
偶惊世人黄粱梦，非议称赞俱纷纷。

我行我素不宽容，容恶未必是佛心。
遍地妖孽遍地贪，纷飞奇谈多怪论。
欺世盗名假学者，心灵鸡汤伪圣人！
天生我才唯一用，专揭画皮看鬼魂。

我行我素不伪装，不戴面具不设防。
顺境逆境无所谓，看穿生死名利场。

行吟江湖一声啸

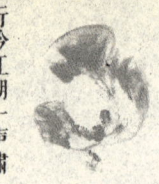

怒目贪腐笔作剑,嬉笑怒骂皆文章。
只为苍生说真话,独立孤峰看斜阳!

我行我素写文章,心正笔正气浩荡。
不谄不媚不攀附,敢说敢言敢担当。
析骨为笔皮作纸,以血为墨破魔障。[1]
单刀直入作狮吼,光明磊落渡慈航。

我行我素不张扬,不逐名利心不忙。
善恶有报知因果,天道循环理昭彰。
千秋文字千秋业,无须妄人论短长。
成败是非何足论,祸福无常心平常!

我行我素写杂文,匕首投枪并银针。
人无血性文无骨,佛无正法天魔侵。[2]
江湖时代行江湖,笔作长剑可诛心。
激浊扬清唯大道,只斩烦恼莫论身!

我行我素做真人,肝胆相照亮胸襟。
朋友可多亦可少,孤芳自赏月照魂。
斗室神交百代友,坐拥书城万里心。
常恨雾霾遮望眼,誓将秋风扫暮云!

代 序

我行我素最坦然,不与他人去比攀。
雅兴来时琴棋乐,豪情奋发舞铁鞭。[3]
学术著述写几部,得意文章三两篇。
心中不求万世名,笑对虚名与头衔。

我行我素知感恩,交友唯交道义人。
莫言滴水涌泉报,以诚相待心比心。
人在做事天在看,聪明太过最愚蠢。
平生不做亏心事,绝无暗鬼生疑神!

我行我素独乐乐,君子小人是非多。
心田自栽菩提树,善缘广结罗汉果。
金身不防暗箭伤,莲洁何惧立污淖!
冷眼人间浮世绘,是非成败又如何?

我行我素在红尘,万丈红尘功德林。
积德只为心自安,行善不求天地知。
地狱天堂皆无惧,面见阎王敢论心!
既无功业惊天地,自由散漫一文人!

我行我素我不蠢,被人利用也甘心。
身有薄艺为人用,浮名亦能解忧困。

行吟江湖一声啸

世态苍凉寻常见,百无一用是文人!
不怕利用怕无用,妄废七尺男儿身!

我行我素重情义,君子虽多少知音。
难得英雄惜英雄,罕见白首也相亲!
肝胆相照天机浅,嗜欲重时城府深!
心有慈航难普度,义薄云天有几人?

我行我素大自在,苦乐都有心花开!
不迷不惑不盲从,无私无畏无挂碍。
心无所住无住心,尘埃不染明镜台。
如梦如幻亦如电,红尘滚滚似蓬莱!

我行我素我无妨,常与无常谈家常。
几经生死彗星雨,惯识色空续慈航。
惊涛悲浪原似海,不幻不灭是山冈。
茫茫人海燃慧灯,孤灯微光照四方!

我行我素我是佛,我行我素我即仙。
一花一叶一世界,一仙一佛一段禅。
参悟真谛修正果,勘破世情生死缘。

代 序

拈花一笑证大道,情怀浪漫乐对天!

注:

[1] 典出佛本生故事,《集一切福德三昧经》记载释迦牟尼前生是为最胜仙人,生于"无佛恶世",当时有天魔化作婆罗门对最胜仙人诡称"我今有佛说一偈,当为汝说"。仙人寻思要舍弃幻躯,换取妙法。即以利刃剥皮、析骨、刺血,然后合掌向天,请说佛偈。天魔见状,又惊又忧,隐身遁逃。佛经《梵网经》卷下:"一心受诗,诵读大乘经律,剥皮为纸,刺血为墨,以髓为水,析骨为笔,书写佛戒。"《大智度论》卷十六亦有:"若实爱法,当以汝皮为纸,以身骨为笔,以血书之。"所以佛门弟子常虔诚刺血为墨抄写经文。

[2] "天魔"故事见[1],虽说佛法无边,唯天魔敢侵。唯正法与无畏驱之。

[3] 别人晨练做操打太极拳,笔者粗如武夫,独好舞动铁索麒麟鞭,自觉鞭声爆响处,如韦陀舞杵,护法驱魔,鬼神皆惊,不只是锻炼身体,也能打出一种精气神来。

附记:笔者在微信曾取网名"我行我素",文友屡问个性来由。以诗作答。这些诗文曾在网络、微信中广泛传播。编完这本文集时,本应写篇自序,不是偷懒不想写,而是觉得以前写的这些诗更能代表我写这些杂文的心境,遂放在前边代序。

目录 Contents

杂文杂说

花小带刺更鲜活	003
社会大裂变与传媒责任	006
驴叫与杂文	010
说 驴	013
杂文与狗叫	016
戏说岳阳楼	020
网上江湖	026
假若鲁迅参评"鲁迅文学奖"	030

笔墨官司

神圣的荒诞	037
不出错才是怪事	041
只有"64处错"？ ——中学历史课本差错率大大超出国家规定	045

会诊还是误诊
——向37位权威专家质询　　053
惊出过几身冷汗　　058
"诗圣故里"原本就在少陵原　　064
诗圣故里就是在少陵原畔
——回应河南专家们的"有力驳斥"　　068
在黄帝陵公祭轩辕黄帝
——祭黄何处祭，只宜祭黄陵　　082
三月三不是祭祖日　　089

经济学家

学者的良知　　099
经济学家为何声名狼藉　　102
理性思考烧饼经济学　　106
张维迎曲解"改革"　　111
改革呼唤"草根经济学家"　　115
张维迎的羊头与狗肉　　118
古今两战书　　123
当李鬼遭遇李逵
——主流经济学家为何不敢PK邹恒甫　　126
谁在反对改革

目录

——经济学家又给穷人栽赃　　130
"指鹿为马"的学术问题　　134
我一直仰慕经济学家
——一位报纸编辑的心路历程　　139
恶搞蒋院士"呼吸税"的笑谈　　154
大学与大款　　158
又向大国企碗里"吐痰"　　163
别再为腐败"正名"鼓吹了　　169
"八十年代的腐败带来经济增长"吗　　173
两个"张曙光"与"腐败经济学"　　178
意淫的"贵族"　　181
丑恶的"贵族"　　186
"乌合之众"　　191

不想仇富

阿Q飞黄腾达以后　　197
猪的改革意见　　201
别骂俺是"鸡"
——"三陪"小姐如是说　　205
面对辛酸的"财富"　　209
仇富让改革蒙羞　　212

拔一毛利天下而不为	216
梅花香自什么来？	219
财富：心灵不堪承受之重	222
富人为和谐社会树立的第一块里程碑	226
人性恶的背后	230
唐代都市的住房难	233
民谣与官话	237
谨防制度性贫富差距	242
您好，2012！ ——新年祝愿	247
一个段子和一个案子	250
莫言、标哥及房叔	255
地产商就是"穷人"	259
"讨薪难"连续剧该终结了	263

刺贪说腐

秦桧是个"精英"	269
官员"年收入"知多少？	273
清明节扫墓随想	277
从萨科齐的花边新闻说起	281
反腐又出新"怪招"	285

目录

通往天堂的大门坏了	289
"阳光法"应尽快与世界接轨	293
官价质疑	297
从察举到卖官	300
胡说证异	304
把苍蝇拍子交给群众	308
高俅与沈培平及官场生态	311
鼠辈与老虎	315
酸甜苦辣杂文缘（后　记）	318

杂文杂说

杂文杂说

》 花小带刺更鲜活

在当今"拜金潮"的浮躁时代，在报刊编杂文栏目就像寂寞的园丁默默侍弄一片很小的花坛，养的不仅是一些不起眼的小花，而且净是些带刺儿的花。带刺的花并不好养，就像花边的杂文栏目不好编一样。环境不大宽松的原因是众所周知的，也就无须我来烦言。在报纸副刊当编辑，最好编的是散文，最没人愿意编的就是杂文了。因为一篇好的散文好似晨曦田园里一曲舒畅的心灵牧歌，抒情感人、悦耳动听；而杂文则是暮色里一枚凄厉的响箭，发上去会引来什么后果，常常不可预料又必须作出清醒的预知判断。

编读杂文时，灵魂都处在一种喧嚣的状态里，特别是近些年，社会底线屡屡突破，受阴暗面太多的影响，心情总是容易激动，不得不断地以理性的冷静来抑制灵魂的喧嚣，以社会责任感控制情绪的躁动。每天审阅处理的一篇篇杂文就像医院检验科的

显微镜,对着病患者送来的屎、尿、脓血、粪仔细察看,看到令人厌恶的病原细菌、使人恶心的病毒,更恐怖的是经常看到各种恶性肿瘤的癌细胞、泛滥成灾的艾滋病病毒。为了健康,医院检验科必不可少,就像对于各种媒体来说,社会批评性的杂文不可或缺一样。没有检验师化验,再高明的医师也难免误诊;没有社会批评,也会把血肿脓包当成"艳若桃花"的美丽。

当今时代是一个社会裂变的时代,是一个利益多元化的时代,如同打开了潘多拉的魔盒,人类各种欲望与邪恶都跑了出来。正如狄更斯《双城记》所言:"这是一个最好的时代,也是一个最坏的时代。"杂文作为文艺性社会批评文体,如果不敢直面现实、直击时弊,肯定不是好杂文。杂文虽小,敲响的却是时代的晨钟暮鼓,不能要求每一篇文章都像一声春雷一样能够振聋发聩,但至少能立论新奇,指点江山,发人深省。能有社会学、经济学、法学等科学学理支撑的理性分析和社会批评,更为杂文添风采;能熔古今典籍于一炉,议论风发,不拘一格,褒贬之间,情致盎然,读来就近似一种享受了。社会利益多元化也带来社会观念的多元化,我从来不反对专业人士的多元化专业立场,就像面对一位律师,他既可以为原告辩护,也可以为被告辩护,只要以事实为依据,以法律为准绳,言之成理,我都是赞同的。但对社会上有一批声音特别大的"精英",蔑视社会弱势群体,专当富人的走狗代言人,却是深恶痛绝的。作为编辑,希望看到的杂文只为苍生说人话,别专为利益集团拍马屁。

由于杂文短小,虽说写好不易,但写作门槛要求不高。现今

杂文杂说

不知从何时流行一种祥林嫂式唠唠叨叨说"阿毛"式杂文，就像过去动不动就把问题归罪于"万恶的旧社会"，忘了改革开放已经三十多年；由于电脑普及，搜索方便，复制粘贴，专炒冷饭、剩饭、馊饭的伪学者式"杂文"，粗看很渊博，细看才知是人云亦云、了无新意，就像大量干瘪的枯花、败枝、烂叶子每天把邮箱塞得满满的。当编辑几十年，发现过去稿子是手写的，誊抄不易，来稿多精品；现在发电子邮件很方便，于是来稿量大，多是垃圾！不看不行，看又看不过来，编杂文本来就是很累心的活儿，现在更累。不只是每天烹文煮字，还要为规避风险，对文章字斟句酌。本来写编余随笔，键盘上敲着敲着就随着意识流跑了题。

小花带刺儿更鲜活，生命总是通灵的。什么花养久了都会有感情。看看摆在书桌上的仙人球开了几朵小花，顿生几分欣喜，花小也很艳丽；望一眼窗外阳台上养的几盆月季，月月缤纷得五颜六色，劳作编余望一眼亦觉得心情怡然。

（原发《杂文选刊》2012年第9期）

» 社会大裂变与传媒责任

2004年9月22日晚上，在客厅看电视的妻子看到"新闻联播"报道第六届范长江新闻奖、韬奋新闻奖消息时出现我的名字和照片，便兴奋地来呼唤我，而当时我正坐在电脑前上网，看关于"郎顾之争"的报道。我注意到了北京大学教授"零价格甚至负价格出卖国企不吃亏"的主张，也特别关注到他对新闻媒体的指责，说经济改革"十年来舆论最坏"，媒体"缺乏基本的核心价值观，缺乏责任心……喜欢哗众取宠"等，以及他对采访记者说的"希望媒体真的要好好地反思一下自己的社会责任和公信力"、"中国迫切需要媒体从业者素质的提高"等阐述。

面对一些学界精英有点随意的论点，以及他们对众多新闻媒体不严肃的指责，我以职业的理智和冷静压抑住灵魂深处的喧嚣和激情的冲动，因为这不同于2000年我对中学历史教科书"硬伤"问题的批评和对37位权威专家为错误护短的回应，当时是在

杂文杂说

我比较熟悉的历史考古专业知识领域。而这次看起来是经济学论争,但却有着更深层的社会背景。我国改革进程逐步蹚入"深水区",社会经济处于转型阶段,新旧观念发生着剧烈冲撞,许多人们习以为常的常识被颠覆,熟知的经典被疯狂解构,传统的道德观念被利益关系逐步消解。而社会如何转型,经济如何改,又牵涉到千家万户和千百万人的切身利益,论争自然难免。在改革的过程中,人们曾经历过欢欣鼓舞,也经历着各种阵痛。在市场经济的过程中分化出不同的利益群体,而不同利益群体有不同的利益诉求及其代言人,多元化的社会经济及其多种群体利益诉求必然反映出多元化价值观和不同的声音。

其实在经济转型期,中国的新闻传媒和新闻事业自身也一直处在改革旋涡里。作为传统媒体中地方报社的一名普通编辑,我也常有困惑,结合着工作实践,不断地思考着。面对重大的改革机遇和社会转变,中国新闻传媒和新闻事业进入一个全新的社会环境和生存状态,派生出一系列不可回避的实践和理论问题。美国著名传播学家施拉姆有一个著名论断:"有效的信息传播可以对经济社会发展作出贡献,可以加速社会变革的进程,也可以减缓变革中的困难和痛苦。"

新闻媒体的从业者,在计划经济时代作为"党的喉舌",主要任务是宣传,当时的社会舆情也相对简单。伴随着经济改革的深入,新闻媒体及其从业者担负起了更多的社会责任,如既为改革开放摇旗呐喊,又为舆论监督奋不顾身;而面对复杂的社会舆情反映,既要在发展效率与社会公平之间抉择,又要在正义呼唤

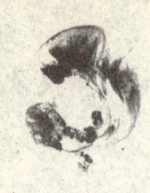

与文化传播方面进行舆论引导,满足社会各个层次的受众的需求。但是,当市场经济条件下出现不同社会阶层和利益群体,它们之间必然产生种种博弈,既要党和政府以高度的执政智慧来驾驭和裁决,也需要新闻媒体从容不迫地应对。

当今信息爆炸的时代,同时也是一个大文化传播时代,各种资讯、文化的亮点堪比长空的灿烂星河。而新闻媒体,不论是传统的报纸、广播、电视,还是新兴的网络媒体,都是阳光下的事业,在有限的信息容量里选择发出的每一篇文字、每一幅图片、每一种观点或声音,都要直接面对千百万受众,要经得起人们推敲、挑剔、指责,甚至要直面一些号称"权威专家",实则是某个利益群体代言人的非难。其实,一些专家教授作为利益代言人本身无可非议,如同职业律师,只要付费,他既可以为原告辩护,也可为被告辩护。而作为公众媒体的新闻从业者却完全不同,需要直面广大读者,揭示社会公正与客观真相。在复杂的社会舆情条件下,新闻从业者不仅要有诚实的品格、严谨的操守、较真的精神、执着的追求;同时也要有一定专业的学养和理智的判断。我不同意一些专业领域的"权威专家"对媒体的轻率指责,但我同意在社会转型期"迫切需要媒体从业者素质提高"的提法。其实,中国新闻媒体中不乏有敬业精神、吃苦耐劳的编辑、记者,也不乏具有专业素质又有社会责任心,对各种社会问题及现象有深入思考的编采群体。我国新闻编辑、记者都是以一颗公平心、一份社会责任感、一腔热血激情来从事这项自己所钟爱的阳光事业的。从宣传党和国家的方针、政策到舆论监督,从

杂文杂说

资讯传播、文化传播到舆论导向，都以不可否认的核心价值取向，为党和政府，也为媒体自身赢得了强大的社会公信力！典型的例子就是群众遇到无法解决的难题投诉时首先选择找媒体。我庆幸我选择了新闻这项阳光职业，我也庆幸我能荣获我国新闻编辑的最高荣誉奖——韬奋新闻奖，我最感庆幸的是在此社会大变革、风云际会的时候获此殊荣！

在获此殊荣前，我十分钦佩我国新闻前辈邵飘萍"铁肩担道义，辣手著文章"的精神；我钦佩前辈邹韬奋先生，他的原名叫邹恩润，在创办《生活周刊》时取笔名韬奋，自己的解释是要站在最广大的民众一边，韬光养晦、奋斗不息。我觉得站着的人生应是一杆猎猎的旗，奔走着的人生是一条迢迢的路，思考着的人生是一卷智慧的书，奋斗着的人生是一条奔流的河，拦是拦不住的。此刻我更觉得新闻工作者应以像明亮星辰一样高贵的眼眸，来洞察时代风云变幻，新闻工作者激情奔涌的血脉中应洒满日月的韶光，以充沛天地间的正气来记录社会发展前进的步履！

（原为致奖辞，发于2005年第1期《中国记者》及《新闻战线》等）

行吟江湖一声啸

》驴叫与杂文

办公室一位同事一时高兴,放开喉咙高歌了几声,嗓音虽响亮但确实有点五音不全,荒腔跑调。大家笑骂道:"这家伙学驴叫。"我一听乐了:"驴叫好哇!这才是真正的男高音,充满了阳刚之气!"说得大家更是哄然大笑,笑得高歌的同事也有点不好意思。因为驴叫在平时总有点贬义甚至骂人的意思。

不久前参加一个全国性杂文研讨会,与会许多写杂文的在发言时,针砭时弊、慷慨激昂,免不了谈锋犀利,言辞激烈。走出会场后,一位老兄笑道:"杂文家都是属驴的。"问其原因,他说:"写杂文都爱驴叫唤,写文章是驴叫,讲话发言也是驴叫唤,莺歌燕舞那个不爱听,偏来听驴叫;写杂文的性格也像驴,个个都是驴犟驴犟的犟毛驴,高声成不了大事,所以写杂文没一个能当官的。"我却不以为然,因我知道的杂文作者就有不少大大小小当官的,处长、局长之类有很多,河北省原省委书记高扬

杂文杂说

杂文写得也很漂亮，还有毛泽东的一些文章如《别了，司徒雷登》等，不少专家认为也是很漂亮的杂文。老兄听了莞尔一笑说："问题是驴叫总没有人爱听！"其实这位老兄虽然这样说，他自己也是个"学驴叫"的。

不在于争论写杂文是不是驴叫，关键是不是真的没有人爱听驴叫。事实上，爱听驴叫者也属于"古已有之"，东汉时大名士戴良号称"独步天下，谁与为偶"，而他的母亲就喜欢听驴叫。于是，戴良为尽孝心，就经常学驴叫唤来娱乐母亲，让母亲高兴欢心。无独有偶，"建安七子"之一的大文学家王粲也喜欢听驴叫。雅好文学的魏文帝曹丕与王粲既是君臣，也是文友，王粲死后，其亲临丧礼，祭奠过后，对陪同的文武大臣说："仲宣（王粲字）先生生前爱听驴叫，朕和大家每人都学一声驴叫来为他送行！"皇帝既开金口，下边焉有不从。于是隆重的葬礼上，皇帝和满朝的文武大臣发出一片高亢嘹亮的驴叫声。别笑肃穆悲哀的丧礼上皇帝学驴叫，因为这一声声驴叫，倒也真是叫出了真性情。

其实驴叫也没有什么不好听，只是分贝大了点而已；那一副天生的高嗓门，不会唱谄媚的颂歌，除了拉车、出力干笨重的活儿外别无他技。驴叫声虽然说五音不全，不像莺喉婉转动听，却充满慷慨激越的阳刚之气，一声长啸足以响遏行云，振聋发聩，粗犷的嘶鸣不仅尽情抒发自己压抑已久的情怀；而且一阵狂叫能穿越层层夜幕打破一片岑寂，把昏昏欲睡者惊醒，把颓唐萎靡之气扫去。其实驴平时并不多叫，吃得不好，嚼草咽糠它不叫；干

活再苦再累它不叫；就是挨鞭子它也不叫；如果它真叫时绝对发乎至性、出乎真情，兴之所至，痛痛快快一阵嘶鸣，发泄出满腔抑郁之气！这属于真正的"大音希声"。正因如此，张子厚才有"闻驴鸣而知己意之相似"一说。想想把杂文家比成犟驴也没有什么不好，写杂文也真有点像驴叫，不平则鸣，鸣则调门高。诗能一咏三叹，能"风雅"也能"颂"，而杂文却直指时弊，除了调门高亢，还不免有点阴阳怪气，但为文能"发愤以表志"，且"莫不渊岳其心！"所以其文也就显得有"麟凤其采"，也未必不好听！驴叫声也好，阳气盈溢，豪情激越！古代名士高贤能学驴叫，帝王将相能学驴叫，我等平民百姓爱听驴叫，一介布衣学几声驴叫也没什么掉价的。

我爱听驴叫，有时也学几声驴叫！

（原发《西安晚报》副刊2002年11月4日）

» 说 驴

写完《杂文与驴叫》，觉得言犹未尽，还想再说驴。同一办公室的徐女士是个奇女子，奇女有奇文，她写了一篇文章，说她就是爱驴也喜欢听驴叫，并解释她用的笔名"毛绿"就是谐音毛驴，真大有名士戴良之母的风范。想想古往今来喜欢驴的人绝对不在少数，但不知为什么驴名声却不那么好。

驴的名声不佳可能与位列"唐宋八大家"的柳宗元先生有关，吃饱了没事干就写了一篇《黔之驴》，非要让驴跑到贵州去和老虎斗一斗，结果被老虎咬死了，于是便留下一个"黔驴技穷"的成语千年流传，弄得尽人皆知。鄙人有考据之癖，非要考证考证历史上到底有没有驴去踢死老虎的，这一考证还真查出来一条，从《渊鉴类涵》引《下帷短牒》记载，清代初年，一位姓刘的太监从西番得到一条黑驴进贡给皇上，这条黑驴不仅"能一日千里"，而且"善斗虎"。先把黑驴放到老虎圈中与牝虎斗，

"一蹄而虎毙"；又让它与牡虎斗，"三蹄而毙之"。无论公老虎还是母老虎都斗不过这条神勇的黑驴，谁说草食者斗不过肉食者。不过稍让人有点遗憾的是，这条驴是从西番引进的，不属于国产的而是进口货。怪不得外国犟驴式文人写批评文章不绕弯子、不兜圈子，似乎什么也不怕。

不过国人倒是爱骑驴，不仅文人雅士骑驴，就是达官贵人也有爱骑驴的。特别是历史上著名的大诗人和大文学家无不与毛驴结有缘分，诗圣杜甫号称"骑驴三十载，旅食京华春"；诗仙李白卧骑毛驴过华阴；贾岛"野桥孤店跨驴行"，驴背上与高官首都市长韩愈先生讨论推敲诗句；还有"雪中骑驴孟浩然，皱眉吟诗肩耸山"；陆游写有"此身合是诗人末？细雨骑驴入剑门"。他甚至于不骑驴时连诗的灵感都少了，感叹说"蹇驴闲后诗情减"；郑綮就更直接宣称他的诗思就在灞柳风雪中的驴背上。真是马背上出名将，驴背上出诗人；伟大的中华文化的一脉香火竟然有很多是在驴背上创造出来并传承下来的。从这一点来说，驴的功劳比马还大！

古人之所以爱听驴叫和爱骑驴，因为驴确有可爱之处。驴虽然说比较笨，不会投机取巧，上了套就认真拉磨、拉车、出力干活；就是被人骑在背上也是老老实实赶路，绝不让骑驴的人操心。所以不但诗人骑驴吟诗出佳句，就是神仙也特别对骑驴情有独钟。比如，张果老有仙鹤龙凤不乘，狮虎大象不骑，偏偏爱"倒骑毛驴"；大军阀阎锡山有舒适的小卧车不坐，有高头骏马不骑，大将军不乘战马爱骑毛驴，就是因为骑在驴背上有一种骑

杂文杂说

马和乘车不能比拟的闲适和惬意。论形象，驴的眼睛大而美，堪称真正是"龙眉凤目"，但是从来不会"美目盼兮""睇眄生光"，给主人抛媚眼，更不会低眉顺眼地看别人眼色行事，对察言观色、眉目传情是绝对的外行。驴还长了一对大耳朵，却不是"双耳垂肩"的帝王将相类的福相；这对大耳朵直愣愣地朝上长，并且耳根子很硬，从来不爱听什么流言蜚语，也不打探什么小道消息，管你风声、雨声、萧萧秋声、笑声、哭声、宫廷淫秽声，它都置之不理。驴虽然体形不如千里马健壮有力，可干事情一样能吃苦耐劳，况且驴有自知之明，从来不跟千里马比功劳、争荣誉、比待遇，有一把草料吃就满意。驴也有生气的时候，有时脾气还很犟，想叫时不分场合、不分地点口无遮拦地就放声长啸、声遏流云、痛快淋漓。这等耿直性格理所当然地落个"犟毛驴"的坏名声。这等性格和脾气也真像杂文家天生唱不了莺歌、跳不了燕舞，还是想叫就叫吧！

（原发《西安晚报》副刊2002年12月2日）

» 杂文与狗叫

因发表了篇《杂文与驴叫》，接着写几篇谈驴说狗的文章，有朋友读过后就打电话来和我商榷，说杂文与驴叫两者压根儿就没有关系：第一，驴平常只知道拉车、出力干活，根本就不多叫，哪像现在的杂文满天飞，随手翻开一份报纸或杂志，都能看到花边文章。第二，驴叫虽然声音大、分贝高，但不管是它感到压抑也好，是想抒情也好，都纯属于驴自己的事，与社会上旁人无关。他认为杂文像狗叫，还文绉绉地给我撂了一句成语："一犬吠形，百犬吠声"，并学狗"汪！汪！汪！"地叫了几声。原来这位朋友自己也是属狗的杂文文友。

仔细一想，他说的还真有道理，出一个李乘龙，大报小报都有杂文批李乘龙；接着闪出一个胡长清，大报小报的杂文又跟着批胡长清；这边没骂完，那边又冒出一个成克杰……大狗小狗又一齐跟着叫，反正贪官出来一个骂一个。文学界过去有

杂文杂说

一句名言："国家不幸诗家幸。"因为悲愤出诗人。现在是太平盛世，写诗的人比读诗的人还多，看来诗歌是彻底不行了；可太平盛世贪官多，这也是个历史规律，于是这句名言就变成了"贪官不幸杂文幸"。恭逢盛世、言路开放，有幸能写杂文随笔，不能不多叫几声。我认真查对了一下："一犬吠形，百犬吠声"，典出汉代王符写的《潜夫论·贤难篇》。按王符的原意是一条狗叫，很多狗听到声音都跟着叫，用来比喻不明事理真相的人跟着瞎起哄。如果反其意而用之把写杂文比作狗叫也没什么不妥的。以狗叫比喻言路开放，也不是我的发明。早在千年以前，我那位"一肚皮不合时宜"的苏东坡文友给宋神宗上书时就说："畜犬本以防奸，不以无奸而养不吠之犬。"试想，如果"有奸"的时候狗都不敢叫，那恐怕就不只是狗的失职，而是缺乏狗德了，更是社会的悲哀了。

行文至此，正准备继续往下写，因为又来了一位高雅的文友，看我把写杂文说成了狗叫，不以为然，还有点愤愤不平的怒气，和我争执起来，逗得我哈哈大笑，我说你以为你比狗强，其实不见得。汉朝那位开国之君刘邦打下天下，大封功臣时，从没打过仗的萧何被封的官最大、爵位最高。那些出生入死、浴血奋战的将军们都不服气，问为什么没有一点汗马功劳的萧何被封的官爵最大？刘邦举了打猎的例子，说跟随他身边的萧何是"功人"，其余所有打天下的将军们都是"功狗"，就连那攻无不克、战无不胜的千古名将韩信也不过是第一功狗而已。你写了几篇狗屁文章，能与那些出将入相的开国功臣比?这位高雅文友居然还读过点书,知道"狡兔死,走狗烹"的典故,说韩信不是最后被杀了吗?我问他知不知道"功人"萧何照样坐了监狱,并差一点走韩信的路。他还坚持要说人要有品德、有人格之类的废话。我告诉狗亦有狗德,狗也有狗格,还用汉朝的例子解释,汉高祖抓住了蒯通,问他当年为什么要游说韩信背叛,蒯通回答"跖之狗吠尧,非尧不仁,狗固吠,非其主也"。这个"吠非其主"讲就是优秀的狗德之一,人若讲忠心事主未必如狗,所谓能"识时务者为俊杰"一句托词,便见异思迁、见财起意、见富贵而动心,这些年抓起来和杀了头的贪官污吏都曾经称是人民的公仆,都背叛主人而且危害主人就是例子,他们是人,可哪一点比狗强?有人写文章把他们比成狗、骂成"狗官",我认为这才真是玷污了狗德,污蔑了狗格。

本来我继续想写的是别的,高雅文友打断了我的思路,就顺手记下来。总之,苏东坡大学士能以狗比作状元、进士出身的朝廷百官,艺术大师如郑板桥、齐白石能刻闲章自称"青藤门下的走狗",现在许多大人物也常说"愿效犬马之劳",我等会写几篇狗屁文章的小文人有何不可比喻。至于遇到祸国殃民的奸贼和贪赃枉法的,大狗叫,小狗也叫,就算是"一犬吠形,百犬吠声",让他们这种贪官污吏无处容身,何尝不是好事。写几篇千字文还谈不上是给人民"效犬马之劳";否则,整天风花雪月而不吠叫,真正有失狗德,何谈杂文家的人格?

杂文杂说

（原发《西安晚报》副刊2002年12月9日，被多家媒体转载，入选多种选本，获陕西省新闻奖副刊作品二等奖，第十三届中国新闻奖副刊作品复评暨2003年全国报纸副刊作品年赛银奖）

行吟江湖一声啸

» 戏说岳阳楼

从西安到长沙开会，会散，朋友三五人相约到岳阳，目的就是去看看洞庭湖畔那座名气大得不得了的岳阳楼。

真正登上岳阳楼，才发现这名扬天下的岳阳楼不过是普普通通的一座三层仿古楼。高大也颇高大，只不过木料及建材都是新的，乍看就像新建的假古董。听讲解员介绍，才知道这楼是1983年"落架大修"，和重新修建的也差不多。据记载，就这么一座三层楼，建成后时间不长就毁了，以后屡毁屡建，屡建屡毁，反复投资，有历史档案可查的就达三十二次之多。联想我们西安市唐代的大雁塔、小雁塔，还有仙游寺隋代法王塔，一千三四百年还是当年旧模样，依然高耸入云，为什么这座只有三层高的楼就这么不结实？我想，很有可能是当年滕子京修楼时吃了太多的回扣，比较起来还是出家的和尚们老实。当然要说还有一个原因，隋唐时代的和尚们修塔就在京畿之地的天子脚下，纪检部门也查

杂文杂说

得严；而滕子京虽然说是被贬官到巴陵，毕竟是当地最高长官，当地缺乏监督机制，没有人管得了。

就这么一座三层小楼，因为它是当时当地的首长工程，又请当时的官居参知政事（相当于现在国务院总理级）的范仲淹先生写了一篇文章，文章中有两句大而不当的空话，被后世称为名言，于是这座岳阳楼便成了号称"天下三大名楼"之一的著名工程，范仲淹先生的那篇《岳阳楼记》也成了千古名文。本来名文配名楼是一段佳话，可惜的是以后这座名楼修了毁，毁了修，修了又毁，毁了又修，反复折腾。不知是为了这座没有多大实用价值的楼，还是为了"参知政事"的那篇文章。

滕子京修建岳阳楼时，吃没吃回扣的问题，恐怕纪检部门也查不清了。况且范仲淹先生当时是刚上任的"参知政事"，先不说他文章名气大，又在边关立有大功。他一上任就给皇帝上条陈十事，锐意革新，推行历史上著名的"庆历新政"，在当时也算权势炙手可热的人物。他说了话，还写了文章，就是楼修得有质量问题，修楼过程中有吃回扣问题，宋朝纪检部门的那些御史们也大约不太好说话。这并非我捕风捉影地信口开河，其实，关于滕子京为什么被贬官"谪守巴陵郡"，这座岳阳楼是怎么修的，范仲淹为什么要给他写捧场文章，若要较起真来，本身就有点不太好说。因为，滕子京和范仲淹先生是同于大中祥符八年中的进士，说起来他们俩是"同年"关系，唐宋那时的"同年"关系比现在"同学"中"铁哥们儿"的关系还要铁。还说当时吧，皇帝派滕子京去知泾州（就是现今甘肃泾川县）还带有兵权，负责抵

抗西夏入侵；滕子京在那里工作表现如何呢？结果被纪检部门的几位御史们查出了他"滥用公使钱"，用现在的话来说就是滥用公款，还有"处置戎事，用度不节"等问题。所以仁宗皇帝龙颜大怒，把他贬到虢州，后又贬到岳州。按说这位犯有滥用公款、"用度不节"错误的滕子京到了巴陵，就应该体察民情，注意节俭才对，尽管他治内的小小一州就算是"政通人和"，可当时国家大局并不怎么好，内里积贫积弱，外有辽、夏强敌进犯，边关战事频繁，这些滕子京都是知道的。但他不去建几所希望小学抓教育问题，也不兴修水利工程抓一抓农业，却要花一大笔银子去修一座除了饮酒作乐、玩赏风景外别无他用的岳阳楼。《宋史》记载滕子京这个人"尚气，倜傥自任"，翻译成现代汉语说就是他这个人脾气倔，是自己说了算的那种性子，而且为人又风流倜傥，不大考虑别人的意见。滕子京虽然贬职到巴陵，但不管怎么说，毕竟是地方长官，他想修楼就修楼。修岳阳楼用的是不是公款正史没有记载，后来有人写《涑水记闻》时说滕子京修岳阳楼未动国库银两，而是集资于民修建的，不知当时有没有非法集资和胡乱摊派、加重农民负担这一说，反正修这座观洞庭湖风景的岳阳楼的钱是羊毛出在羊身上，给老百姓摊派上了。想当年宋朝时的政府还未提倡发展旅游业，登一次楼再收几十块钱的门票似乎不大可能。就是不收门票，当时一般平头老百姓虽然集了资，交了摊派款，也是没有可能上的。只能是他和几个达官贵人及乡绅们在上面喝喝酒，吟吟诗，在吟风弄月之余，也吟咏几句关心民间疾苦的歪诗而已。很可能滕子京修岳阳楼时，就算没动公

杂文杂说

款,也怕纪检部门的御史们又要控告他一个"用度不节"的罪名,赶紧去找刚上任"参知政事"的同年范仲淹来写篇文章吹捧吹捧,先写信对范仲淹说:"楼观非有文字称记者不显,文字非出于雄才巨卿者不成著。"言下之意,这篇文章非范仲淹这位官场巨卿、文坛雄才来写了。既有同年的情分,来信又捧得范仲淹心里乐滋滋的,范仲淹对这篇文章岂能不写。但是,当时范仲淹也是刚新官上任工作太忙,所以对岳阳楼连看也没顾得上去看一眼(因当时没有飞机,交通不大方便),当然对楼修得怎么样,作为一个地方的首长工程建筑质量如何,是不是豆腐渣工程,可以说都不了解,就提笔写一篇《岳阳楼记》。

范仲淹是当时的文坛高手,去看不看都没关系,大概也用不着秘书帮忙起草,文章很就写出来了,而且写得颇有文采,千年以来,楼以文名,文以楼名,反正他们俩"同年"互相捧场,相得益彰。可你要是知道他俩关系的根底,再细读这篇大作,心里就难免有点犯嘀咕,也许我是以小人之心来度一次君子之腹吧,反正他们官再大也是古人,不会给我穿小鞋。不知范仲淹是有意为老同学回护呢,还是故意要堵塞御史官们的口,文章一开篇就是:"庆历四年春,滕子京谪守巴陵郡,越明年,政通人和,百废具兴。"滕子京到岳州为官才一年多,政绩竟然如此之大!这不能不捧场,就是提拔重用也不为过。当然,滕子京再说也是因滥用公款、"用度不节"被御史们弹劾贬职而"谪守巴陵"的,所以写洞庭湖风光时,笔锋一转,"登斯楼也,则有去国怀乡,忧谗畏讥,满目萧然,感极而悲者矣。"真是一句点到伤心处,

行吟江湖一声啸

既为老同年鸣了不平,也说到"忧谗畏讥",大家就别再说了吧。既然滕子京先生因为贬官心情不好,修了这座楼,在春和景明时,登上斯楼,则可以"心旷神怡,宠辱皆忘,把酒临风,其喜洋洋"。正是"何以解忧,唯有杜康"。如果文章光这样写的话就有失宰相的身份和风范,于是范仲淹笔锋又一转,提出"不以物喜,不以己悲",来了个否定之否定,文章更高妙之处在于点到不论居庙堂之高忧其民,还是处江湖之远忧其君,进亦忧、退亦忧,升官了忧、贬职了也忧,反正都是胸怀忧郁而不快乐。为什么不快乐呢?由此引出了他那两句大而不当的千古名言。范仲淹不愧是官场显贵、文坛大家,很会说话;不像诗圣杜甫那种诗人的肠子直来直去,先忧的是自己的草屋为秋风所破,然后才去幻想安得广厦千万间,大庇天下寒士俱欢颜。滕子京能花大笔银子修岳阳楼,他自己肯定是有大房子住的,范仲淹当宰相居庙堂之高,想来也不缺住房,所以要先天下之忧而忧。而我辈小文人以小人之胸怀度量不远数千里来这里玩一次,却想了这么多不该想的问题。单位通知下月分房要交几万块房钱,我正发愁没钱交,考虑是借还是贷的问题,却在这里替古人修楼问题操闲心。让他们去忧天下,咱还是先忧自己的房钱吧。等咱以后有权又有钱时,也找个水边修他一座楼,请个官场会写文章的大官儿写篇文章捧场,那时咱们也请几个文友在上面喝着美酒,吟几句歪诗,在"其喜洋洋"、"此乐何及"时,也不妨关心关心民间疾苦、来一次"先天下之忧而忧,后天下之乐而乐",说不定也会千古留名。但要说明,我修楼时绝不吃回扣,不搞豆腐渣工程,

杂文杂说

不会让后人重复投资，也不让一千年后的人对我满腹狐疑，说三道四。

（原发1999年6月21日《西安晚报》，后被《大众文摘》等许多家报刊转载，并入选《中国新文学大系·杂文卷》，获西安新闻奖一等奖，第十届中国新闻奖副刊作品复评暨2000年全国报纸副刊作品年赛铜奖）

» 网上江湖

　　中国文化中有很多特色独具的东西，比如"江湖"这个词复杂的含义让外国人半天也弄不明白，想准确地翻译过去也得费点劲。而中国文化向来与外来文化又有一种亲和力，形成特异的变种。比如在互联网上，特别是在BBS上，很多网友喜欢把网络比作江湖，这一"江湖"的比喻更是富有中国特色。

　　江湖是什么？是中国古代隐士们的隐居之处，这些隐士们饱读诗书、满腹经纶，一不想闻达于仕途，二不愿流同于世俗，时常免不了发一些愤世嫉俗之高论奇谈。所以《南史·隐逸传》就记载这些"全身幽履，服道儒门"的隐士们"或遁迹江湖之上，或藏名岩石之下"。古代隐士隐入江湖很方便，或一叶扁舟，或结庐于山林，聚三五气味相投之友高谈阔论，吟咏几首愤世歪诗，作几篇荒诞怪文，一壶浊酒浇胸中块垒便成了隐士。而今谁再想得此江湖就纯属痴心妄想了，风光秀美一点的江湖上游船如织,有点清幽趣味的山林中休闲觅幽的旅者如云,那一分情趣早已不见了。于是乎"大隐隐于市",面具一戴,拟个人所不知(至少是周围生活圈子的熟人不知)的网名便上了网,既享受现代都市文明,又享受古代隐士隐姓埋名的雅趣,在虚拟世界里大发厥词,有的直抒胸怀块垒,有的随意指点江山,有的卖弄自己的文采,这时网上真是一片好"江湖"。与结识的网友细聊,就会发现有不少见识不凡的达官、饱学的高知教授,都隐名到了网上江湖。

江湖的另一含义与庙堂相对,"庙堂之高"是当朝者及当权者,而"江湖之远"则是下野者或在野者,所以在宋朝当过高官的范仲淹曾感慨"居庙堂之高,则忧其民;处江湖之远,则忧其君"。因而"进亦忧、退亦忧",整天忧国、忧民、忧天下。网上也是"处江湖之远"忧天下的好地方,不仅一群又一群"愤青"们针对各种社会现象或现实问题,或以偏激之词,或一针见血,也有见识很高的仁人志士,无不慷慨激昂发表高论,各色人等都有。

不过,古今当官者并不都是范仲淹的样子,更多人是把身处江湖视作人生不得志的"落魄入江湖"。杜牧《遣怀》诗就写道:"落魄江湖载酒行。"这一点网上也颇相同,网上的高论或厥词,不能或者说暂且没机会在报刊上发表,便在网上过过瘾。

武侠小说的兴起赋予了江湖另一重意思,江湖是王法管辖不到的地方,或荒山绝顶、或野岭幽谷、或茅草丛生的水滨、或人迹罕至的海外孤岛;英雄豪杰们在这里打打杀杀,你刀来我剑

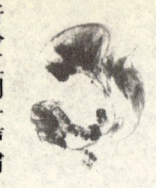

往,既不是为了衣食谋生,也谈不上为什么真理正义,只为些找不到名堂的门户之见,和一些莫名其妙的武功秘籍,纯粹为了打而打、为了杀而杀。成者王侯败者寇,没有真理,没有法律,刀剑上功夫高低是裁判,所以江湖人士常言"人在江湖,身不由己"。一旦进入江湖,很难全身而退。在武侠小说里有"金盆洗手,退出江湖"之说,而即使是武侠小说,金盆洗手后也可能遭到灭门之灾。

网络江湖却没有这么大的人生风险,大不了挨网友几砖,灰头土脸;说不过就收起高论,另换个名又上网了。比如,有位"人在江湖"文章后签名是小诗:"天下英雄出我辈,一入江湖岁月摧。皇图霸业谈笑中,不胜人生一场醉!"颇有几分老江湖的豪情和沧桑感慨。大约在版上砖挨多了,便改写签名生出了"人在江湖飘,哪能不挨刀!人在江湖飘,肯定要挨刀!一刀砍死你呀,两刀砍死你……"的无限慨叹。江湖就是杂草丛生的地方;江湖就是流言的集散地,是蜚语的播种机。你可以拒绝进入江湖,但是正因如此,有的网友感慨"江湖一入深如海,从此青春不回头"。也有网友大概在虚拟世界里想全身而退,便签名为:"剑锋一敛,淡出江湖。"

"春风杨柳一杯酒,江湖夜雨十年灯;直言不讳的勇敢,百折不挠的真诚。"

"奇气盘旋胸腹中,笔锋到处写魂灵;高瞻云天万里外,随心笑傲立江东。"

"文章得失不由人,我们不能选择命运,能选择的只有如何

杂文杂说

面对！"

　　江湖也泛指四方各地。各色下层流浪艺人走四方卖艺谋生叫走江湖，到处行走的游医叫江湖郎中。走江湖的人与一般居民的最大区别是没有或不守恒业。至于网上江湖本无恒业可守，上网不过随着兴之所至，网上一游，冷眼江湖，一声长啸，几砖拍过，第二天该干什么还得去干什么，回头一想，真是江湖一网络，网上好江湖！

（原发《当代陕西》2003年）

假若鲁迅参评"鲁迅文学奖"

奇想来自"假若鲁迅活到现在",这是几十年来人们一直谈论不断、写过的文章数不清的老话题。因为,毛主席称赞过"鲁迅是中国文化革命的主将,他不但是伟大的文学家,而且是伟大的思想家和伟大的革命家。鲁迅的骨头是最硬的,他没有丝毫的奴颜和媚骨……"后又传闻1957年反右时,毛主席曾前往上海小住,罗稷南探望毛主席时提出一个大胆的疑问:"要是今天鲁迅还活着,他可能会怎样?"毛主席对此却十分认真,沉思片刻,回答说:"以我的估计,(鲁迅)要么是关在牢里还要写,要么是识大体不作声。"这段传闻又被鲁迅之子周海婴引用写入《鲁迅与我七十年》。此乃两人密室之论,虽有历史背景,但毕竟是孤证,真不好说什么。有人推测假如鲁迅活到现在,有可能被打成右派,有可能在"文革"中会受到迫害,有可能被贪腐的"潜规则"气死……虽不无道理,但

杂文杂说

难成定论。

不过，现在恰值第六届鲁迅文学奖的讨论正热，很多杂文家都感叹当今杂文不能入围鲁迅文学奖，我想，假如鲁迅活到现在，作为一名泰山北斗级作家、杂文的祖师，他会不会也去参加这个以他大名命名的文学奖？如果参评了，会是什么样的结果？能不能评上？

首先，鲁迅要考虑以什么作品去参评？这是一个问题。评小说吧，有茅盾文学奖；评散文吧，有冰心散文奖；评他的学术著作《中国小说史略》吧，应该列入学术研究的社科奖。最应当参评的就是他的杂文了。看《鲁迅全集》，知他一生心血创作的作品小说集仅有《呐喊》《彷徨》两本，而杂文集却有20本之多，占其作品总量的90%，而且鲁迅作为中国现代文学的奠基人，众所周知他也是以杂文名世的。可是这两届鲁迅文学奖已经不评杂文了。正如著名杂文家阮直评论鲁奖所言："是打着包子铺的幌子，把包子铺的门脸也涂抹得金碧辉煌，实际上是包子铺里没包子，鲁迅如果想以他的杂文参加鲁迅文学奖评选，根本就进不去入不了围。"

当然，鲁迅也可以退而求其次以他的诗歌参评鲁迅文学奖，因为鲁迅写的诗虽然不算多，但也众口相传、警句迭出、颇有佳誉。像"万家墨面没蒿莱，敢有歌吟动地哀。心事浩茫连广宇，于无声处听惊雷"，如"横眉冷对千夫指，俯首甘为孺子牛"及"我以我血荐轩辕"等名句被人广为传诵。可这样的诗能被写"我终于在一棵树下/发现一只蚂蚁、一群蚂蚁/可能还有更多

行吟江湖一声啸

的蚂蚁"的"梨花体"诗人当评委相中看好吗？答案是不言自明的。因为从这两届评奖结果来看也能证明：上届诗歌获鲁迅文学奖的是武汉市某官员，其口水诗被人戏称"羊羔体"；本届有大教授"炎黄子孙奔八亿，不蒸馒头争口气，罗布泊中放炮仗，要陪美苏玩博戏"的"顺口溜""口水体"获了大奖，论水平确实比农民诗人王老九还差了那么一点。更有评论家王贵成翻出民国军阀张宗昌的诗与获得鲁迅文学奖的诗进行比较：在近代中国的上千个大小军阀中，张宗昌要算名声最差的一位，文化程度最低，没上过一天学，人称"三不知将军"：不知道自己有多少枪，不知道自己有多少钱，不知道自己有多少姨太太。但一般人不知道的是，张宗昌其实还是出过诗集的一位诗人。比如张宗昌写的《大风歌》："大炮开兮轰他娘，威加海内兮回家乡。数英雄兮张宗昌，安得巨鲸兮吞扶桑。"虽然粗俗一点，但是诗中有典故、有噱头、有豪气，还符合当时抗日爱国的主旋律。比获鲁迅文学奖的诗"炎黄子孙奔八亿，不蒸馒头争口气"非但毫不逊色，甚或稍胜一筹。最后王贵成得出结论："军阀张宗昌能获鲁迅文学奖。"而鲁迅写的那些文绉绉的诗作肯定是不入评委法眼的。

就算鲁迅不管以什么作品报上去了又会怎么样呢？很可能像《人民日报》前副总编梁衡所披露的："鲁迅文学奖评委被要求不许投我的票"，这是一桩不明不白的公案。就像毛泽东说鲁迅"要么是关在牢里还要写，要么是识大体不作声"一样，鲁迅文学奖评委也可能"被要求"不许给鲁迅投票，所

杂文杂说

以鲁迅获不了鲁迅文学奖；再一种可能是，鲁迅像获茅盾文学奖的著名作家阿来一样，入围了，并一直被看好，最后结果竟然是得了个零票，也得不了奖。阿来为此发表声明抗议，还有个争议作家要诉诸法院打官司，而鲁迅评不上鲁迅文学奖会怎么办呢？我想鲁迅也极有可能像陕西作家协会副主席朱鸿那样发表声明："永别了，鲁迅文学奖；再见，鲁迅文学奖！鲁迅文学奖在我心里已经死了。一缕白烟，随你走吧！"并庄重宣布，"告别就是决裂！"鲁迅的骨头是最硬的，他没有丝毫的奴颜和媚骨；朱鸿在媒体上发决裂声明，而鲁迅不能吗？说不定态度会更激烈，再写一篇《论"他妈的"》。

在有着十几亿人口的中国除了"羊羔体"口水诗、顺口溜、打油体，真的再找不到像样的作家和像样的作品了吗？如是，这个花纳税人的钱供养的中国作家协会就应该解散了，这等水平的鲁迅文学奖也该取消了。鲁迅文学奖让中国作家蒙羞！让中国文学蒙羞！把鲁迅的大名糟蹋得不像样子，把中国文学也糟蹋得不像样了！全世界有多少文化人，以为中国几千年文化积淀，出过诗仙李白、诗圣杜甫、出过唐诗宋词辉煌的国度，如今培育出来的作家诗人获国家级大奖的最高水平，就写这等满口流涎水、诌几句不入四六的打油体顺口溜！

（原发《西安晚报》2014年9月15日）

笔墨官司

笔墨官司

» 神圣的荒诞

刚刚结束高考,就冒出全国统一命题的高考语文试卷两处有错,人们觉得这是荒诞的笑话。同时又有人发现高考试题中竟有一道题与北京海淀区模拟试题相同,一时间又被网络报刊媒体传播得沸沸扬扬。

其实,神圣的高考题中出现了一两个错字及高考试题中某一道题与模拟题相同,虽说有点儿荒诞,但毕竟还是有其偶然性的。说到我们神圣的教育事业,教书育人,最关键的莫过于使用的教材了。特别在千百万莘莘学子的心目中,课本何其神圣。可是,人民教育出版社出版新编的一套中学历史课本,从1992年以来,在全国绝大多数地区发行,再版八九次,发行量达数千万册,可以说是当今全世界发行量最大的中学历史课本,被千百万的中学生奉为圭臬,在高考前复习时反复诵读,又是记又是背。而这本课本的质量如何呢?说出来千千万万望子成龙的家长和

千千万万手捧着课本的中学生也许不敢相信，这套历史课本中的错误和值得商榷的地方竟达六七百处之多！且大部分属于"硬伤"，有很多就是常识性的错误。其中，年代错误、地理错误、地图错误、国名错误、概念错误，数字错误、字词错误、表述错误以及教材中多处自相矛盾，不能自圆其说等，甚至有些观点也极为荒谬！其谬误之多之大简直让人们不可思议！

就说年代吧，商鞅变法的年代错了，李自成攻占西安的年代错了，康熙在位年代也错了。甚至在美国独立战争的军事地图上把1781年标为7781年，一下子就差了六千年！比这更甚者，旧石器时代的山顶洞人竟有新石器时代才出现的"用磨制钻孔技术，制造石器"，搞混了两个石器时代的基本标志，时间相差达万年以上。对"古印度"和今印度不加区分；把历史上的尼德兰王国与现代意义上的荷兰混为一谈；把"君主帝国"与"帝国主义"混淆在一起；"价值"混同为"价格"；"人民""公民"的法律概念不清，可见其是多么荒唐！甚至还有"派兵攻打越族，促进了当地经济的发展"这样荒唐可笑的观点表述。至于课本中太多的错误例子就不多举了。别说这是神圣的教科书，就是一般性的个人著作也不至于有这么多的问题。

前一阵媒体上人们对某些"名人"写的书中有些不合文理之处说三道四，议论纷纭。其实某"名人"书中的那点儿错误比起我们这套代表着"国家级水平"的历史课本，才真是小巫见了大巫！著名历史教育学家黄安年教授去年在《中学历史教学参考》杂志上发表了对该套教材世界近现代史部分《130例质疑引发的

笔墨官司

思考》的长文,最近该杂志在第6期和第7期集中发表了全国23个省市数百名中学教师对该套历史课本发现的问题469条,据不完全统计,仅目前已发现的错误问题已达六七百处。笔者曾问一位中学老师:"遇见课本上错误你们怎么教?"得到的回答令人哭笑不得。发现某处问题如果给学生说清楚教材这里错了,学生就要问考试怎么答,只好说考试还要按课本,特别是统考、会考和升学考试,就是错了,也好"有书为证"。有些常识性的问题以前学生自己都曾有发现,比如同学们在校园里打闹戏玩时就喊:"打你是为了促进你经济的发展!"在经济文化发达的都市里,有较好的师资力量,好多问题还可以发现,在落后地区特别是山区小县,缺乏专业师资,把课本中的错误也当成神圣的经来念。教育,我们神圣的教育事业;课本,学生心目中神圣的课本;特别又是人民教育出版社出版的代表着"国家级水平"的正版书啊!为什么会是这个样子?教书是"传道、授业、解惑"。很多老师看了课本中出现的问题自己都觉得很困惑,"以己之昏昏,焉能使人之昭昭!"况且面对的是十多岁的中学生。"神圣"破灭了,让人只能感到荒诞!这一荒诞就荒诞了近十年,真正成了跨世纪的荒诞!

写这篇文章时,我又想起就在几天前在报纸上看到"江总书记关怀中小学教材建设"的报道。报道中,江总书记特别强调说:"我们要加强对青年学生的历史教育,帮助他们正确地了解中国的过去和现在、世界的过去和现在,这有利于他们树立正确的世界观、人生观、价值观。"同时还强调"各级干部要加强历

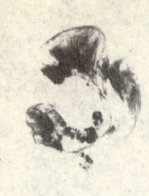

史、地理等知识的学习"。并且江泽民总书记亲自调阅了人民教育出版社编写、出版的历史、地理教材（见《中国教育报》2000年7月7日头版头条）。不知江总书记调阅走的那一套是不是也一样错误百出？

我们现在提倡素质教育，抓教育质量首当其冲的是编教材。邓小平早在好多年前就指出"编好教材是提高教学的关键"。这套中学历史教材编者及出版社是代表国家级水平的权威单位。书前署名有"顾问"、有"审阅"、有"主编"、有"编著者"，还有出版社的"责任编辑"，看起来似乎是学界名流荟萃、人才云集、阵容强大，为什么编出来的书如此错误连篇，漏洞百出呢？这真是一个让人费解的不解之谜，是值得大家深思的问题！

（原发2000年7月17日《西安晚报》，被多家报刊转载及引用，并入选《中国新文学大系·杂文卷》，获西安新闻奖一等奖，陕西省新闻奖一等奖，第十一届中国新闻奖副刊作品复评暨2000年全国报纸副刊作品年赛金奖）

笔墨官司

» 不出错才是怪事

国家级的人民教育出版社一套代表"国家级水平"的中学历史课本，前面署名中，赫然挂着周谷城、周一良等五六名史学界的泰斗和权威当顾问，下面还有一串串主编、责任编辑、审读等责任人，为什么会错误百出？难道都不能发现那些常识性错误？就算有些学术观点可以有争议，至少那些明显的硬伤也应消灭在出书之前。即使第一版还有疏漏的错误和缺陷，那么第二版、第三版也应该及时地纠正过来呀！为什么多年使用，还未能订正，而一印再印？笔者起初也百思不得其解。

可是，对书前这些名单中的主要责任人仔细一分析，才发现这种教材编写出版体制恐怕有问题，"错误百出"才是正常的，不"错误百出"才是怪事。例如，翻开《中国历史》课本第一册，虽然前面挂名的有几位德高望重的学界泰斗当顾问，但有些可能年迈体衰、老眼昏花，如周谷城、周一良大约愿意"顾问"

行吟江湖一声啸

却无力过问;也可能有些顾问是顾而不问;只是被当作一面大旗拉起来。编著者仅有四人,依次是王宏志、臧嵘、刘占武、佘桂元(这四人是有丰富的史学教育经验,抑或是史学界卓有建树的专家?恕笔者孤陋寡闻。但是我不认识不知道,也好,没有个人恩怨可怀疑,就事论事来谈教材编写出版机制问题)。这四名编著者中:王宏志、臧嵘又自己给自己撰写的书稿当"主编";臧嵘、佘桂元自己又给他们自己写的书稿当出版"责任编辑"。他们几个人既是教材编写者,又自己来当主编,还是这本书出版的责任编辑。于是,他们既可领编著的稿费,还领主编费(如果不嫌麻烦的话,说不定连校对都是由这几个人自己给承包了),于是,作为全国发行的历史教材被这几位几乎是"全能冠军"的人来承包了!自写、自编、自审、自产、自销。其他几册课本的署名情况也大致类似。从某种经济效益角度讲,这种经验或许值得推广;可是从教育角度,错误百出的课本却贻误了全国千百万少年学子,而且这一误就是将近十年时间,几乎是一代人!

笔者供职新闻单位,由于出书也与出版部门有点来往。据我的常识,不要说是编写教材课本,就是一般性地出书或发表文章都有一个出版运作机制。就以报纸上发表哪怕是短短几百字的小文章来说,不管是谁写的稿子来了,也得经编辑先编、部门主任审批、主管总编签发,分级负责,层层把关。就这样尚且不能完全避免疏误。而这套中学课本,从编写者同时又当出版责任编辑来分析,几个人很可能就是人民教育出版社的几名编辑,属于近

笔墨官司

水楼台先得月,不管有没有从事史学教育的经验,也不论是否具有学术专长,反正不过是给学生娃们读嘛,小孩子能知道什么?反正我们是国家级的人民教育出版社,中学老师都得用我们的课本教。就像运动场上,他们既是运动员,同时又当着裁判员。其他人再多(不管你是教学经验丰富的历史教师,或是著名的专家教授)都是场外看客,统统不请不得入场。这种做法,这种教材编写出版方式,要说起来比起前一段遭舆论非议的"名人"出书影响还要糟。名人出书,写得无论好与坏都受出版运行机制约束,至少也经过编辑润色处理。"名人"出书不论发行量有多少,也只是个人著作而已,不会有人拿它当教科书。而这种以广大社会公众教育事业为前提,国家级的出版社出版代表"国家级"水平的教材,全国千百万初、高中学生奉为经典的课本,属于公用教材编写及出版,却是这种莫名其妙的运行机制,怎能保证出版质量呢?这里我绝不是说出版社的编辑就不能写书或出书,而是怎么写、怎么出的问题。如果确实有真才学,能编写一本好书,署一个作者名也就足以得到社会公认了。在一个中学课本上,自己"编著"、自己"主编"、自己当"责任编辑",这样做有什么价值?笔者不言,读者也心知肚明。以这种署名方式猜测,说不定还在出版社内担任有某级把关的行政职务,那就更方便了,同时更少一道或几道把质量关的关口!

中国虽然说有些方面还落后,但绝对不乏丰富实践经验及深厚学术功底的历史教师,在大学更有数量众多、专业经验丰富的教授和历史专家,教育部门及出版社应该组织这些人来编写教

材,并应广泛听取各方面建议,不断汲取历史考古研究学术新成果。历史常新,课本也要常新,不单是修订错误,更不能有错多年不改而一印再印,一发再发。看来,编好教材已是目前抓好教育质量的当务之急,这种教材编写出版的运行机制应该变一变了。

(原发《杂文报》2000年9月3日)

笔墨官司

» 只有"64处错"?
——中学历史课本差错率大大超出国家规定

人民教育出版社出版的一套现行中学历史课本出现大量错误、硬伤和值得商榷的问题,一时成为人们关注的热点。于是,"人教社历史室的工作人员逐一对照陕西师大《中学历史教学参考》的'错误清单'予以核实,筛选出'站得住的错误'64条,包括标点符号、年代、地图及史实错误等。历史名家认可了这些'硬伤'"。由此便公布"核实的错处(仅)占万分之零点三二",连"标点符号"错误都算上了,自我要求真够严格了!如此之严,在11本书,220万字中才仅仅有64处"站得住的错误"。这点错不仅"在新闻出版署限定的差错率为万分之一的范围内",属于合格,而且"是目前5套版本中最好的一套"!于是"建议人教社采取相应措施,以正视听"(《北京晨报》10月27日)。

一、历史课本中差错率真不超限吗

"专家会诊"去纠错，居然把"把最好的一套"给纠出来了，真是天下之大奇！我怀疑这些专家既没有认真看一看数百名中学老师所指出的错误和问题，恐怕连教材也没有认真翻一翻，就如此下一个"最好"的表扬结论。原来专家"会诊"可以是这样的：先由被"会诊"的对方自己"筛选出"自己书中所出的错误，还得是"站得住的错误"，由专家认可一下就行了，这样的专家让谁去都会当，不就是点个头或举个手嘛！人家把问题都找好了而且声明了是"站得住的错误"，无须再费心劳神考证研究，光是"认可"一下谁不会？可惜笔者是从事新闻工作的，并且曾为此事写过文章，是受指责的"炒作"者之一，没有时间去把11本书都找来逐字核对。好在手头现有一册人民教育出版社历史室编的《高级中学课本——中国古代史》（32开本，1992年第2版，1999年5月第8次印刷，全书字数13万），我粗略地核对一下，看看错误"硬伤"究竟是万分之几，是在新闻出版署限定范围内，还是严重超限。

先说错字：课本第9页"夏朝人用木制的耒等种地播土"，这"播土"对吗？有人指出应为"翻土"。第61页"胡萝卜"搞成了"胡罗卜"。课本第112页"渤海境内有10多万人户"，究竟是"人"还是"户"？第159页"在泉州附近存有港口、船坞迹遗"，这里"迹遗"显然是"遗迹"的倒错；课本第209页"共25个省级行政域和内蒙古等盟旗"一句有两误："行政域"少了"区"字应为"行政区域"；"内蒙古等盟旗"又衍出一个

笔墨官司

"等"字。第216页说《本草纲目》"被译成各国文字",如说"译成多种文字"可以,而译成"各国文字"可能吗?现在世界上大小一百七八十个国家都译了吗?就这几处"皮毛伤"的错字,就已经超过了"专家会诊"核实所公布的"万分之零点三二"。

次谈地图:课本第146页图中有"西周回鹘"明显是"西州回鹘"之误。第208页《清朝疆域》图中,有"盛京"即今辽宁,但是"西宁"却标以"青海"代之,"伊犁辖区"又标以"新疆",古今地名胡乱混淆一起,算不算问题?第100页图下注"长安,隋都城",众所周知,隋朝建新都城当时名"大兴",到唐代才又称"长安"。

再谈年代:课本第1页"在陕西出土了距今约80万年的蓝田人",其实早在八十年代,学术界已经科学测定彻底否定此说,并重新认定"蓝田人距今约110万~115万年"。第23页"公元前356年,秦孝公任用商鞅,开始变法"。其实《史记》明确记载:秦孝公三年(前359年)"卒用商鞅法……居三年(前356年)百姓便之,乃拜为左庶长"。第197页说"1644年,李自成攻占西安,建立大顺政权"。而《明史》明确记载为"崇祯十六年(1643年)冬十月……"怎么算也到不了1644年。第204页"康熙帝(1661~1722年在位)"。在各种工具书中都是从1662年说,因为这涉及一个传统帝王年号纪年的大问题,错一年以后的整个历史纪年就会乱套。这些大概不好说是"皮毛伤"吧?

行吟江湖一声啸

后说史实:课本第3页说山顶洞人"已开始采用磨制和钻孔技术,制造石器、骨器"。磨制石器是区别新旧石器时代的标志,在山顶洞出土石器25件,根本都不属"磨制",所以才划入旧石器时代晚期。课本第95页"佛教起源于印度,西汉末年传入中国"。这一句有两错:第一,古印度称"天竺"、"身毒",和今印度地理概念及范围都不相等。佛教起源于古印度的迦毗罗卫国,在今尼泊尔境内。第二,佛教在西汉末年传入中原地区,而不能说是"中国",因佛教在先秦及张骞通西域前已在西域传播。第63页把"大秦"列入中国少数民族表中恐怕怎么也说不过去。就是"西域"也未必都能算成中国的少数民族。课本第80页"北方的十六国和南方的东晋,处在对峙状态中"。首先和前一段表述自相矛盾;其次这又是一句两错:一是东晋偏安"东南一隅",不能用"南方"大概念笼而统之;二是"十六国"中的"成汉"在西南(今四川成都一带)。在这同一页"十六国表"中把前秦、后凉和成汉统划入"氐"族,也是错误,因成汉属"巴氐",是巴蜀人的一支,与北方"氐"族渊源不同。课本第161页:"蒙古政权建立以后,先后征服和攻灭畏兀儿、吐蕃、西夏和金朝。"到第163页又写成"西夏、吐蕃、畏兀儿先后臣服和归附蒙古"。首先"臣服"与"征服和攻灭"自相矛盾,其次也不完全符合历史事实;最后,如说"攻灭金国"可以,"推翻金朝统治"可以,但"攻灭金朝"就不通,朝代是不可攻灭的历史客观存在。第204页"雍正帝时,又实行'摊丁入亩'"。其实康熙末年已实行"丁税摊入田亩"政策了;雍正帝只是把康

笔墨官司

熙皇帝在部分地方已"实行"过的"摊丁入亩"政策向全国"推行"而已。还是此页又接着说"这样，把唐以来长期实行的人头税废除了"，这又是一大错！因为人头税最晚在秦汉时已有明确记载，"口赋"就是人头税，此后历朝都有此税种（以上如果核实得不够准确，请人教社的同志和专家们逐条指出哪条对、哪条错，不要笼统一驳，让外人不明就里）。至于这册课本中值得商榷之处因不许商榷，就暂且不提了，书中明显的标点错误、语法错误等笔者在此也不再一一罗列，要罗列还有好多处。仅仅就这一册课本而言，满打满算13万字，以上几十处硬伤错误就远远超过了国家新闻出版署限定书籍的万分之一，若再加上标点错误和语法错误，差错率超过新闻出版署最高限定的一倍多也是绰绰有余了。不便说是劣质，起码是达不到合格，居然被"会诊"评为"最好"！莫非专家们认为上海等地另编的四套不好的教材比这错得更多？全国23个省市几百名中学教师们提出了这套教材的几百处错误与可商榷的问题，现在被扣上"扰乱中学教学"，中学教师们吃撑了，自己扰乱自己的教学工作。报纸上"炒作"的文章，我看到有不少就是中学教师自己写的。允许你们教材出错，不许别人纠错；若要纠错，就是"炒作"！把有严重错误的教材卖给千百万学生用，指出来就是"扰乱中学教学"！此逻辑倒是历史上古已有之，那就是只许"州官放火"。

因这册课本上标的是"选修"，笔者曾询问几位中学历史教师，这门高中"选修"课重要不重要？结果回答几乎是一致：太重要了，因为它概括了《中国历史》教材一、二册的内容，《中

国历史》一、二册课本是初一时所学,等过了四五年后学生们要高考,时间紧迫,凭的就是这册"选修"课本。说到其中错误,教师们说这本书的不少错误在《中国历史》一、二册中也存在,不得不让人怀疑这一套教材共十一册是不是只有专家认可的"64处错"?而且连标点符号之类的小错都在内!

笔者认为现在不仅是要"以正视听",而且就这一册课本从1992年出版以来,一错再错,近十年的差错,请人教社自己再逐条核对(能连标点符号差错都认更好),正面向全国人民逐条公布这本书的差错,并回答:到底合格不合格?差错率超限不超限?超出了多少?真诚地向全国人民作出道歉,这才是"以正视听";不要一会儿"不超过10%",一会儿专家认可一共只有"64处",再一平均,只有万分之零点几,处处遮掩,自己越描越黑,惹起全国人民的愤怒。正如《南方周末》刘友德的文章所云:"但愿我们都不要丧失羞愧之心,异化为非人!"

二、向参加"会诊"的专家张传玺先生请教

张传玺将他10月26日在"会诊"会上的发言发在新浪网上,文中说"《中史参》以《商榷与正误》为题(应是"栏目")来概括中学历史教师的意见或文章,有失偏颇。《西安晚报》所登郭兴文之文,以《神圣的荒诞》为题,说'这套历史课本中的错误和值得商榷的地方达六七百处之多,而大部分属于绝对错误的硬伤。'此做法和说法都严重歪曲了中学教师们的善良的原意,而且也严重失实。"

真不明白张先生一贯还号称治学严谨的人,为什么会这样

笔墨官司

说？杂志上设一个"商榷与正误"栏目为何"有失偏颇"，是有误不能正、不该正，还是有不同意见不能商榷？至于说我那篇短文《神圣的荒诞》"严重失实"更不知是指哪里？是指教材中没有"错误"，是指没有"值得商榷的地方"，还是指"达六七百处"大约数字不准？"错误"连你们专家也咬紧牙关承认了64处；"值得商榷的地方"也有黄安年教授的商榷文章和教师们提出的商榷意见都一条一条已经登在了杂志上，若详细统计的话"达六七百处"只会比这多而不会少！我认为我文章中这句表述不是"严重失实"，而是完整、准确、无误！希望张先生下次写文章不要空扣一顶大帽子，搞历史的要用事实和史实说话，像黄安年教授和广大中学历史教师那样，逐条辩驳，才能让人们服气，张先生不喜欢用"商榷"，那就算作对小生的"赐教"也可以（所以本文标题未敢用"商榷"而用"请教"）。不要光凭人教社的工作人员自己筛选出几条错误，你们就认可只有几条。

我想起我"炒作"此事写过的另一篇文章《不出错才是怪事》也发表在《西安晚报》，《中史参》第九期也转发了，想来张先生"会诊"时也有可能在《中史参》见到（如未见到，本人愿寄你一份），这篇文章仅根据课本上署名，批评人教社的教材编写出版机制有问题：三四个人自己写、自己来主编、自己当责任编辑、自己审稿把关等。当时我还真没想到也没提到张先生，其实您的大名"张传玺"早就署在这套课本前面，而且是作为中国古代史专家的"历史学科审查委员"之一。当年在出版前大概

您审查时没发现这些问题,现在察觉到当初审查不严,毕竟还得承认"有64处错"。看了您的发言文章我才知道,原来对自己认真审查过,而又错误百出的书,还可以自己给自己来唱赞歌:这套教材"一直处于领先地位"、"是最好的";不仅是能既当运动员,又当裁判员,还可以裁判员自己给自己评奖发奖!张先生感慨"编出一套好的教材不是一件容易的事",自己出错,自己只承认一小部分,自己辩解一部分,再由自己来叫好;同时还得不谈具体事实,无中生有地点名指责别人的批评是"严重歪曲"、"严重失实",一件事做成这样,能说"是一件容易的事"吗?真是太累了吧?搞新闻的明天还要出报纸,我也觉得向一位知名大专家,光说这些常识性的东西,太乏味也太无趣了!张先生如有兴趣赐教,下次谈点实在的,好助谈兴。

(原发《各界导报》)

笔墨官司

» 会诊还是误诊
——向37位权威专家质询

众多的新闻媒体披露人民教育出版社出版的一套中学历史课本出现错误、硬伤和值得商榷的问题达六七百处之多，舆论哗然，成为人们关注的热点。所以，人民教育出版社请了37名"国内历史学权威专家"来联合举行了一次空前"大会诊"。"权威专家"们果然出手不凡，听说仅仅经一天"会诊"，就宣布了只有"64处错"！只是些"标点符号"排在首位的"皮毛伤"，其他错误都到哪里去了呢？我想当然是"会诊"时诸位"权威专家"们妙手回春给治愈了，修正了。虽然还有"64处错"，那也不妨碍宣布："硬伤只是皮毛伤，历史教材仍健康。"可见"权威专家"就是有权威，水平岂容置疑！

可是当我满怀欣喜地翻开一本历史教材一看，发现错误还是老错误，旧"硬伤"又增新"硬伤"，原发现错误的数量不但没

有减少，随着新的发现使它还在增长。

那么在权威专家的"会诊"会上，全国23个省市区的数百名中学历史教师指出历史课本的几百处错误为何不见了？我看了"历史权威"、"历史学科审查委员"张传玺先生在"会诊"会上一言九鼎的发言：中学历史教师的纠错资料，内容可分为四类：一是教学错误；二是学术上有不同说法；三为教材正确，所提意见有误；四为教师对某历史问题的个人研究心得。总之一句话，教材没有错，是你们中学历史教师犯了"教学错误"，对正确的教材"所提意见有误"；其他问题是"学术上有不同说法"，懂不懂？原来是中学教师提出的469条意见中根本没给课本指出一个错！（至于所谓"64处错"的皮毛伤，那也是人教社自查出来的，哪用得着你们中学教师操心？）

笔者还有一点儿弄不明白的地方：教师个人"所提意见有误"还可以理解，可是对"教学错误"又是如何得知而能下此论断？是张先生跑到某个中学听了某个教师的课而发现有"教学错误"，还是某个地区抑或是全国的历史教师都犯了"教学错误"？即便是某个或许多教师在讲课时有"教学错误"也不值得提到专家们"会诊"教材的会上去讨论呀！权威们又把"会诊"对象和方向给搞错了吧！

原来23个省市的数百名中学教师指出课本中的错误被"权威专家"作"权威"归纳分析时，给归纳掉了；也可以说是被"历史学科审查委员"给"审查"光了。剩下来的只是中学教师的错误了。张传玺先生在文章中说："《西安晚报》所登郭兴文之

笔墨官司

文,用《神圣的荒诞》为题,此做法和说法都严重地歪曲了中学教师们善良的原意,而且也严重失实。"那么,张先生您这几条对中学教师意见的归纳,是"严重歪曲"还是"严重失实"呢?要在下来看,恐怕二者占全了。

其他专家在会上有何高论,因没有发表,笔者不得而知。只能通过细读10月27日《北京晨报》上那则消息才获得一点信息,原来专家"会诊"的程序竟可以是这样的:先由被"会诊"的对象——人教社工作人员"筛选出"自己书中所出的"64处错",还得是"站得住的错误",由专家"认可"一下就行了。"历史名家"认可了这些"硬伤"。现行中学历史教材共11册200万字,本次核实的错处(仅)占万分之零点三二,在新闻出版署限定的差错率为万分之一的范围内。这样一来,众专家们不但得认可教材是合格的,还高度评价这套教材说:"是目前5套版本中最好的一套!"数百名中学老师所指出的错误和问题,"权威专家"哪能顾上细看:中学课本嘛,不看也胸有成竹!怪不得说是"会诊",面对11册200万字的教材和10多本刊登有教授商榷文章及数百名中学历史教师提出问题的《中学历史教学参考》杂志,当天(大约也就是几个小时)就"会诊"结束了,我猜测大概有些"权威专家"在"会诊"的会上很想发言,都因时间关系,也只能点个头或举个手罢了。

当我发现了这个"专家会诊"的程序的奥妙,真觉得比黑色幽默还要幽默!有人说这不是"会诊"是"误诊";可我说连"误诊"也谈不上,因为根本就没有对病情进行诊断,倒可以叫

"无诊"。如果一定要社会公众承认是"会诊",那么几百处错误问题跑哪里去了?如果说专家发现不了,那是不大可能的,都是大专家,而且是"权威专家",还有"学科审查委员",水平难道不如广大普通中学教师?就说在下吧,只是一名记者,在文章遭到"严重歪曲"、"严重失实"的无名指责时,连夜自我对照审查文稿,还顺手又从课本中检出几处错误来。我想教材中的错误和问题又不是钞票,诸位权威专家们肯定是不会去贪污的。那么,理由只剩下:或故意闭目不看,或故意掩耳盗铃,人教社的工作人员说多少就是多少,于是,就将"此地无银三百两"的"64处错"的虚假信息提供为消息发表了。也难怪你们有些"权威专家"说我们新闻队伍中的"职业道德"不好,热衷"炒作",老是有人给提供虚假信息嘛,有什么办法?记者面对"权威专家"集体"会诊"的结论也只好照发。可是,就凭这巴掌大的一则消息,能遮住全天下人的眼,封住全天下人的嘴吗?专家啊!我们的"权威专家"!若是历史课本中错误早就超出"64处错",或者又发现新的硬伤错误,再来看你们这"会诊"结论,37位"权威专家"的"权威"何在?37位"权威专家"的颜面何存?

特别是对于教材的"审查委员"权威专家来说,当初审查不严出了错,不管是你自己的水平不行或是审查机制上的客观原因,还是你自己不够认真,现在无论怎么说都已经难辞其咎;现在还不去抓紧行使你"审查委员"的权力,履行你"审查委员"的职责,认真地去审查课本中到底有多少处错误,为什么会出

笔墨官司

错,才好向全国人民作清清楚楚的交代。若要继续掩饰,用"权威专家"高高在上的"权威"口气,硬将错说成对,将错多说成错少,甚至来个将错就错、错上加错,这不仅会使"权威专家"丧失应有的权威,而且是对全国广大人民知情权的一种蒙蔽、一种欺骗、一种侵犯,是对成千上万在校中学生的一种犯罪。更不要超越"权威"的权力范围指责媒体"炒作"。要我说的话:要是新闻媒体再不来"炒作",先不要说教材会继续错下去,就连你们这些"权威专家"和"审查委员"们都快要失业了;教材错了近十年,也没听说人教社请你们"审查"一次。就说这一次"黑色幽默"的"会诊",人家能够请你们去白混一顿饭吃,那也毕竟是我们这些新闻工作者瞎"炒作"的功劳,应该感谢才是。再说本来也就是教材出了错,有必要"炒作"一下的新闻价值;若是没有"炒作"价值的话,你就摆上一桌宴席想请记者们来"炒作",人家还怕回去写好的稿子总编不给签发呢!有人说得好哇:"你们没有什么可供'炒作'的,人家炒空气!"

(原载于《各界导报》,《中学历史教学参考》等刊转载)

» 惊出过几身冷汗

编了近半年"新闻工作这一行有奖征文",征文中有抗战时期的战地老记者写自己在硝烟弥漫的战场采访时屡屡死里逃生;有吴刚写解放战争中战地记者在采访归来途中单枪匹马抓了37个俘虏;还有战地记者阎吾在朝鲜战场上前线采访时因指挥员都牺牲了,他竟临时大喝一声:"听我指挥!"指挥一个团残余兵力与美军展开作战,不仅成功坚守住阵地,而且取得了重大胜利;当然也有记者回忆反右时,因不愿意写假、大、空话而丢掉了饭碗;有回忆"文革"时遭遇的各种冲击;还有回忆在珍宝岛大战中采访时近距离冒死拍摄苏军炮火射击的坦克……光顾着拜读别人的精彩佳作,却从未想过自己也来写一篇。直到部门主任对我说,你也搞了十几年新闻,不至于没有故事无话可说,光编别人的,自己一篇文章都不写,其他的不说,把你去年挑起的"教科书事件"写一写也行嘛。其实我多次编征文,都是愿意编而不想

笔墨官司

动笔写,主要是觉得有那么多的好文章还发不过来,何必自己献丑,还是藏拙为好。

回想我做了十六七年编辑记者,也曾采访秦公一号大墓、法门寺地宫出土瑰宝、秦兵俑二号坑以及长安一农家藏九道皇帝圣旨等一时轰动全国的独家新闻,被新华社编入《新闻内幕》,列入当年全国十大热点新闻作品。对我采访并作长篇报道,誉称我以"九道圣旨惊天下"。写这些新闻,虽说也流汗,但属于热汗,不是冷汗;辛苦也算辛苦,但苦中有乐;特别是过了好几年后,这些早已属于明日黄花的新闻作品,还常被人当作新闻佳作评说时,心中还真有一种得意的成就感。可是当编辑就不一样了,同是新闻工作,总是默默无闻地为别人作嫁衣裳。在编辑工作中,我体会最深的又是编杂文,因为我从进报社就接手编《秦镜》杂文专栏,一编就是十七年。

杂文专栏是一块带刺的玫瑰园,可是编这个专栏,就发现这个"花边文学"的刺玫园最难侍弄。带刺的玫瑰招是惹非,常惹得公公嫌、婆婆怨,有时不留心花刺扎了采花尊神的手,就恨不得连根都给你铲了。所以当杂文编辑,经常为一篇文章惊出一身冷汗。远的不说,就说去年吧,因写了几篇批评中学历史课本"硬伤"错误六七百处的文章,就是所谓"教科书事件",又惊出我一身冷汗,差点惹出了天大的麻烦!

人民教育出版社出版的现行中学历史课本从1992年出版以来,就不断有中学教师指出其中一些错误,可是一直未引起有关方面的重视。到1999年北师大教授黄安年先生六七月份在陕西

行吟江湖一声啸

师范大学办的《中学历史教学参考》杂志上发表了针对课本中的世界现代史部分提出130例质疑与商榷的长文章，除编写体例等问题外，还指出了不少硬伤。《中学历史教学参考》在"商榷与正误"栏目曾陆续零星刊登教材之错，后又把全国23个省市几百名中学历史教师指出的错误集中登出来。当我知道一套全国统编中学历史课本有已错了十年的大量错误时，真是觉得触目惊心！自己以前学历史，大学毕业以后搞过几年考古，虽说研究不深，也算粗通，便找一套课本带回来，对其中数百处错误进行一一核对，在核对分析整理过程中又发现了不少当时还未指出的错误，为什么一套中学课本有这么多错误，已错十年，无人批评？也不纠正？于是便结合当时高考试题出错，写了一篇杂文——《神圣的荒诞》，第一次在新闻媒体进行公开批评，并根据课本编写、主编、责任编辑等署名写了《不出错才是怪事》，批评人教社的教材编写出版运行机制。这两篇文章在《西安晚报》发表后，迅速被全国各地报刊转载，有的加上编者按转发，一下子点燃了全国历史教材大讨论的导火索。这两篇文章的内容和观点不但被许多报刊新闻、评论文章引用，一些大学教授如黄安年先生等在论文中也直接援引。几家大报关于教材讨论专版的"编者按"中也写进去，甚至国家大报《人民政协报》以整版篇幅和发出通栏大标题《话题越说越多，问题越挖越深，中学历史教材遭全面质疑》文章，"编者按"中也是郭兴文如何如何说。一时成为"教科书事件"，形成全国影响颇大的风波。甚至海外媒体也作了报道，我的几位同学从欧美打越洋电话向我询问情况。两篇小文章

笔墨官司

能引起强烈的社会反响,说实话当时我心里还是挺激动、挺兴奋的。后来人民教育出版社自己组织了37位权威专家对这套错误百出、一错十年的课本进行"会诊",结果令人十分惊愕,说连标点符号算上只有"64处错",并宣称这套教材是"最好的一套";有一位权威专家(系国家教材审查委员),将会上为人民教育出版社及教材辩护总结发言发表在新浪网上,点名批评说:"《西安晚报》发登郭兴文之文,用《神圣的荒诞》为题,说这套历史课本中的错误和值得商榷的地方达六七百处之多,而大部分属于绝对错误的硬伤,此做法和说法是'严重歪曲'和'严重失实'!"此"会诊"结论一出,上级领导也找我进行了严肃的谈话,我说就学术争议而言,我虽不是权威专家,学问不深,但对这些中学课本中这些常识性错误和硬伤还是具有鉴别能力的。面对压力,一时兴起,又连续撰写多篇回应文章与其辩论,在其他报纸杂志发表后,又被纷纷转载到新浪网上,课本上的硬伤错误、是掩盖不了的,谁一眼都能看明白。用事实证明我两篇千字杂文批评中不但没有一字失实之处,而且可以说是完整、准确、无误。这场所谓"教科书事件"历史教材出错的全国大讨论及各大新闻媒体连续炒作了几个月,因为涉及全国中学生教育,引起了社会各界方方面面的广泛关注。

更令我震惊的事情出现了,一天,有位朋友登门造访对我说:"你小子狗胆包天,居然敢公开批评国家统编历史教材大量出错,闹得沸沸扬扬这也罢了,还竟然敢和37位权威专家叫阵,公开论战。你知道这37位专家都是什么级别的吗?你看看人家

上报的专家'会诊'的座谈会纪要，你惹下弥天大祸了！"我不看则已，一看不仅直冒冷汗，连头发根都惊得竖起来。点名说我文章"严重失实"的那位权威专家说，这报上文章说要冲破条条框框，就是要冲破马克思主义的条条框框；另一位权威专家说，苏联与东欧解体，与意识形态上把历史搞乱了有很大关系！现在有人借历史教材出了一点点差错，不断写文章煽风点火！还有权威专家说，这套教材编写是坚持马克思主义的，我们要捍卫教材……越看越让人心惊肉跳。我真不敢相信眼前的白纸黑字是真的，本来批评的只是课本中"硬伤"错误，怎么引出了这样天大的政治问题。这些人到底是学术的权威专家，还是搞政治迫害的权威专家？幸亏我谈的只是"硬伤"，幸亏早已不是"文革"极左的年代，否则，以"苏联解体和东欧事变""煽风点火"这等大罪名，我不说被判刑坐牢，也会被打翻在地，再踩上一只脚！但不知为什么这份上报的会议纪要材料一直没有公布出来，倒是不断传来消息，国家领导对此事高度重视，适值全国人大、政协两会又召开，我知道的全国人大代表及政协委员就有三个重要提案都是根据我的文章为依据，谈教材纠错和教改问题。我高悬的心才放下了，厄运没有降临。

我曾暗自发誓以后再别写杂文惹是生非了，这样的誓在十几年前也发过，只是事到跟前又忘了。这也是江山易改，本性难移！搞新闻工作的总少不了新闻职业的敏感性，特别是编杂文时间长了，整天编发充满火药味的带刺的批评文章，想不磕碰别人是不可能的。杂文——这个带刺的花边文苑，真是让别人恨，常

笔墨官司

常我自己也恨的玫瑰园。可我和广大读者一样,恨中又有爱,报纸要办,栏目就得出,稿子还得编,文章还得写,惹是生非的麻烦也肯定少不了。想想现在环境还是宽松多了,只要还端这碗饭就得继续干这差事,多惊出几身冷汗也没关系。

(原发《西安晚报》2001年3月20日,并收入《新闻工作这一行》一书)

附记:在此文发表三个月之后,《神圣的荒诞》一文便获得第十一届中国新闻奖副刊作品金奖。后来我又获得第六届韬奋新闻奖时,在表彰评语中,除表彰我新闻工作取得的成绩及学术论著成就之外,还专门有一句"作为一名地方报的记者,敢于单枪匹马论战三十七位权威专家,指出中学历史教材硬伤错误六七百处"的表彰语。

行吟江湖一声啸

》 "诗圣故里"原本就在少陵原

"诗圣"杜甫的故里是哪里？过去一般人们都认为杜甫出生于河南巩县，是河南巩县人。一些学术论著（包括《辞海》等工具书）也作如是说。在这次"少陵原之风"征文中有很多文章都写到杜甫，也多误以为杜甫是河南巩县人，只是来长安后客居于少陵原而已。其实杜甫的祖籍和故里原本就在少陵原，他自己也是一直把这里作为故乡。

杜甫的十三世祖为西晋著名的大将军兼大学者杜预，官居镇南大将军，开府仪同三司，坐镇襄阳。他同时是著作丰富的大学问家，尤其以研究《左传》著名，自称有"《左传》癖"，所著《春秋左传集解》为千古流芳的经典名著。在《晋书·杜预传》中明确记载"杜预字元凯，京兆杜陵人"。可以说少陵原本是杜甫的祖籍所在地。杜甫因曾祖杜依艺为官到巩县不久殁于巩县令任上，只能说巩县是杜甫的出生地。杜甫的祖父杜审言于咸亨元

笔墨官司

年（公元670年）中进士后入朝为官，为唐初著名大诗人，"恃高才傲世见疾"，官至著作郎，一生在长安做朝官。在唐书本传中虽溯源远祖杜预居官之地襄阳，记载为"襄州襄阳人"，而在《唐才子全传》中则直接记载为"审言，字必简，京兆人"。杜甫的父亲杜闲也长期在京城长安附近做官，曾任武功县尉，终于奉天（今乾县）令。在《旧唐书》杜甫本传记载："杜甫，字子美，本襄阳人，后徙河南巩县。"前"本襄阳人"是以远祖杜预居官之地为籍贯，"后徙河南巩县"指杜甫出生于此。因为《旧唐书》编写粗疏，错讹较多，且繁简不当，所以欧阳修才决心重新编撰《新唐书》。欧阳修在《新唐书》中删除了《旧唐书》这段关于杜甫籍贯的记载，显然对此不予认同。而此后辛文房在《唐才子全传》中另直接记载杜甫的籍贯为长安"京兆人"。通过正史记载异同就可判断杜甫故乡在何处。

进一步分析，杜审言一生在朝为官，杜闲任奉天令多年，终于任上，在京城长安应有居处产业，而且就应在其祖籍杜曲杜陵原一带。在唐代时称"城南韦杜、离天尺五"，唐代杜曲杜家的名人辈出，如写《通典》的三朝宰相杜佑，写《阿房宫赋》的大诗人杜牧等。杜曲少陵原本是唐朝时高官显贵聚居之地，当时在京城长安"居大不易"，而这里则更是"高尚社区"的住宅区。可是，杜甫却于天宝三年（公元744年）一到长安就住进少陵原，并且一住就是十年。在他科举不第、求官不成，穷困潦倒，甚至到了"衣不盖体，常寄食于人"、"酒债寻常行处有"的地步，诗中写到了各种各样的生活穷困窘状，却从未在诗中说

过租房赁屋之事，更无在此卜居建宅之事，说明他是继承由祖父和父亲留下的房屋田产。这绝非笔者臆测，杜甫在《曲江三章五句》哭穷发牢骚时还写道："自断此生休问天，杜曲幸有桑麻田，故将移住南山边。"以杜甫当时经济困窘状态不可能自己买田产，只能是继承祖上房屋田产。杜甫在太子家令李炎来访时作《夏日李公见访》，诗中说到自己居处"贫居类村坞，僻近城南楼"，而"类村坞"正说明不是一般的村坞。当然，其祖父杜审言虽为朝官，而其父杜闲为七品县令，给杜甫留下的故居房屋不会太好，也可能年久失修，与周围高官显贵的豪宅相比已经破败不堪，他才在诗中感叹"比屋豪华固难数，吾人甘作心似灰"，所以要移居南山边了。杜甫晚年流寓外地时感叹"杜陵远客不胜悲"，作了"故里樊川菊，登高素浐原"、"吊影夔州僻，回肠杜曲煎"等大量怀念秦地故乡家园的诗句，甚至在成都草堂安居七八年了还发出"此生那老蜀，不死会归秦"的誓言。说明杜甫一直把祖籍少陵原作为自己的故乡。另外，在少陵原畔杜公祠所立《唐工部员外郎杜子美祠堂记》碑文也认为诗圣故里就是在这里。

从古人名号称谓也能说明这一点，古人常以故乡、故里的郡望为名号，如韩愈称韩昌黎、柳宗元称柳河东等，可是杜甫一直自称"少陵"、"杜陵布衣"、"少陵野老"、"杜陵野客"，流落外地及江南时便自称"杜陵远客"，诗集也以《少陵集》命名。也能说明杜甫一直是以少陵原为祖籍和故乡的。

综上三方面所述，少陵原定为杜甫"诗圣故里"应毫无疑

笔墨官司

义。杜甫一生坎坷，诗风沉郁苍凉、雄浑瑰丽，居少陵原十年在创作上正是黄金时代的旺盛时期，诗作如霞飞满天。可是杜甫晚年流寓成都草堂仅数年，而成都杜甫草堂却名满天下，而"诗圣故里"少陵原边的杜公祠知名度却远远不如杜甫草堂。现今西安开发少陵原，应认真打好"诗圣故里"这张文化牌，宣传扩大杜公祠在全国的影响和知名度。

（原发《西安晚报》2006年12月11日，这篇小文章本来目的只为了征文自然来稿纠谬，想不到引来一场口水笔战。此文后被评为"富力杯·少陵原之风"征文大赛一等奖）

» 诗圣故里就是在少陵原畔
——回应河南专家们的"有力驳斥"

笔者因工作的原因在《西安晚报》发了两篇关于杜甫"诗圣故里"的小文章。第一篇仅有千余字，想不到引起河南专家很大反响。据河南郑州《东方今报》1月16日记者高伟娟报道："采访过程中，一直陪在记者身边的巩义市委外宣办副主任李钦上告诉记者，他得知消息后，迅速了解了事情的来龙去脉。原来这是西安某地产开发有限公司要在当地开发建房，想增加一些文化气息吸引人气，但如此不负责任的报道和做法，千年之前的诗圣又该如何遗憾！"记者谈她采写文章时的情景："周围的沙发上，几名闻讯赶来的专家早已等候在那里，他们都是省内乃至国内在杜甫研究方面颇有成就的人。他们虽然已是耄耋之年，但得知记者的这次采访目的后，仍然从四面八方聚到这里。"看来对

笔墨官司

笔者文章反响真够强烈，兴师动众地弄那么多名人、要人来忙活。其实，要是真想辩清杜甫诗圣故里的学术问题，对付我那两篇小文章，有一个或两个学者出来写一两篇有分量的能够服人的回应文章也就足够了。看来我们《西安晚报》的影响力还真够可以，一篇千字文都能引起外省专家们如此地高度关注。

可令我感到奇怪的是：笔者所写的个人署名文章怎么变成了《房地产公司妄挪杜甫故里》，我的文章明明白白、清清楚楚题写着我的真实姓名，报道中却只字未提，而移植为"房产公司"。故此，本文首先声明一点：本人坐不更名，行不改姓，《西安晚报》编辑、记者，从来没办过房地产公司，也没受房地产公司委托而写过文章。过去也不研究杜甫，此次纯属偶尔为文，却惊动了诸多专家兴师动众。若说"不负责任的报道和做法"，那么《东方今报》记者在报道中把我的署名文章移植到"房产公司"才真正是不负责任并有点失实了——年轻女记者经验不足可以谅解，但报社就有不可推卸的审稿责任了。需知我写的是享有著作权的署名文章，发表的是我个人的观点和看法。即使文章的观点不成熟，或论证不严密、有漏洞，甚至认为文章是完全错误的也没什么，要想商榷或者来"批驳"都行，也只能针对我本人文章中的学术观点，不能随意移植到"房地产公司"名下，这是无须多说的学术道德和新闻报道原则。

当朋友给我发来这篇《东方今报》1月16日《房地产公司妄挪杜甫故里》电子文本时已是17日晚上，西安看不到《东方今报》，至今我还未见该报纸。可我读完电子文稿内容，浑不知是

记者报道严重失实了,还是河南诸位专家表述方法不得当,说得不清楚。在报道中有多处著名专家对笔者的论断"进行了有力驳斥",当我通读这些"有力驳斥"时,初读莞尔,再读就禁不住哑然失笑。因为这些"有力驳斥"反而帮我证明了杜甫"诗圣故里"的确就是少陵原。开始我无法与记者取得联系,搞不清到底是记者的失误还是专家们的失误。写这篇回应文章时,在我们总编办公室查询并终于打通了记者的电话。记者再三向我证实,她采写的稿子是经权威专家认真审阅,并由专家仔细修改过多处的。在这一点上,记者的素质还不错,值得报社予以表扬。

诸位专家想驳斥我又不屑著文与我辩驳,却让记者代劳,那么我只好权且针对这篇经权威专家审定修改过的报道中的"驳斥"言论为依据,逐条辨析了。一群"专家"在一起联合反驳我一篇千字小文章,竟然没说对其中任何一个小问题,连我的这个被反驳者脸上都有点挂不住了(因为竟连我预留的一点破绽都抓不住)——很多地方一点就破,简直比说相声还要搞笑。

好在现在包括央视在内的一些大众传媒都将学术问题娱乐化,我一向也不反对学术问题娱乐化,只有娱乐化,才能大众化。快过年了,咱就这篇报道中专家对我小文章的"驳斥"来娱乐一把,高兴高兴,问题可以是严肃的,讨论也可以是轻松的。废话说过,转入正题:

一、报道中说,"中国杜甫研究会理事、河南省社会科学院杜甫研究所副所长依据史实"对我关于两唐书观点"进行了更正"。并认为"《旧唐书》的编写者刘昫生于唐888-947年,掌

笔墨官司

握了关于唐朝第一手的历史资料。因此《旧唐书》是对当时历史的最真实的记载。而《新唐书》虽然更加整齐系统,却难逃断章取义的嫌疑"。虽然能让我笑得乐不可支,可能权威专家对新旧唐书关于杜甫的记载都没读通,遂发此论。可是,为了不发生引用上的歧义与争执,本文开始暂且以河南专家们的说法为准(后面我再论述吧)。

二、据报道说,"姜某某先生对杜甫研究有三十年的历史,是这群学者中的领袖人物",姜先生驳斥拙文杜甫的祖父杜审言在长安做朝官及杜甫的父亲杜闲也长期在京城长安附近做官的说法,而说"据《二十五史》(这里可能是记者不懂,夸大其词了)和从清朝湖南流传下来的公认的《杜氏宗谱》记载,杜甫的祖父杜审言在武则天时期,官至膳部员外郎,一直都在当时的国都洛阳(应是陪都或东都洛阳)做官。杜甫父亲杜闲则任职山东兖州司马"。

这让我怎么看都不像是研究杜甫已有三十年历史的专家学者所作的论断。因为杜审言在洛阳当过一段洛阳丞的小职事官,可主要是当著作佐郎及修文馆直学士的文散官,也确实常随侍皇帝多次去陪都洛阳"就食",但杜审言确实在长安。首先杜审言在《春日怀归》一诗中写道:"春日怀归望,春归异往年。河山鉴魏阙,桑梓忆秦川。"(《全唐诗》卷62)说明杜审言就是把秦川视为故乡——桑梓之地。除非专家将此诗改为"桑梓忆洛阳"才能排除。可是,还不行,就是河南省专家认为"对当时历史的最真实记载"的《旧唐书》写到杜并杀季重案后"审言因此

免官，还东都"，是从长安还东都，还是从洛阳还东都呢？还有《旧唐书》又记载杜甫"父闲，终奉天令"。而"奉天"即今天陕西的乾县，距西安六十公里，辖区内有唐高宗与武则天合葬的乾陵。总不能把奉天县和乾陵一起移到洛阳或别处吧。还有其他佐证就不必多说了。

至于笔者文章引述杜甫直系十二代祖先杜预"京兆杜陵人"史书记载，而河南诸位专家又追溯到更早西汉时的杜周"原为南阳杜衍人"，其实这样追溯没有多大意义。因为照此论还可以继续往前追溯，少陵与杜陵一带原本就是西周初年分封的杜国之地，直到公元前687年秦武公十一年才灭掉了杜国，设置为"杜县"，汉宣帝葬此置杜陵邑，当年杜国人后来流散各地，以国为姓，遂有"天下诸杜，皆源杜陵"之说。这里原本就是"杜"姓起源地，当然也包括杜甫远祖了。所谓"南阳杜衍"也可能是杜国人衍生的一个杜姓分支吧。

三、更让人哭笑不得的是权威专家竟然说我文章标题字都写错了：所谓"题目和文中的'原'是'塬'的错误的写法，在古代，'塬'是指不足50米高的土丘"。

为了给诸位权威专家来讲这两个字，我特意查了小学生用的《新华字典》。释意中有：原"同塬"；另对"塬"的解释是"我国西北部黄土高原地区因流水冲刷形成的高地，四边陡，顶上平。笔者在西安几十年还不至于连城边地名都搞错。黄土高原上"塬"有大有小，几百平方公里上千平方公里的塬多的是，就以少陵原（或"少陵塬"）而言，确实小了一些，也绝不是什

笔墨官司

么不足五十米高的土丘，而是西安城南达一百三十平方公里的一条塬。至于研究杜甫的专家如果不懂"原"与"塬"两字本义，倒也是没多大关系的，因为诸位权威专家不是研究文字的，也不是搞地理的；但是，研究杜甫称"权威专家"不知"少陵原"就不对了，至少不怎么权威，因为杜甫就自号为杜少陵、少陵野老、少陵布衣等，就连杜甫的诗文集也名为《少陵集》。难道权威专家们没读过，不知《少陵集》的来历？

四、报道中说诸位河南专家为了否定我对杜甫继承有房屋的判断，竟然说"杜甫《曲江三章五句》中的桑麻田其实是堂弟的家。而《夏日李公见访》则是杜甫在成都草堂的著作"。我实在不知道其论断的依据何在。

咱就先说"而《夏日李公见访》则是杜甫在成都草堂的著作"这个论断吧，笔者虽然不研究杜甫，但也读过不少杜诗注本，所看过的杜诗注本中关于《夏日李公见访》一诗注解中均无此说，比如《少陵编年诗目谱》中将此诗列入天宝十四年，杜甫在长安时的诗作（见清代浦起龙《读杜心解》前附《少陵编年诗目谱》，中华书局1961年版）。清代仇兆鳌《杜诗详注》于此诗引黄鹤注："诗云村坞城南，则是在长安城南作矣。别本作李家令，考《宗室世系表》，唯蔡王房有炎为太子家令，又让皇帝房有平为太子家令，然平去让皇五世，不与公同时，疑是李炎，当属天宝末年作。"同时此诗又有赵注曰："杜陵之樊乡，有樊川，而赣则自樊川西北流，经下杜城，诗'展席俯长流'，岂当居此地耶。"不过确实不知专家所据何书或杜诗注中有此说。

笔者也临时抓来读过几本当代研究杜甫的著作，如陈贻焮的《杜甫评传》、冯至的《杜甫传》、李志慧的《杜甫与长安》等专著中也未见有此说，实在不知姜先生是另有何本，或许是先生自己研究出来的杰作成果？

即使姜先生不承认这些前人注解及当代学者的专著，诚如专家老先生所说该诗"是杜甫在成都草堂的著作"，我想作为研究杜甫三十年的权威专家总去过一趟成都杜甫草堂吧。诗圣杜甫流寓成都时的草堂故居，又称浣花草堂、工部草堂、少陵草堂，坐落在成都市西郊的浣花溪畔。请问老专家：在成都西郊（还较远）是如何"僻近城南楼"的？专家们搞不清地方，总不至于连东西南北的方向也搞不明白吧？告诉你们有两种办法，一是把杜甫原诗"僻近城南楼"改成"僻近城西楼"，改一个字就行了。从《少陵集》到《全唐诗》及各种诗注版本资料浩如烟海，改一字也太难了。二是专家们或者去四川成都把杜甫的草堂从城西给搬迁到城南边，就能自圆其说了。如果做不到上述两项工作，就必须得承认杜甫此诗写于长安，本人论述杜甫在长安有房屋没有错。

至于专家们说"杜甫《曲江三章五句》中的桑麻田其实是堂弟的家"就更站不住脚了。那杜审言"桑梓忆秦川"莫非也是有个堂弟的家吧？

五、至于专家吟杜诗《杜位宅守岁》："守岁阿戎家，椒盘已颂花。盍簪喧枥马，列炬散林鸦。四十明朝过，飞腾暮景斜。谁能更拘束，烂醉是生涯。"以此为证说："如果杜甫在杜陵拥

笔墨官司

有一套自己的房产,大过年的,已经四十岁的他会跑到堂弟家守岁吗?"这是不了解关中乡村淳厚的民风民俗。别说古代,就是在二三十年前没有电视和春晚的时代,亲友甚至邻居坐在一起过年守岁是很常见的风俗习惯。二十多年前笔者写过《中国古代节日风俗》一书,其中就探讨过、谈过古代这种守岁风俗。何况这里还有一层原因,即杜甫归宗共同祭祖而"守岁阿戎家"。

六、专家认为:"杜甫为求官断断续续在长安生活过一段时间,且在集贤院住过,根据史料记载,杜甫在杜曲仅住过数月,就离开杜曲走奉先。之后有一年到了在太仓领米维生的地步,中间还不断有带着家人到各处避难的经历。"并从此得出结论:"如果杜甫在杜陵拥有房产,不可能不在长安长住,且沦落到在太仓领米的地步。"

笔者认为:一是杜甫太仓领米属实,但太仓和集贤院不是难民营,也不是住人的地方。再者杜甫有房子住,也不见得就不能走走亲戚,难道杜甫因有房子住,去一趟"舅氏"家就不行了吗?至于杜甫"不断带着家人到各处避难",那更不是因为没房子住,那是因为"安史之乱"的叛军打进了长安所导致的,别说是杜甫,就是皇帝也要逃命了,难道权威专家们连"安史之乱"这点历史常识都没有啦?

七、至于笔者文章中写到大量怀念秦地故乡家园的诗句,很少有怀念出生地河南巩县的诗句。记者在报道中极为夸张地写了一大段:"对此说法,杜甫四十二代孙杜某某老人激动地喊道:'这种不负责任的说法是对杜先人人格的不尊重和诬蔑!'随

后,杜保才一连为记者背出了《闻官军收河南河北》《得舍弟消息》《熟食日示宗文、宗武》等多首怀念巩义(原来的巩县)的诗句。'剑外忽传收蓟北,初闻涕泪满衣裳。却看妻子愁何在,漫卷诗书喜欲狂。白日放歌须纵酒,青春作伴好还乡。即从巴峡穿巫峡,便下襄阳向洛阳。'饱含深情的诗句通过杜甫后世杜某某的吟诵,仿佛再现诗圣杜甫对家乡南瑶湾村深切的关注和怀念。"

或许笔者为了文章准确表述而过分直率,有伤河南巩义人的感情,我在此先说声对不起!但我所说的却是千真万确的事实。有《全唐诗》在,有《少陵集》在。同时我劝慰杜保才先生大可不必如此激动,诗圣能越千年而被人争着供奉,作为后代子孙应为祖先感到骄傲和光荣才是。何况我真还没有想争名人的意思,只据杜诗、据史实而言。还不像你们的权威专家那样信口开河、瞎说一气,让记者不负责任地去报道。

就以杜保才先生所背诵的杜诗而言,笔者认为不能说明什么问题。稍有地理常识即知道"即从巴峡穿巫峡,便下襄阳向洛阳",向北行只能是从襄阳向洛阳。杜甫诗中也没说"青春作伴好还乡"到洛阳就停下不走了,要知回关中也得走这条路,即过洛阳再经潼关进入秦川,以实现"不死会归秦"(《奉送严公入朝十韵》)的愿望,我看我这样讲也能讲得通嘛!

八、关于拙文中提到一句在少陵原畔杜公祠所立《唐工部员外郎杜子美祠堂记》碑文也认为诗圣故里就是在这里。记者报道中说:"权威专家认为石碑为任意杜撰不具权威性。""席

笔墨官司

彦昭曾见过文中少陵原畔杜公祠的《唐工部员外郎杜子美祠堂记》,但对上面做记录的内容,文物专家席彦昭认为完全没有历史依据。"

这不是搞笑,而是太离奇了,专家不用任何依据,仅凭一句话就可以否定关于杜甫的古祠古碑,未免太"金口玉言"了吧。需知少陵原畔杜公祠是明代所建,当年还请来过杜甫后裔,即"延子美裔孙,移桂于居,莳圹内地,奉时祭焉"。可以看出,作为"故里",在明代杜甫的后裔们也是认可的。总不能前代后裔认可过了,过了几百年,后代的后裔反而去推翻祖先的牌位不认可了。为此,我猜想诸位专家作此论述时,杜甫四十二代孙杜保才先生当时肯定不在场,否则,他也不会答应专家这种谬论的,总不能因杜公古祠是陕西人修的"没有历史依据"就应该拆掉吧。

再换个角度说:如果说在明代修的杜公祠尚且不能算数,而报道中所说专家们引用"从清朝湖南流传下来的公认的《杜氏宗谱》记载"就能算数了?不用说是专家们,就算是一般人都知道一个常识:"宗族谱"的造假要比一座古祠容易得多了,《宗族谱》造假严重之程度也远超古祠古碑造假,而且族谱造假之事过去就多,现在则是更多。不过在这里我先说明一点:我只是就一般情况而言,并不是说你们那个《杜氏宗谱》就一定是假的,我没有去鉴定过,所以绝不敢乱说。但是,我敢说:说古祠造假实属罕为听闻,就说少陵原畔杜公祠碑文"完全没有历史依据"的专家论断,我还是头一次听说,那也许有可能就是明清时代也是

为了"发展旅游业"为"争名人",十三朝古都的西安人在明朝就为争夺名人杜甫造假了。不过,我的朋友兀方先生就是依据杜甫诗及杜公祠及其碑文考证出并找到杜甫旧居的。

九、报道中还说"姜先生对杜甫研究有三十年的历史,是这群学者中的领袖人物",他认为我不了解最基本的历史常识,严重混淆了故乡(里)、(祖)籍贯和郡望的含义。于是,姜老先生说:"在中国学术界,民国十年版的《辞源》被认定是中国历史上对中国古文解释最权威的著作。在该版本《辞源》中,故里为'故乡,父母之邦,带街巷门号'。"

尽管我才疏学浅,却并不那么认可民国十年版的《辞源》就是最权威的著作,好像是现在新编的《辞源》《辞海》与之相比水平都倒退了;但是,我还是十分赞同权威老专家对民国十年版的《辞源》的引用以及他对"故里"一词解释的观点。因经笔者考证,杜甫在长安所居就是继承祖父和父亲留下的老房子,恰恰是正宗的"故乡,父母之邦",杜甫自己在其《逼仄行赠华曜》一诗写道:"我居巷南子巷北";杜甫的故交、诗友高适《赠杜二拾遗》诗云:"佛香时入院,僧饭屡过门";晚唐著名诗人许浑,探访杜甫故居后在《野老村舍》一诗中描述道:"绕屋树桑麻,村南第一家。"这不正是既有街巷位置,连门牌号都有了嘛。不正是完全符合这位研究杜甫三十年的权威老专家引用民国十年版《辞源》给"故里"下的定义吗?而且这个定义中并没有说"出生地就是故里",很对我的胃口。我写那两篇小文章时,一直想找条这样的权威的理论依据可惜没找到,只好根据自己的

笔墨官司

理解胡乱写了几句。我衷心感谢姜老先生为了驳斥我不了解历史常识,弄混了故里郡望时,却给我的小文章补充提供了如此有力的"理论依据",并且是"被认定是中国历史上对中国古文解释最权威的著作"所下的定义。照权威专家引用最权威著作之说,双重权威肯定了我那小文章的观点是绝对正确的,诗圣的"故里"的确是在少陵原畔。而且这个结论是你们"对杜甫研究有三十年的历史,是这群学者中的领袖人物"姜先生帮我论证出来的。再次表示衷心感谢!

十、说杜甫长安故居,不是我个人的发明,前代学者多有论述。如王洙据杜甫《赠李八秘书别三十韵》"杜陵斜晚照,赣水带寒淤"句断定:"赣水,公故居。"清代大学者仇兆鳌在《杜诗详注》中据杜甫《秋日夔府咏怀奉寄郑监李宾客一百韵》中"吊影夔州僻,回肠杜曲煎"说明:"杜曲,公故居。"黄鹤在杜甫《九日五首》之四"故里樊川菊,登高素浐原"句后说明:"樊川,公之父为奉天令,因家焉。"这些都是在注杜甫诗时注释中提到的。尽管前贤大家这些只言片语的看法,星星点点,如蜻蜓点水,只是点到为止,只鳞片爪地散落杜诗注释中或相关杜诗的文章中,虽然说的地点都不是很具体,但是,判断的大致上不离其范围。河南省诸位研究杜甫的专家想批驳我的小文章容易,可是这星星点点前人的论述想清除一个小点都是很难的。

十一、关于"故里"还有一个最重要的论点,就是本人对"故乡"、"故里"的认同感。笔者说杜甫故里在长安少陵原

畔,只是根据杜甫本人的意愿,真是没有考虑到根据河南诸位权威专家的意见。杜甫晚年流寓成都"漂泊西南天地间"时,怀念秦川家园的诗太多了。他在长江感叹"巫峡寒江那对眼,杜陵远客不胜悲"(《立春》);回望三秦,茫然不知何时是归程时写道:"心折此时无一寸,路迷何处是三秦"(《冬至》);"故园当北斗,直想照西秦"(《月三首之一》);"巫峡西江外,秦城北斗边;为郎从白首,卧病数秋天"(《历历》);可以说杜甫一直把陕西秦地作为"故园"故乡,在《秋兴八首》中,更是以"孤舟一系故园心","故国平居有所思",深深地怀念着秦地长安。杜甫更怀念他曾居住过十年的少陵原边的家园,思念着"故里樊川菊、登高素浐原"(《九日五首》之四),回忆着"杜陵斜晚照,贑水带寒淤"(《赠李八秘书别三十韵》)那种如诗如画的美丽景色;在江南漂泊时以"吊影夔州僻,回肠杜曲煎"(《秋日夔府咏怀奉寄郑监李宾客一百韵》)的异乡孤独感加痛切之情,写出游子痛彻心肝的故乡思念之情与熬煎……总之,他写下了大量怀念秦地长安与故乡家园的诗句,甚至在成都草堂安居七八年了还发出"此生那老蜀,不死会归秦"(《奉送严公入朝十韵》)的誓言。

权威专家们再权威,能十分搞笑地把杜诗《夏日李公见访》说成"是杜甫在成都草堂的著作",但总不能把杜甫《九日五首》之四的"故里樊川菊,登高素浐原"也给改成"故里洛阳菊,登高北邙山"在洛阳时之作吧。请权威专家们注意:"故里"这两个字是诗圣杜甫先生一千多年前自己说的,就是杜甫的

笔墨官司

后裔恐怕也无权改动，更别说什么谁是研究杜甫的权威专家了，再权威也不行。

以上我把《东方今报》1月16日记者高伟娟报道的《房地产公司妄挪杜甫故里》一文中河南研究杜甫专家们观点全面梳理了一遍，或许有不当之处，还请专家们继续不吝赐教。

（附记，正写这篇回应文章时，恰值朋友兀方先生见访，顺便提供证据，高人相助，为本文贡献不小，在此鸣谢。）

（原发《西安晚报》2007年1月20日）

» 在黄帝陵公祭轩辕黄帝
——祭黄何处祭，只宜祭黄陵

  轩辕黄帝是中华民族的人文始祖，经历五千年之久的"黄帝文化"由历史记载、神话传说、文物遗迹和祭祀活动构成，凝结着中华民族源远流长的精神文化的价值内涵。五千年来，在中国历史上经过了无数次尊黄、崇黄潮，轩辕黄帝已经成为中华文化之根的象征，获得了其他任何传说或史实人物无法取代的崇高地位。在"弘扬中华文化，建设中华民族共有精神家园"的今天，中国不仅需要继承和发扬中华民族优秀文化传统，彰显中国的大国风范与大中华民族精神特质，而且需要使其成为时代竞争中综合国力的要素。因此在黄帝陵公祭轩辕黄帝不仅是中华民族几千年的传统盛事，也是全世界炎黄子孙到这里寻根祭祖的盛世大典！

笔墨官司

"纪"不同于"祭"更不同于"公祭"

祭黄帝如何祭,确是一个不能不认真探讨、认真对待的问题。

中国因为有轩辕黄帝,就有了共同的文化传承。出于对"人文始祖"的崇高敬意,任何地方搞纪念黄帝的祭祀活动都无可非议,正如梁启超所言:"寻常百姓家谱,无一不祖黄帝"(《饮冰室合集·中国史叙论》)。当然一些地方利用传说遗址搞一些民间祭祀的纪念活动,以提高地方影响力,以中华民族的认同感和归属感来加深与港澳台地区同胞和海外侨胞的联系,应该说是一件好事情。

但是,纪念活动之"纪"不同于"祭",更不同于"公祭"。

祭是国之大事,道之大统、礼之根本。早在夏商周三代就已认为"国之大事,唯祀与戎"(《左传·成公十三年》),《说文解字》解释:"祭:祀也。"段玉裁注:"统言则祭祀不别也。"作为一个古老的国家传统,祭祀是其公共生活的一部分,并且把祭祀祖先列为国家第一等的大事,这就是公祭。这些祭祀的主持者要么是地方诸侯,天子派员参与;要么是天子本人主持,如同现在的官方祭祀。把祭祀和战争作为国家最重大的事情,把祭祀看得比军事问题还重要。祭祀主要就是祭祖先和天地山川的神灵。所以祭礼在华夏文化中的地位极其重要。在《周礼》中的百官之首,最高的行政长官"宰"(即宰相)第一政务职责就是司祭,在儒家经典《礼记》中认为"凡治人之道,莫急于礼。礼有五经,

莫重于祭"(《礼记·祭统》)。只有正确理解祭祀在中华民族传统中的重要性,才能使我们对于当代"公祭"与民祭(纪念活动)关系有一个基本认识,才能正确认识在黄帝陵公祭轩辕黄帝这几千年传统盛典的历史价值、历史意义以及现实意义。正如《礼记·祭统》所言:"唯贤者能尽祭之义。"

黄帝是中华民族的人文始祖,祭黄帝有着悠久的历史。在先秦众多史料中如《左传》《国语》及诸子著作等重要典籍都有明确记载,谨按儒家经典《礼记·祭法》记载:"祭法:有虞氏禘黄帝而郊喾,祖颛顼而宗尧。夏后氏亦禘黄帝而郊鲧。"在这里用"禘"而不用"祭",在中华民族古礼及经典记载上,这是十分讲究的一个专用字,行文至此,很有必要对"禘"作一简要考释:"禘"是大祭,是公祭中最高规格之祭祀大典。《诗经·商颂》中就有"长发,大禘也"。汉代大学者郑玄笺释:"大禘,郊祭天也。"唐代孔颖达疏:"禘者,祭天之名。"在《礼记·大传》中记载:"不王不禘,王者禘其祖之所自出。"孔颖达疏《礼记·祭法》再次解释有虞氏、夏后氏祭黄帝用"禘",即在大禘时;祭天以黄帝之功德盖世所以配天而祭祀,祭黄帝如同祭天。因此儒家特别强调:"禘尝之义大矣。治国之本也,不可不知也"(《礼记·祭统》)。儒家把"禘"提高到"治国之本"的高度,认为"明其义者,君也;能其事者,臣也。不明其义,君人不全;不能其事,为臣不全"。一个"禘"字将祭祀的含义竟与国家君主之安危、大臣之生死命运联系在一起。不要说"禘"这等国之大祭,就是普通民间祭祀,也要求"祭之以礼"。今天，重要的祭祀黄帝大典岂可儿戏，不能随便弄个地方说是遗迹就去搞"祭拜"，即非传统古礼，对中华民族、对国家政权来说也太不严肃。就是籍贯很明确的近现代伟人在其家乡可建纪念馆，也不可能在出生地搞"祭拜"，何处公祭国家自有规定，这是常识。笔者认为民间进行祭祀黄帝还是可以的，但也不宜搞成一种庸俗的庆典活动，可以搞"文化搭台，经济唱戏"，但不可以用中华民族"人文始祖"黄帝垫台脚。庄严肃穆的祭礼非"常礼"，更何况是祭黄帝，正如《易经》所云："君子慎始，差若毫厘，谬以千里。"没搞明白公祭的含义，祭错了地方，还有"公祭"的意义吗？

祭黄帝蕴含正名　各民族共认先祖

禘黄、祭黄陵在中华民族是有五千年历史传统的，自从"黄帝崩，其臣左彻取衣冠几杖而庙祀之"（《绎史·纪年》）。"黄帝崩，葬桥山"（《史记·五帝本纪》）。轩辕黄帝的陵墓，被称为"中华第一陵"，在黄帝陵祭轩辕黄帝便成了国之大典。历尧舜禹，经夏商周、秦汉唐，迄止宋元明清直到当代，黄帝陵祭轩辕作为最高之祭祀、国之大典不绝史书。关于历代禘黄祭典记载更是汗牛充栋，历代学者们高论多如牛毛，笔者无须在此当文抄公。

为什么中华五千年来一次次改朝换代，几乎所有执政者都以国之大典的最高规格来祭黄陵呢？这又是一个不得不说的重要问题。因为历代帝王登基后，一方面宣称是"受命于天"，另一

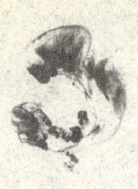

方面还要以远古血统证明自己是华夏民族嫡系,以正统居之。否则,"名不正,言不顺"。早在先秦春秋战国时,各诸侯国的国君无不以炎、黄二帝血统的继承者自居,甚至诸侯联姻都要讲究"姬"(黄帝以姬水成)、"姜"(炎帝以姜水成)二姓。早在先秦人们的心目中,已经是"世之所高,莫若黄帝"(《庄子·盗跖篇》),正如《淮南子·修务训》所言:"为道者必托之于神农、黄帝而后能入说。"所以不仅秦皇、汉武无不祭黄帝、以自称黄帝血脉居正位,就连篡位夺权的王莽立新朝也要以黄帝的直系血脉为篡夺江山来正名。"莽自谓黄帝之后"(《汉书·元后传》),并自己考证其"王"姓的由来,与黄帝的血缘一脉相传的传承关系。王莽几乎每次下诏书时都要宣称:"予以不德,托于皇初祖考黄帝之后……","予伏念皇初祖考黄帝,皇始祖考虞帝,以宗祀于明堂……"(《汉书·王莽传》)。试想那时,非皇帝本人或皇帝允许批准,谁敢私自去"公祭"黄帝。此后改朝换代的历代统治者无不以祭黄帝来正名分。汉族执政者还罢了,特别是魏晋南北朝时期及辽、金、元、清朝等几个时代的君主,也无不宣称是黄帝之后裔,无不来祭黄陵。至于史实及家谱未必重要,重要的是反映一个多民族的大国对以黄帝为核心的民族先祖的认同。

历代封建帝王执政者"禘黄"是如何祭祀呢,只有两种:一种是"庙祭",即列入祖宗的宗庙进行祭祀,如王莽将黄帝"宗祀于明堂";另一种就是到桥山公祭黄陵。庙祭难以昭彰于世,祭黄陵则是隆重的国之最高祭典。周秦汉唐等王朝建都长安祭黄

笔墨官司

陵方便就不用说了，此后历朝无论是谁执政，建都在什么地方，路有多远，祭黄陵无一例外必到桥山。元朝统治者尊黄禘黄，还对黄帝陵一草一木都严加保护，泰定皇帝专门颁旨给陕西行省："今给榜文常训张挂禁约，无得似前骚扰，如有违约之人，许诸人捉拿到官，痛行断罪"（《元史·祭祀志》）。大明王朝虽建都南京，迁都北京，除了建文帝登基未暇而覆亡，其余从朱元璋以后的十二个皇帝都曾专派官员祭祀黄陵。清朝除最后一个三岁登基的宣统皇帝未暖帝座就被推翻之外，十代帝君都曾派官员致祭黄陵。到了近现代，进入民国后，尽管军阀混战，民不聊生，各督军政府无不尊黄祭黄。特别值得一提的是，不仅孙中山祭黄陵，而且，虽然国共两党曾经兵戎相见、水火不容，但两党领袖却都以最高规格的国之祭礼，同祭黄帝陵。

民族情感纽带　魂牵世界华人

寻根求源、认祖归宗是中华民族的传统美德，所以全世界华人无不宗黄帝。黄帝成为民族之魂，融入中华民族每个人的血脉里；宗黄帝是中国的立国之本，历代无不把祭黄陵视如祭天，古称"禘"而不称祭，是将其作为最高祭典！特别是在国难当头时，桥山黄帝陵更像是整个中华民族一面迎风招展的猎猎大旗，号召着全世界的华人同仇敌忾、赴汤蹈火、万死不辞！黄帝陵是中华民族情感纽带的带结，魂牵全世界的华人，凝聚着全世界炎黄子孙的斗志士气！

改革开放以后，全中国各族人民热爱祖国，期盼祖国强盛，

行吟江湖一声啸

为中华民族崛起,为维护祖国统一和领土完整,为建设一个空前盛世中国的美好愿望空前高涨。从1980年以后,每逢清明节,全世界各地华人一次次来到黄帝陵公祭,祭黄帝陵不仅是一国之重典,而且已经成为全世界华人之盛典,整个中华民族之大典!轩辕黄帝是中华民族的民族象征,黄帝文化是中华民族的文化象征,黄帝陵是缔结炎黄子孙的纽带,所以禘黄典礼也是中华人民共和国的国家大典,受到历届党和国家领导人的高度重视!

在当前经济全球化、文化多元的时代,祭祀黄帝陵、弘扬黄帝开创中华民族文明先河的黄帝文化精神,对弘扬中华民族的优秀文化,增强中华民族的向心力、凝聚力无疑具有重要的现实意义和深远的历史意义!增强民族凝聚力就要坚持团结、和睦,反对分裂、反对涣散,尊重我们的历史、尊重五千年民族传统,特别是在黄帝陵公祭黄帝,"禘黄"的国之大典上,来自全世界的炎黄子孙共同奉献一瓣心香。

(本文2009年4月1日在《陕西日报》《西安日报》《西安晚报》等及港台地区报纸同日刊登,人民网及各大门户网站齐转载,数日后清明节,马英九在台湾举办大典"遥祭黄帝陵")

笔墨官司

» 三月三不是祭祖日

中华千年传统　清明节扫墓祭祖

中国人自古十分重道德伦理观念。从古代起对祭祖祭天十分重视，皇帝有宗庙、社稷坛、天坛、地坛、先农坛等；而老百姓家中皆供有"天地君亲师"牌位。"慎终追远"、"尊神事鬼"，正是中国人民的传统观念。在清明节以虔诚的心灵祭祀祖先，以表达对祖先的孝思与怀念。在陵墓前一束香火腾起袅袅青烟，焚几张黄表纸燃起对祖宗的思念，以示香火不断。摆上供品，祭拜以示孝敬。古代上自天子，下至庶民，都十分重视扫墓祭祖，借以表达慎终追远的情思。尊祖、敬祖是中华民族的传统习惯，是宗法制的核心之一。商周以来，一直把祭祀上帝与祭祀祖先当作国家大事，认为"夫祀，国之大节也"（《国语·周语上》）。孔子在《论语》中也说过："国之大事，唯祀

与戎。""生,事之以礼;死,葬之以礼,祭之以礼。"后世尊儒教,重人伦,以"孝"治国,更讲究祭祖"事死如事生",所以隆重祭祖,以尽孝道,成为相沿积久的社会风尚。宗庙、祖坟几乎成为国家、故乡、民族之根的象征。清明扫墓祭祖是最重要的风俗。

在墓前祭祀祖先谓之扫墓或称墓祭、扫拜,这个习俗在中国起源甚早。早在西周时已有祭墓之俗。而《礼记·檀弓下》记载的颜渊与子路的对话中,曾提及"哭墓"、"展墓"、"式墓",前两者就是扫墓,而"式"即"轼",轼墓就是凭借车前横木向坟墓行礼,也属于扫墓的范围。《孟子·离娄下》中讲了一个为人所耻笑的齐国人,常到东郭坟墓间,乞食祭墓的祭品,虽然这个乞食祭墓品的齐人成为人们的笑料,但从他的所为也可以证明战国时代墓祭、扫墓之风十分盛行。

秦汉时期,扫墓之风俗注入了礼俗的内容。特别是到了西汉时的汉武帝"罢黜百家,独尊儒术",以"仁"、"礼"、"孝"为核心的儒家政治思想学说上升为国家民族的社会主流意识,人们更加重视祭祖、扫墓。如严延年要从京师跋山涉水,不远千里"还归东海扫墓地"(《汉书·严延年传》)。到东汉光武帝刘秀时更是倡导以"孝"立国,对祭墓扫墓大力提倡。宋代邵伯温在《闻见录》中谈道:"汉光武初继大业,诸将出征,有乡里者,令拜扫以为荣。"当时社会上行下效,拜扫祭墓之风勃兴,国家倡导与民间礼俗习俗融合成为全民族的社会风尚。所以到了魏晋南北朝时期,尽管国家分裂,社会动荡、军阀割据,

笔墨官司

烽火连年,但人们对扫墓之风依旧重视。许多在职官员,常请假回乡扫墓。《魏书·高阳王传》记载:"任事之官,吉凶请假,定省扫拜,动辄历十旬。"他们请假回乡扫墓,一去就达百日。到了唐代,拜扫之风从达官显贵到庶民百姓,都是十分盛行,并且将拜扫的日期定为寒食节。据《旧唐书·玄宗纪》记载,唐玄宗遂于开元二十年(公元732年)下诏:"士庶之家,宜许上墓,编入五礼,永为常式。"自此,寒食扫墓用诏令形式正式确定下来,并索性列入五礼之中。《旧唐书·德宗本纪》记载,唐宪宗元和元年(公元806年)三月下诏令京师官员寒食拜墓,在京师以内者可于假日中往还,在外州府县者都可以奏请扫墓。宋朝时也是每至清明"官员士庶,俱出郊省坟,以尽思时之敬"。(《梦粱录》)到了清代《燕京岁时记》记载:"清明即寒食,又曰禁烟节,古人最重之,今人不为节。但儿童戴柳祭扫墓茔而已。"祭墓除一般祭品之外,要用五色纸制成幡盖,陈于墓左,待祭扫毕,子孙要亲执纸幡在墓门前焚化。在唐诗宋词及历代各种文学作品中,都有大量描写清明扫墓、祭祖内容的作品,如白居易《寒食野望吟》诗中描写扫墓情形道:"乌啼鹊噪昏乔木,清明寒食谁家哭。风吹旷野纸钱飞,古墓垒垒春草绿。棠梨花映白杨树,尽是死生别离处。冥冥重泉哭不闻,萧萧暮雨人归去。"可以说,清明节祭陵扫墓是中华民族最重要的传统风俗。查遍全国各地的方志记载,清明祭墓拜祖风俗礼俗基本都是一致的。即使在"破四旧、立四新"的"文革"时期,也未能彻底从民间废除此风俗;相反,每逢清明节,中小学还组织学生们到革

命烈士陵园祭扫，进行爱国主义传统教育。正因清明节在数千年民族传统风俗中如此重要，我国于2008年把清明纳入了国家法定节假日。

清明节以国之最高祭典祭黄帝，尽管不同时代禘黄、祭黄大典因历史背景不同有不同祭礼观念、不同的祭仪，但在时间上都是选取清明节。祭黄陵不仅是尊重中华民族历史文化传统，更重要的是突出中华民族精神，以祭祀黄帝传承同根共祖的民族理念，促进民族认同感和发挥民族团结作用。

三月三是袚除踏青日　不是扫墓祭祖日

弄清楚寒食、清明节源流与演变，搞明白中华民族"慎终追远"极其重视扫墓、祭祖的传统风俗。就引来另外一个"三月三"祭拜黄帝是否适时的问题。

"三月三"是什么日子呢？"三月三"又称"重三"，也是古代汉族十分有名的节日。不过它是由中国古代上巳节（又叫"三巳"）演变而来。由于一些所谓"专家"不懂中国历法及传统节日演变，误把"三月三"当清明来过，才闹出"三月三"祭拜黄帝的笑话。中国古代历法是以天干地支六十甲子循环计时，按夏历十二地支计算，每逢三月第一个巳日便是"上巳"日。一般都在三月上旬，或在清明节前，或在清明节后，相差不了几天，偶有重合为同一天者。上巳节已经从中国人的节日谱中消失了，但过去它曾是一年中最重要的节日之一。汉代以前定为三月上旬的巳日，后来则固定为农历三月三那天。

笔墨官司

上巳节起源于西周时春天水滨祓禊之风俗,《周礼·春官·女巫》记载西周礼制规定:"女巫掌岁时祓除衅浴。"郑玄注:"岁时祓除,如今三月上巳如水上之类。衅浴谓以香薰草药沐浴。" 因为《周礼·地官·媒氏》还规定:"仲春之月,令会男女。于是时也,奔者不禁。若无故不用令者,罚之。" 也就在阳春三月里,让少男少女们各自幽会,即便私奔发生关系也不必禁止。"奔者不禁"并不涉及"道德"问题,而是一种原始群婚制的遗俗。在春季鼓励男女青年幽会的习俗今天其实还有,在西南的一些少数民族,就有"三月三"歌会,男女们在这天唱歌跳舞寻找伴侣。周朝讲究礼制为什么不禁止呢?这与古代执政理念有关,国家要强盛、经济要发展,首先要注重人口的繁衍生息,在古代人口的繁衍便是生产力的发展,所以历朝历代的执政者都重视国家人口增多。

这种风俗在《诗经》中反映更多、更具体。如《诗经·郑风·溱洧》有诗记载郑国(大体在今新郑境内)风俗:据高亨注释,每逢夏历三月三的上巳节,人们在溱、洧两水边洗濯修潔、女秉执兰草,祓除不祥,男女相诱相谑狂欢。正因如此,孔夫子才认为"郑风淫"主张"放郑声,远佞人。郑声淫,佞人殆。"(《论语·卫灵公》)朱熹给《郑风》作注时说:"郑卫之音,皆为淫奔!"

到了汉代上巳节,"是月上巳,官民皆洁于东流水上,曰洗濯祓除,去宿垢(病),为大潔"。如果说清明祭祖与慎终追远、祖宗崇拜有关;那么,"三月三"则与迷信禁忌、驱疫除

疗、清污除垢、祓禊不祥紧密相关。所以三月三可踏青春游、可水滨修潔祓禊，唯独不可祭祖。

因三月"上巳"日每年都不一样，魏晋以后，大致上都固定在三月三这一天。比如，东晋时号称中国书圣的王羲之就是三月三上巳节在兰亭修潔，曲水流觞，饮酒赋诗，写下了著名的《兰亭序》。其实，说到上巳"曲水流觞"故事也是起源西周初年，周公曲水之宴。《初学记》引《续齐谐记》记载："周公卜成洛邑，因流水以泛酒，故逸诗云：'羽觞随波流'。"也就是说，周公平三藩之乱后，准备在今洛阳准备修建东都，当时都城、宫殿尚在规划建设中，遇上巳日周公便在大自然环境里曲水边设宴，将酒觞放在流水上，漂到谁面前谁就饮酒，由此形成了"曲水流觞"的风流雅韵。

从两汉到隋唐时期，上巳节是十分著名的春游踏青的节日。《秦中岁时记》云："唐上巳日，赐宴曲江，都人于江头禊饮，践踏青草。"杜甫《丽人行》也写道："三月三日天气新，长安水边多丽人。"都是指上巳节。由于上巳节与清明相近，也确实常有把清明祭墓、扫墓与上巳踏青搞混的现象。直到宋元时期，上巳节在王公贵族及文化程度较高的缙绅之家还一直独立存在着。比如，白朴《墙头马上》杂剧第一折："今日乃三月初八，上巳节令，洛阳王孙士女，倾城玩赏。"这时上巳节既未用三月三，祓禊意味也很淡，主要变成了春游节。由于上巳节与清明节时间相连，上巳节踏青春游活动融入到清明里，以致到近现代，一般普通百姓只知清明节，很少知道上巳节了。

笔墨官司

从中国历史发展演变考察,"三月三"是上巳节的演变,其节日内容:一是青年男女幽会、寻找伴侣的节日;二是有水滨修潔驱疫、祓禊不祥内涵;三是踏青与春游。均与祭祖无关。从地域上看,从长安城边三月三仕女踏青到洛阳周公"曲水流觞",再到新郑溱、洧水边男女狂欢,以及江南三月三兰亭修潔,内容都差不多。"三月三"主要是以祓禊、踏青为主,不是祭祖的日子,此日拜祖祭黄,岂不是把黄帝当成不祥、不洁、污垢之物进行祓除,岂不是犯了中华民族几千年传统的大忌!而清明才是真正的祭祖、扫墓日。也是我国历史上及当今法定的祭祖节日。如果说在故里搞祭拜黄帝是祭错了地方,那么,三月三祭黄帝、拜祖宗更是选错了时间。

经济学家

» 学者的良知

"2002年中央电视台中国经济年度人物奖"揭晓，其中一位原来名不见经传的人物刘姝威赫然榜上有名。十大风云人物中其他九位都是改革潮头的企业家，唯独她是一名学者，是一位良知不泯的学者，是一位戳穿了皇帝新衣骗局的学者。

刘姝威是中央财经大学的一位学者，她并不是那种频频在媒体露脸的所谓的"知名学者"，仅仅是凭良知写了一篇六百字的短文《应立即停止对蓝田股份发放贷款》，发表在一般群众都看不到的金融系统的内参上。她根据蓝田股份公布的财务报告，分析认为该上市公司已经成为一个空壳，银行应立即停止对蓝田贷款。想不到这一篇六百字的短文竟引起轩然大波，刘姝威先当被告，接到了法院传票；后又受到威胁和恐吓，并受到死亡的威胁，一度处于孤立无援的境地。然而她一个弱女子，一个女书生，凭着一个学者的不泯良知，依然以大无畏的精神应对危险局

面，对皇帝的新衣说"不"，终于戳穿了"蓝田神话"。一个绩优的上市公司，一个蓝田帝国轰然崩塌了。

就蓝田股份公开发布的财务报告欺骗公众一事而言，提供虚假财务信息的上市公司多了，人们已司空见惯，似乎不是什么大不了的事儿。问题是蓝田公司当初如日中天，多少政府官员、专家学者都前往参观，都没有发现骗局；多少股市分析家和股评专家在分析研究蓝田财务报表都发现不了问题；而刘姝威只是对蓝田股份的财务报表那么偶然一瞥，结果她看穿了那半遮半掩的把戏，似乎童言无忌一般写了篇仅仅六百字的短文，就把这个把戏给戳穿了。蓝田股份欺骗手法并不是多么高明，正如刘姝威所说过的，像蓝田提供的报表数据，很容易看出破绽，无须特殊的分析手段。许多到号称蓝田帝国的"蓝田城"视察的政府官员发现不了问题情有可原，可以说有些政府官员不懂经济，只看一看表面现象就行了。可我们的社会不乏各种各样的知名经济学者，其中也颇有一些见解独到的股市专家。他们还专门研究财务报表，要说他们也是确实看不明白，所谓知名学者、所谓股市专家欺世盗名，似乎有点过分了；可是他们为什么没有发现呢？他们对蓝田股份虚假与欺骗凝视不语，有的还在以此欺骗投资者它还能长多少点，快来买吧！不愿说破皇帝的新衣，恐怕还有想从中捞取好处的嫌疑。

过去人们常说知识分子是社会良知的守护者，专家学者的良知是整个社会道德的底线。在现今缺乏诚信的时代，大学教授抄袭别人的科研成果，搞科学研究的弄虚作假，在经济领域里尔

经济学家

虞我诈……在这种环境污染中，群体的道德滑坡，要说一句真话是多么艰难。就像那满朝的文武大员，明明看着皇帝光溜溜的裸体，却为了一己之私都喊皇帝的新衣漂亮，这是一种多么可悲的社会现象啊！就在这种情况下刘姝威站出来了，她没有长篇大论，更不用什么高深的学术专著，只是一篇短短六百字的文章，就揭穿了一个骗局。也可以说她只是说了一句真话而已。可是这六百字胜过了多少高头奖章，胜过了多少长篇大论。如果不是揭穿蓝田股份的骗局，银行继续无原则放贷，不知又会有几千万、几个亿打了水漂，成为收不回来的呆账和坏账，给国家造成多少损失；如果任由那些昧着良心的经济学家和股评家对蓝田股份继续瞎吹，又有多少投资者深受其害！

刘姝威只是一名弱女子，只是一介女书生、一位女学者，可贵之处并不在于她获得过经济年度人物奖，也不在于她写出什么巨著，创造出了什么伟大的理论，而关键在于她守卫住了自己良知的底线，讲出了真话。面对欺诈的财务报表，她存心于道义，秉公理说该说的话，写该写的文章，可以说是光明磊落、心底皎如日月。虽然只有六百字，但其抬头不愧于天，低头不怍于地，面对威胁的恐吓信和寄来的子弹，以大无畏的勇气坦然相向，握真理于手中，置生命安危于度外，这才是真正的学者！是真正的知识分子！在过去的一年里，研究经济和股市的文章汗牛充栋，不计其数，而刘姝威就凭六百字讲真话的文章而漫卷风云，获得2002中央电视台中国经济年度人物奖，其意义绝非一般！

（原发《西安晚报》2002年12月）

» 经济学家为何声名狼藉

在中国历史上从来还没有遇到过这样的情况,一个所谓"精英"知识分子群体沦落到如此声名狼藉的地步。前不久遇到有人尊称一位经济学教授为"经济学家",没想到该教授很警惕地说:"你别骂我,我只是经济学教书匠,没有'经济学家'那样无耻!"怎么连经济学教授都认为被称为"经济学家"是在骂人?在社会科学领域里,经济学是唯一被列入诺贝尔奖的评奖学科,正当中国经济处于千年巨变的历史关头,经济发展速度世界瞩目,而"经济学家"的名声却败坏得如此不堪!看了《新周刊》整理的那些著名主流经济学家的奇谈怪论,才知道他们为什么把名声搞得这么臭!

近十多年来,全国人民最痛恨的是腐败,而一些经济学家却极力为腐败歌功颂德,宣称:"改革要利用腐败和贿赂","腐败和贿赂成为权力和利益转移及再分配的一个可行的途径和桥梁,是改革过程得以顺利进行的润滑剂"。大有不腐败就不能改革,反腐败就是反改革的味道。著名的主流经济学家张维迎不但称腐败能"调动官员的积极性",并赞美说:"腐败的存在,对社会经济发展来说即使不是最好的,也是次优的,是第二好的。"所以他警告政府:"反腐败力度要把握适当、要非常适度,如果力度把握不适当,间接带来的负效应非常大!"难怪这些年党和国家反腐倡廉越反越腐,原来是有这些狗头军师们为贪官游说,评功摆好!

房地产连年被列入十大暴利产业之首,房价高到全国人民都喊价高买不起时,连国务院都提出警惕房地产泡沫,进行宏观调控时,著名主流经济学家厉以宁却说"房价涨得快是正常现象","以前投资的房产升值了,是好事!"萧灼基呼吁"不要轻言经济过热,不要轻言房地产泡沫"。还有经济学家大胆放言:"房价还要涨3倍,大胆地说,10年房价要涨5倍以上。""说房地产炒过头,那是胡话!"说此话时是2005年1月,不到半年房价应声而落。莫非宏观调控又影响了房地产业的健康发展?

当年股灾到来时,七千万股民惨遭损失,号称"厉股份"的经济学家厉以宁宣称"中国股市很健康,早晚冲上三千点!"甚至要冲上五千点。"我不相信股市会低迷,上半年不涨,下半年也会涨,今年不涨,明年也会涨!"结果3000点、5000点没见上,倒是破了1000点,如加上大盘不断扩容,实际从2240点之上,飞流直下三千尺,已经跌破了700点,七千万股民损失1.5万

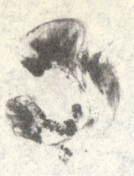

亿元。

在全国劳动大众看不起病、付不起高昂的医药费、没钱上不起大学时，经济学家张维迎又及时发话了："教育及医疗是否应产业化？中国目前为什么穷人上不起大学？是因为收费太低。"张维迎更著名的理论是"管理层收购国企"，为达此目的，"即使零价格甚至负价格转让，国家也不一定吃亏"。他用流氓占有理论解释国企是一大锅饭，谁向大锅饭吐一口痰，这一锅饭就没人吃了，谁就可以占有这一锅饭。而另一位著名主流经济学家盛洪主张："不妨把这些公共财产看成无主之物，谁先把它拿来卖，这公共财产就算是他的。你如果正好当一家国有企业的厂长，就可以和主管部门合伙把这家工厂卖给有钱人，产权就私有了。"厉以宁更是公开宣称："为了达到改革的目标，必须牺牲一代人，这一代人就是3000万老工人。"重点牺牲的是20世纪四五十年代的工人和8亿农民作为改革的"代价"。为了快速卖掉国企创造"靓女先嫁论"——好的国企先卖；"冰棍论"——不卖就消了；"烂苹果论"——卖剩下就烂到筐里；"吐痰论"——谁往大锅饭里吐痰谁占有……结果，很快90%的中小国企实现了私有化，国有资产流失数以万亿元，造就了一批亿万富翁和大量下岗工人。使中国贫富差距迅速扩大，基尼系数达到甚至超过了国际警戒线。

然而经济学家更高兴，厉以宁得意地讲："8亿多农民和下岗工人是中国巨大的财富，没有他们的辛苦哪有少数人的享乐，他们的存在和维持现在的状态是很有必要的。"他甚至主张取消所有的社会福利："中国是否应健全福利和社会保障制度？我建议取消所谓的养老保险、失业保险、工伤保险等福利，目的是保持大家的工作热情和能力！"还说："中国贫富差距大吗？中国贫富差距还不够大，只有拉大差距，社会才能进步，和谐社会才有希望。中国穷人为什么穷，因为他们都有仇富心理。"于是所谓的"仇富心理"和"否定经济学家就是否定改革"成了经济学家手里挥舞的两条大棒，照着穷人挥舞——你敢仇富！你敢反改革！甚至有个叫"秋风"的写文章说："富人就是再坏，仇富都是反社会！"就是说，即便你被掠夺、被抢劫也不许有任何情绪的表达。

好在党中央十六届五中全会号召缩小贫富差距，走共同富裕道路，可是经济学家们又出来建言献策了，多年都没涨工资的农民工不能涨工资，否则资本就会转移到劳动力更廉价的越南去了！所以穷人们"很有必要继续维持现状"，继续穷下去！农民工好好给富人打工吧，"穷人应该将富人看成自己的大哥，大哥穿新衣小弟穿旧衣，天经地义！"（厉以宁语）

可耻可悲啊，我们的经济学家！历史不会忘记你们丑恶的言行！

（原发《西安晚报》2005年11月28日，获2005年度西安新闻奖一等奖）

行吟江湖一声啸

» 理性思考烧饼经济学

俺只是个卖烧饼的，不懂什么经济学，够不上企业家，只是搞经营的小业主，十来个人七八条枪支撑着小店面。俺好赖识了俩字，最近认真学习了我国一些经济学大师的理论，在研究卖烧饼时发现了问题。比如，随着加入WTO与世界接轨，外国的三明治、汉堡包、肯德基、麦当劳洋快餐大举进入我国市场，咱开的烧饼小店也面临着挑战和机遇。就说人家洋人的汉堡包吧，乖乖，一个卖10块钱。听说在美国要卖10美元，在欧洲要卖10欧元，折合人民币换算一下价值上百块，在外国卖出一个汉堡包就顶咱卖一大箩筐烧饼的钱。

咱中国自古就讲究"民以食为天"，衣食住行，食在"住行"前。中国人吃饭常常离不开烧饼，可见一个小小的烧饼问题也是一个关系着国计民生的大问题。现在什么都讲"品牌"，可咱卖的烧饼是地道的民族自主品牌，远的没法考证，就知道从武

经济学家

大郎卖炊饼算起也有上千年历史，比百年名校"北大"品牌资格还要老10倍。所以，咱也得为国争光，应该把烧饼行业像房地产一样做成经济"支柱产业"，把咱烧饼店做大，把烧饼做大，做得就像专家说的"大蛋糕"那么大，使每个人都有烧饼吃。

过去俺为什么没能把烧饼店做大呢？主要原因是没有学会经济学家的"理性思考"，关键还受到了三个约束：一是意识形态的约束，只想着薄利多销，让顾客得到实惠，没"意识"到"资本的本性是逐利的"；二是知识的约束，没有站在全球化的角度看问题，眼界不开阔，也不知道外国的烧饼价格；三是受到什么"权力结构"的约束？别说了，免得工商税务和卫生防疫部门来找咱小店的麻烦，专家说"有些话是不能说透的"。

不过俺现在懂得了"资本逐利"和"理性思考"，如何做大烧饼店也就有了想法。

首先，要降低做烧饼的成本，只能靠中国廉价的劳动力成本优势，进一步降低店里做烧饼的工人的工资，无论烧火的、和面的、烧肉的、烤饼的都得降低工资，最好让做烧饼的都吃不起烧饼，他们才能更努力地工作。如果做烧饼的工人要求涨工资，那么咱这烧饼店将面临着经营压力，如果失去了中国廉价劳动力的成本优势，开烧饼店的老板们就会跑到劳动力更廉价的越南开店去，中国人都吃不上烧饼了。

其次，烧饼一定要涨价，大家想一想做烧饼的原材料及水电都在涨价，这烧饼不涨价能行吗？何况还要与国际接轨，不涨价怎么能"接轨"呢？烧饼价起码涨到100元一个，俺保证烧饼比

房地产更能成为"支柱产业"。那时小资、中产和富人们吃烧饼才是真正"有品位"的象征。当然,到那时肯定有些人会担心穷人买不起烧饼,主要是他们不懂"资本是逐利"的,开烧饼店是为了赚钱的,不是慈善机构。有人会说烧饼涨价涨得太高,穷人吃不起烧饼,那当然不能怪做烧饼和卖烧饼的,只能怪穷人太穷。再按照经济学家的理论来讲,穷人也不一定非要吃烧饼,买不起烧饼完全可以喝稀粥嘛,还可以借烧饼吃嘛!这和专家们说的"为什么必须自己买房住,可以租房住"是同一个理儿。咱也可以请专家再进一步论证说穷人为什么吃不起烧饼,那是因为100元一个烧饼太便宜,价格太低。假如一个烧饼能卖到1000元甚至10000元时,咱烧饼店赚足了富人和中产的银子,完全可以免费送给穷人两块烧饼,著名经济学家说穷人孩子上不起大学,是因为学费太低,等富人多交了学费,可以给穷人发奖学金,用的不就是俺这个高价卖烧饼的理儿?

最后,为了烧饼能卖出好价钱,一定要对烧饼行业重新进行"资源配置",把烧饼店一律改制为中国烧饼开发商。"衣、食、住、行",食在"住"前,更值得好好开发!所以得向银行大量贷款兼并全国的烧饼店,打造几艘烧饼行业的"超级航空母舰"。然后请有关方面规定或者立法:烧饼要由开发商统一经营,由有资质的烧饼开发商统一制作、销售,谁要是在家里私自做烧饼,都是违章"烧饼",一律得销毁。这是从地产开发那里学来的成功经验,咱自己定价,不是想卖多少银子就卖多少银子吗?反正谁肚子饿了想吃烧饼都得找咱买。不过咱烧饼店好赖还有店面、操作间，自己人动手做烧饼，不像一些房地产开发商净是搞工程转包的皮包公司。

那时，肯定也会有吃不起烧饼又不懂经济学的人瞎嚷嚷，要求烧饼降价。你想：这烧饼的价能降吗？百元一个烧饼才和欧洲汉堡包价格接轨，保本经营而已，哪来的什么暴利？不信咱请经济学家来算个账：如果烧饼价降下来，会给银行形成多少不良贷款和坏账？烧饼开发商改制烧饼店的钱主要来自银行贷款；还有大量购买面粉等原材料贷款等；再说高价烧饼还能缓解银行流动资金过剩的危机；作为"支柱产业"的烧饼开发商如果破产了，农民粮食都卖不掉了，"三农"问题会更严重，如果农民粮食卖不出去，化肥、农药、农业机械都得停产；还有水、电，包括地产（全国烧饼店的门面房），你想一想有多少相关产业还不都是靠俺们烧饼开发商来拉动的？再说：烧饼开发商破产了，先不说"国民经济将要付出沉重代价"，到那时不论是富人还是穷人都吃不上烧饼了，不得喝西北风去？

有人看了俺这文章说俺是胡说，那是他不懂做烧饼和卖烧饼的科学原理，白面做烧饼不能掺石灰，来不得半点假。有人说俺不考虑"民以食为天"、不代表民意。俺是做烧饼的，研究的是烧饼经济，只能是科学地、理性地思考烧饼问题，至于全国人吃上吃不上烧饼的问题与研究烧饼经济的科学无关。经济学教授都说"他不知道谁是老百姓"，俺卖烧饼的就更不知道老百姓是谁了，俺也不是民意代表。假如办一张《烧饼科学经营报》，俺这篇文章就可以发在头条，大造各种高价烧饼合理的舆论。不过，

俺得提前声明：俺对发展烧饼经济的"理性思考"和设想（包括最后这几句为高价烧饼辩解）都是从经济学"大师"们那里借鉴来的，千万别说俺是剽窃人家的学术成果，俺不用去评教授职称，犯不着。

（原发《西安晚报》2006年7月24日，多次被转发并入选多种选本，获得2006年度陕西省新闻奖副刊优秀作品一等奖）

» 张维迎曲解"改革"

　　我们国家二十多年改革开放到如今进了"深水区"和"攻坚阶段",且不说怎么改,连"改革"的基本概念都被经济学家的理论"理性"搞混了!

　　比如,张曙光为了论证当今社会腐败的合理性和"正面功能"就讲:"革命是夺权,不管被剥夺者是否愿意,都要强制实施,一般也不给予相应的补偿;改革是买权,不仅要征得出让权力者的同意,而且要给予相应的补偿。"从而以"买权"论得出了改革过程就是权钱交易的腐败过程的结论,明确表述为:"从一定意义上来说,改革过程就是一种以权钱交易为中心的以毒攻毒的过程。"与张曙光有异曲同工之妙的张维迎在洋洋洒洒一万三千多字的《理性思考中国改革》一文中提出了尊重利益集团的"赎买"论:"当到了某个集团不放弃既得利益就没法继续改革的时候,如果再不让'赎买',那你说到底怎么办?除非你

行吟江湖一声啸

有本事,把这些既得利益从有关集团手中硬抢过来。"于是改革在张维迎嘴里变成了向利益集团"赎买"权力,他们共同的方式都是以极端的"革命"方式来做反衬,来歪曲"改革"的本来含义,共同点都把"改革"解释为买权合理。假如"改革"是买权,请问谁是买权者?谁又是卖权者?党和国家搞了二十年多改革开放就是为了把执政的权力卖掉吗?

改革与革命的区别究竟是什么?这两个基本概念的区别本来无须饶舌,现在却不得不进行厘清了。革命的本义是推翻和夺取政权没有错;但改革绝不是卖权与买权,古今中外历史上任何一次改革,不论执政者是封建社会的皇帝还是资产阶级政权,也不论良性的好的改革还是恶性的不良改革,与"革命"的根本区别是执政者主动以国家权力为主导推行各种制度变革。革命是以夺取和摧毁执政者的权力为目标的;改革的方式与目标恰恰相反,改革是执政者以权力来推行变革以维护和加强执政能力,它们是不可混淆的两个概念。古今中外历代执政者改革的目的无不是为扩大执政的社会基础和民意基础,加强当权者的执政能力,促进生产力,维护社会稳定并加快发展。改革也包括文化方面的改革,如秦始皇时"车同轨、书同文"的改革以及新中国成立后推行简化文字的文字改革,如果改革解释为"买权",难道也要"赎买"旧文字的使用权?岂不太荒谬。如果把"改革"定义重新解释为"买权"或"赎买",那么全世界的几千年涉及改革的历史都得被颠覆,都得重新改写。

张维迎曲解概念的根本目的就是尊重维护强势集团的既得利

益，故意曲解改革与革命，鼓吹"革命意味着剥夺既得利益，但改革必须尊重原体制下形成的既得利益，不论这种既得利益是法律规定的还是事实上长期被认可的"。改革作为一种制度改进和利益调整，试问古今中外哪一次进步的社会大改革不触动既得利益？改革不触动既得利益者的还是"改革"吗？先秦时李悝变法、吴起变法、商鞅变法，没有一个不触动"法律规定"与"事实上长期被认可"的旧贵族的既得利益！"开阡陌"、"破封疆"、推行郡县制，都是对旧贵族政治与经济双重既得利益的剥夺；而奖励农耕军功，以农耕"粟帛多者复其身"和计军功授爵是对社会底层的农民和士兵的一种奖励及提供的上升通道；从宋代王安石变法到明朝张居正改革清查丈量豪民土地等无不对既得利益者进行利益限制和调整；就是改革开放之初的农村土地承包改革也不例外。在全世界历史上，凡进步的"改革"都会调整、削弱甚至是直接剥夺既得利益者。从来就没有尊重既得利益的"改革"，美国如果尊重农奴主的既得利益，就无法解放黑奴；一味尊重白人既得利益，就无法废除种族隔离。尊重大资本家财团的既得利益，就无法推行反托拉斯法和反垄断法。即使改革过程中对某些特殊既得利益者进行局部很小的"赎买"，目的也是对其利益的限制和调整，特别是对公权根本不能赎买。改革要是"尊重既得利益"，压根就不需要进行什么改革！我们试想尊重房地产商的暴利，还搞什么宏观调控，继续让房地产商把你的腰包掏空；尊重杀人的高价学费，还搞什么免费的义务教育，继续让学费把二老逼疯；尊重医药暴利，继续让医疗给你提前送终，

行吟江湖一声啸

既得利益都不能动，改革还有何坚可攻？都歇息去吧！要说既得利益，贪官污吏也是既得利益者，让他们继续贪就是了，反贪污腐败岂不成了反改革？侵吞国资一夜暴富的不法商人是既得利益者，反商业贿赂也成了反改革？依次类推，刚抢劫过银行的抢劫犯，刚偷到钱财的小偷也应是既得利益者，公安局都不应去抓捕了！昨天偷了、抢了银行的钱，今天变成投资商就可以合法经营了。

国家发改委的范恒山指出："改革本质上是调整已有的权力和利益关系格局。"说得完全正确。良性的、好的改革就是革去不合理的制度弊端，改进调整利益关系，使社会比以前更公平，利益阶层相对均衡，制度制衡安排合理，从而扩大执政者的社会基础，加强执政能力，促进生产力，加快社会发展；而恶性改革，则会引发出巨大的社会风险，甚至直接导致革命，政权被颠覆，历史上这样的例子太多，就不讲了。

（原发《西安晚报》2006年4月3日）

» 改革呼唤"草根经济学家"

陆续看到几篇为"主流经济学家"辩护的文章,觉得都不值得一驳。如读到刘吉先生《经济学家绝不能靠民意调查和外行人认定》一文,无非是在说提出"5个论"的香港科技大学的社会学教授丁学良是"外行人",但他可能不知道丁学良最早就是从内地搞经济学出身的。倒是刘吉先生虽然现在挂着"中欧国际工商学院院长"的头衔,但在网上一搜索发现他长期从事行政工作,未见有经济学方面的宏论建树,连他自己也不承认自己是经济学家。那么他对"主流经济学家"的高度评价岂不成了地地道道的外行人在妄作评价?几千字的文章全部白写了。就按刘吉先生的逻辑,评价经济学家"是以他们的学术成果,由经济学家同行认定的"标准来推理,那么,武汉大学邹恒甫教授是上了世界著名经济学家排行榜的,世界公认他是我国最有成就的经济学家,而邹恒甫教授恰恰说那些著名经济学家"大多数人都不入

流"！张维迎也不过是下九流！点名臭骂"很多经济学家喜欢当资本家和暴发户的走狗"！无疑是正确的"认定结论"了。刘先生总不能说邹恒甫教授也是经济学界"外行人"在"指手画脚"吧！

　　写这篇小文章并不是因刘吉先生为"主流经济学家"的辩护不值一驳而写，而是刘先生文章诬蔑"草根经济学家"的言论引起我的思索，即所谓"几个自命'草根经济学家'批判'主流经济学家'……说'主流经济学家误导了中国的改革'"云云。刘先生所言事实或许没有错，但不知道刘先生为什么极端蔑视"草根经济学家"？还要用"反对改革"的大棒打压他们。据我所知，"草根经济学家"的贡献比居庙堂之高的"主流经济学家"绝不算小。就拿中国股票市场为例吧，这方面最著名的"主流经济学家"应是号称"厉股份"的厉以宁，正是他无视股权分置之弊端及监管不严等诸多实际问题，宣称"中国股市很健康，早晚冲上三千点"！说股市"上半年不涨，下半年也会涨，今年不涨，明年也会涨"！结果3000点没见上，倒是飞流直下三千尺破了1000点，如加上大盘扩容因素，实际跌破了700点，七千万股民损失1.5万亿元。券商一个接一个倒下，股市成了吞噬资金财富的黑洞。相反，名不见经传的弱女刘姝威仅用600字的文章就戳破了蓝田股份的神话，揭穿了"股市很健康"的谎言。在中国股市危若累卵之际，三十多岁的年轻人张卫星测算出了股权分置的弊端及危害，不断发表文章呼吁股改，并引起各类经济学家的重视与支持，张卫星也一夜成为全国推崇的"大明星"。也正是

经济学家

这位"草根经济学家"的研究成果——"对价理论"及建议得到了政府的采纳，才在2005年推行了轰轰烈烈的大股改。说明我们的政府很有雅量，并不因是"草根经济学家"人微言轻而置之不理。有这样的"草根经济学家"堪称国家幸甚、人民幸甚！"草根经济学家"张卫星否定"主流经济学家误导"有何不妥？难道证监会、国资委、国务院嘉纳其言也错了？股改也错了吗？

中国的改革大业再也不能由主张以"腐败"作为次优手段和"润滑剂"的"精英"们来主导，来垄断话语权、玩弄学术霸权了。正如刘先生所言，中国学经济学的人很多，每一个"草根经济学家"即使没什么名，按照《宪法》规定的公民权利都有平等的依法发言权，建言献策权，以及与"主流经济学家"的公开论战权、辩论权，在真理面前无权威。中国要深化改革，必须呼唤"草根经济学家"积极发言，也许今天的"草根"之建言，明天就有可能成为"主流"之国策！同时，也希望"草根经济学家"千万不要妄自菲薄！

改革需要"草根经济学家"！改革呼唤"草根经济学家"！

（原发《西安晚报》2006年1月9日）

» 张维迎的羊头与狗肉

　　精心设计骗局和编造谎言时是绝对理性的,受骗者惊悟的一刻绝对是直觉!所以才有"挂羊头卖狗肉"这个成语。中国人自古视羊肉为美味,羊大为"美",有羊有鱼则为"鲜"等。而看家护院的狗不是用来吃肉的,所以有"狗肉不上席面"之说。奸商为了兜售狗肉牟取暴利,便以狡诈的"理性"在肉摊上挂起羊头,硬说狗肉就是羊肉。一般消费者和食客很难从煮烂的肉质上"理性"地予以分辨,只是吃到嘴里觉得不对味,凭"直觉"判断出这是狗肉不是羊肉。于是,奸商便满嘴歪理地狡辩:"有羊头为证,这就是羊肉!"

　　常发骇人高论的张维迎突然讲理性了,他在《理性地思考中国改革》一文中以"理性"的功夫为利益集团代言,把经济理论工具的十八般兵器一起抡开,像奸商挂出无数羊头来证明狗肉就是羊肉!惹恼了杂坛大侠鄢烈山,连写了《专家的理性岂能排斥大众的直觉》《请问"张维迎",这是哪家的逻辑?》等系列文章,依"直觉"仗义执言,狗肉绝不是羊肉。张维迎不仅有粉丝迎战还从美国请来帮手!双方唇枪舌剑、拳来脚往,从网络打到平面媒体,文章如雪片、笔墨官司好不热闹!可是这场笔战的焦点由羊肉狗肉之辩,却莫名其妙地变成了"理性"与"直觉"的对抗。就像洪七公与欧阳锋正邪之争变成了掌力比拼!

不过,这次不能不佩服张维迎正如西毒欧阳峰,功夫虽邪毒但也是炉火纯青;把颠倒黑白、混淆是非的歪理讲得比真理还有理,这水平不服不行。笔者观战中发现张维迎最狡诈的一招就是硬用"理性"羊头证明狗肉就是羊肉!他先为羊头理性正名,讲经济学家不能这个立场、不能那个角度的"学者独立性",就像奸商赌咒发誓我卖羊肉货真价实,童叟无欺。"感觉"不能代替事实,"直觉"判断不能代替逻辑推理,说大众以直觉品尝出狗肉味"都是错误的",是民众"发泄情绪";你要说这"羊肉"是狗肉,得拿出科学鉴定来证明他悬挂的"科学理论"的羊头不是羊头,否则就是"多数人的暴政"!

张维迎确实把理论工具玩弄得很娴熟,几年前他毫无"理性"地大力宣讲"通过腐败搞垮公有制来促进私有化。公有制是一个大饭碗,需要有人往里面吐唾沫;有人吐唾沫后,其他人认为这碗饭不能吃就走开了,一碗饭就属吐唾沫的人私有了"。那时张维迎绝不提什么罗尔斯的正义论,不说卡尔多·希克斯改进,还歪曲帕累托改进,把官员腐败索取贿赂硬说成光辉的"帕累托改进",改革的"次优"选择,使科学理论蒙尘,羊头变狗

头；竭力主张"零价格负价格出卖国企也不吃亏",让一些人侵吞国资一夜暴富,不管工人下岗、失业和失去应有的劳动权利。那时他闭口不讲"改革不应该使得任何人比原体制下生活得更坏",也不说"如果我们真正关心穷人,就应该把机会均等放在优先地位"。锯掉了科学理论的"羊头"的羊角,便炮制出丑恶的狗头理论。现在90%的中小国企卖光了,暴富的亿万富翁成堆了,几千万工人下岗自谋生路了,于是张维迎便把"尊重既得利益"科学理论的"羊头"挂上去,讲"改革不是把财富从一部分人手中无偿转移给另一部分人,而是在承认原体制下形成的社会各成员既定利益的前提下……实现帕累托改进"。你看时空转移,一个张维迎变幻两种不同的嘴脸,同是一个改革名词、同一个"帕累托改进"理论工具两种颠倒的用法和卑鄙的解释,这就是张维迎骗人的"理性"所在。张维迎更"理性"的是把污水全部泼给了政府,说"国有企业改革常常只能由地方政府偷偷摸摸地进行,一些不规范的操作反倒没有办法避免"。我国改革开放光明正大地进行了二十多年变成了"偷偷摸摸",连续几年大卖国企的狂潮中"不规范的操作"不正是张维迎所宣扬的吐唾沫占有论(好的搞垮)、靓女先嫁论(拣好的先卖)、冰棍论(不卖就消了)方案吗?不说自己理论的流氓与无耻,却把罪责一股脑地推给了地方政府。难怪有的贪官都认为自己受了经济学家理论的害!以致有不少人怀疑张维迎是国外反对势力派来颠覆政权的间谍、特务!张维迎在文章中故意颠倒黑白,比如说改革受损失最大的是领导干部,而在股市上2万亿市值灰飞烟灭,损失惨不忍睹的股民却成了"既得利益者"的荒谬笑话，处处以"理性"歪曲事实。说让受害者等到做大蛋糕再给补偿，更是给公众画饼充饥、开空头支票的谎言。利益的分配永远是即时的，股份公司也得先有章程，因为资本的自利性决定了可以把牛奶倒进海里也不会送给饿着肚子的穷人！贩卖狗肉发了大财，再卖真羊肉也不会有人吃了！

张维迎所论的"中国经济改革从一开始就面临三个重要约束：权力结构约束，意识形态约束和知识约束。这三个约束对改革进程产生了重要影响"是他文章中唯一的真实亮点；可是，中国改革"从一开始"就是农村土地承包，那时"三个约束"更严重，如果那时用张维迎的狗头理论，让生产队长实行目标管理法，或把土地以零价格、负价格都卖给村长、让大量农民下岗外出打工，实行机械化大生产肯定能提高效率。但后果不堪设想！改革开放的总设计师邓小平的最伟大之处，就是在意识形态约束最严重之时，进行农村改革、公平分配承包土地，为改革发展奠定了坚实的基石。近日，党中央、国务院再次强调农村土地承包不能动，就是稳固这块基石和强调这种改革大方向不能变！

执政为民，建设和谐社会必须正视现实，直面改革中出现的问题；也必须清理一些经济学家给改革理论强塞进去的"私货"。无论张维迎以多么高超的"理性"挂多少羊头，都不可能把他贩卖的狗肉变成羊肉。他挂的羊头有些是假羊头，有些虽是真羊头，却是在狗肉煮烂后挂上去蒙人的。如果张维迎公开声明就是为既得利益代言，如同律师公开为被告或为原告辩护，虽然强词夺理倒也不失光彩！像卖狗肉的就直接说狗肉好吃，热性大补！别人也不好说什么。如果硬说是"学者的独立性"，只能是"挂着羊头卖狗肉"的骗人把戏！

(原发《西安晚报》2006年4月10日)

经济学家

» 古今两战书

曹操发动历史上著名的赤壁之战时，曾给东吴孙权送去一封战书："今治水军八十万众，方与将军会猎于吴。"每读《三国演义》至此，不能不佩服曹操。你说他是治世之能臣也好，乱世之奸雄也罢，总之，他是个大大的人物。两国交兵，百万大军、恶战在即，却轻描淡写成了我刚刚训练了八十万水军，来与孙将军一起打猎玩玩，这是何等气度！

由此想到前几天某咨询集团公司总裁"学者"召开新闻发布会，对不下20家媒体称，他在某俱乐部摆下擂台，邀请郎咸平前来论战，向媒体发出了《致郎咸平的一封公开信》。论战题目是给郎咸平预先设定了五个罪名——"郎咸平教授是不是中国改革历史和产业大势的无知者？是不是国企改革大局和效率追求的破坏者？是不是金融工具创新大事的阻挠者？是不是经理人股权激励的扼杀者？是不是企业家群体的恶意攻击者？"下此战书的总

裁"学者"也恰好与三国时东吴曾官居相位的一位名臣同名,笔者也就是由此联想到曹操给东吴下的战书。猛一看果真是一场热闹的好戏!可是郎咸平的助理却开出6万元的出场费,堂堂的集团公司总裁却不知是出不起还是不愿意出,郎咸平也根本对他置之不理,好戏未能开场就不了了之。

现在社会风气浮躁,特别是那些经济学家们,学者明星化,学术娱乐化。只要能引起传媒关注,能吸引观众眼球,有些人什么话都可以说,什么招都可以用。就像某娱乐明星为了给她拍的电影片子做广告,可以自己给自己制造一些绯闻,某某主演是自己的私生女之类。只要能成"星",一场戏里明星是个星,丑角也是"星",捧哏逗笑让大伙乐一番倒也无可厚非。自从"郎顾之战"以来,倒郎派"主流经济学家"个个弄得灰头土脸;郎咸平单枪匹马无敌手,一时声名鹊起,不便说是大英雄,也成为正宗的学术大明星。于是"主流经济学家"队伍里就冒出这样一个角色来。要真是"学者"想论战,根本不需要摆什么擂台,完全可以写文章批判对手;即使下战书想当面PK,就是不顾对手面子,也不能不顾自己的"学者"颜面,给人预定五宗大罪,让人家来接受审判。如果此方法有效,任何一个行业的无名小卒都可以这样要求与名人PK了,如一个无名的业余小作者也可以给陈忠实、余秋雨甚至于获得诺贝尔奖的大作家下战书要求PK——你的作品是不是剽窃的?是不是胡编乱造的?是不是欺世盗名的?……要对方来接受审判,这岂不是徒增笑料。虽说是能吸引观众眼球的一场好戏,却注定不可能开场。

经济学家

　　主流经济学家们学术娱乐化没关系，学者明星化也没什么。但是，仅仅为了搞笑扬名就没意思了。曹操赤壁大战虽然惨败，但还有一封战书千古让人赞叹欣赏；可这位总裁"学者"下的这封战书人家连理都没理他，自讨一场没趣。

（原发《现代审计与经济》2006年第1期）

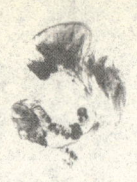

» 当李鬼遭遇李逵
——主流经济学家为何不敢PK邹恒甫

毕竟大多数国民不是学经济学的，所以常被像走穴明星一般的"主流经济学家"们所掌握的话语权来随意糊弄。但是大多数国人都读过《水浒传》，知道当李鬼遇到真李逵时的狼狈相。李鬼冒充梁山好汉李逵之名拦路抢劫，没有三拳两脚的一般人很难辨认真假，所以李鬼确实得了不少便宜，发了不义之财。但是遇到有真功夫的好汉，一招便可使其败于下风。比如，一群"主流经济学家"遇到郎咸平时，郎咸平手起一枪就挑翻顾雏军，让一群为其呐喊助阵的李鬼们灰头土脸。当然李鬼还可以祭起阿Q精神胜利的法宝，以"不与无耻的人论战"来作挡箭牌。前不久香港科技大学丁学良教授以一句"著名经济学家"虽然不正面迎战，却有几个小卒子跑出来挥舞"否定经济学家就是否定改革"

经济学家

的大棒抵挡，指责郎咸平、丁学良不了解国情，社会学家不应该评价经济学家。

李鬼迟早会遇到李逵的。虽说丁学良说真正的经济学家不超过五个，但对于李鬼来说，真李逵有一个也就够了！这不，武汉大学的经济学教授邹恒甫站出来抡起评论的大板斧，照着著名的"主流经济学家"排头砍去，大陆那些著名经济学家们差不多都挨了邹恒甫一板斧，包括央行行长周小川等高官都不放过，甚至连邀请他去上海财大演讲的田国强教授也不能幸免。原来这些著名经济学家"大多数人都不入流！"张维迎也不过是下九流而已！"那些口口声声强调思想的人，未必有什么经济思想。周其仁有思想？林毅夫有思想？张维迎有思想？自欺欺人罢了！"他指点着很多经济学家的大名臭骂，"现在很多经济学家喜欢当资本家和暴发户的走狗！""绝大多数"海归经济学家都是"欺骗中国人民"的欺世盗名之徒、沽名钓誉之辈。"在国外就很老实，一回到国内就开始癫狂，就开始装大"……读这些报道真如读武侠小说，大侠出招只用一声长啸，只有三脚猫功夫的李鬼们便满地乱爬了。

不管怎么说，邹恒甫先生也算是经济学领域里的梁山好汉真李逵，他是新中国成立后的第一个从哈佛大学毕业的经济学博士，也是第一个进入世界银行研究部的中国高级经济学家，又是以在国外学术刊物发表研究成果最多的经济学家，在全球10多万名经济学家和5500名著名经济学家的大排名中名列世界第247位，并被评为"2004年度十大风云人物"，是"建言献策奖"的

行吟江湖一声啸

获得者,是"2004年中国最具影响力的10大经济学家"之一,被《世界商业评论》评价为"中国最低调的经济学大师"。以大师自居的郎咸平很佩服地说:"邹恒甫是中国经济学界中,我唯一敬重、景仰的经济学家。"林毅夫也称赞"改革开放以来,对中国经济学教育做得最多、贡献最大,没有人可以与邹恒甫相比!"再者,邹恒甫教授既不像郎咸平出生于台湾地区,供职于香港地区,也不像丁学良先生是以社会学家来评论经济学家。

所以张维迎敢对郎咸平说"不与无耻的人论战",而面对邹恒甫斥责"张维迎动不动就说自己是'中国产业经济学第一人',我不知道中国的产业经济学家们对主流的产业经济学,做了什么贡献?"却不敢回应半字。笔者感觉张维迎等人总不能用他们发明的向国企大锅饭里的"吐痰论"、"腐败是第二好的次优论"、"冰棍论"等为武器来回应吧!总之截至本人写这篇小稿时,还没见到哪位著名经济学家出来应一招,正面PK邹恒甫。真理越辩越明嘛,怎么不辩了?

邹恒甫自称"书生自有嶙峋骨,最喜交情最厌锃"("锃"是他自创的字,金旁代表钱,官边代表权的组合字),他强调:"经济学绝不可以回避价值判断和公正问题";他对医疗、教育、社会保险、贫富差距等社会问题对媒体发表的一系列见解在国内堪称振聋发聩,与"主流经济学家"截然不同;他沉痛地指出"应记住一句英国谚语——每笔财富后面都隐藏着罪恶。在中国赚钱致富的人都应该有良心。我们的政府和企业,要把减少贫困、不公平发展作为首要目标"。经济学家应该对"朱门酒肉

经济学家

臭,路有冻死骨"说不!我们看到太多的悲惨故事,却发现经济学家们太少同情的眼泪,为什么一些经济学家麻木不仁?经济学家有责任呼唤社会良知,有义务为社会公正呐喊!我们期待着伟大的经济学家,期待他们热切地关注着人类的行为与社会的和谐发展!

(原发《西安晚报》2005年12月19日)

» 谁在反对改革
——经济学家又给穷人栽赃

在中央号召构建和谐社会，走共同富裕道路，进一步深化改革时，最近却从很多新闻报道中看到"经济学家"又在不断发出"不和谐"的声音，胡说"有人在反对改革！"究竟是谁在反对改革？

在"郎顾之争"中，力挺侵吞国资的顾雏军的"主流经济学家"们个个弄得灰头土脸，狼狈不堪。大众以及很多评论家对"主流经济学家"一些歪理与邪说不断进行质疑和抨击；香港大学丁学良教授以对这些经济学家极其瞧不起的口吻说国内"合格的经济学家不超过五个"，很多著名经济学家甚至连香港大学里的"副教授都不如"；邹恒甫教授又点名把他们挨个臭骂了一番，著名经济学家竟然"大多数人都不入流"，"很多经济学家喜欢当资本家和暴发户的走狗"。可奇怪的是他们就是不敢吭声。

经济学家

可是,别看"主流经济学家"面对真正的经济学家不敢出来回应,可对广大民众却不断出来栽赃与诬蔑,乱扣"反对改革"的大帽子。先是穷人"仇富"反对改革论,又挥舞"否定经济学家就是反对改革"棒子吓唬人;再有报道经济学家认为民众"对现实不满反对改革"说,到2005年12月13日《中国青年报》又报道:连吴敬琏老先生竟然也说"贫困群体可能反对改革",他跑到《财经》杂志2006年的年会上演讲:"什么人可能反对改革?一个是既得利益集团,一个是贫困群体。他们可能在反市场体制上结成联盟。"如果说吴老先生只说了前半句我会为他鼓掌。但是有了后半句,不能鼓掌还得为这番话要喝一声倒彩!吴敬琏此前一直宣讲"不能向富人开枪!"现在又给"贫困群体"的穷人栽赃。

我国"贫困群体"的穷人从来不反对改革,而且是改革的积极支持者。不说27年前安徽小岗村18户穷得不能再穷的农民冒着杀头的风险按血手印,搞"大包干",拉开了农村改革的序幕,成为整个中国改革开放的先声,也不说农民工及城市贫困职工为改革付出的惨重代价,就说这些年来城市的6000万产业工人从砸"铁饭碗"、下岗、失业到最后连铁锅(工厂)都给砸碎了、倒卖了,不但让一部分人先富起来了,而且造就了一批一夜暴富的暴发户。此外还要忍受高额学费、医疗费、住房的三座大山压迫,哪一步不是他们为改革付出的代价,不是都挺过来了吗?他们从来都不反对改革,现在党中央明确号召构建和谐社会、走共同富裕道路时,他们却反对改革了?笑话,真是天大的笑话!难

行吟江湖一声啸

道"贫困群体"的穷人们不想社会和谐?难道他们不想共同富裕?还希望继续当"贫困群体",继续忍受学费、医疗、住房三座大山压迫?关键是改革路径如何选择,往哪个方向改的问题。笔者作为记者,接触到大量下层劳苦大众"贫困群体"的穷人,他们都欢呼"走共同富裕道路"的改革新政,广大农民为取消农业税减轻了负担欢天喜地,为农村即将要实现免费义务教育欢欣鼓舞,他们恨不得能见胡主席、温总理跪地上高呼万岁,他们无不希望快点深化改革!

在城市里的地方国企按照主流经济学家们的主张:"靓女先嫁"也好,"拣好苹果先卖"也好,"烂苹果就让烂掉卖地皮"也好,反正90%的地方国企已经卖光了,不但铁饭碗砸了、泥饭碗摔了,连大铁锅也被按废生铁价贱卖了。城市下岗职工和失业人员也无不希望快点加深改革,扩大再就业,好赖再谋个饭碗。

中国需要继续深化改革,每年公车的车轮腐败3000亿,公款吃喝2000亿,必须改革;工会不能为血汗工厂的工人说话,必须改革;深化改革让高额的学费降下来,让穷人的孩子只要能考上都上得起大学,不要再让学费埋没人;让天价的医药费降下来,不要再把"贫困群体"的病人活活地送进火葬场;把房子的高价降下来,让穷人都住得起房。经济学家们应研究如何开征世界通行的遗产税、财产税,缩小贫富差距;研究怎么能堵住税务的黑洞,让富人交够他们应该交的税,别让千万富翁们再拿着下岗证避税;研究怎么样堵住富人向海外转移资产,使大量民间用"血汗钱"积累的资本流失……经济学家们可研究的课题和方案很多很多,不要再当利益集团和富人的走狗,更不能再给穷人栽赃了。有"贫困群体"的穷人从报纸上看到经济学家说他们反对改革,愤怒地说:"穿草鞋的不怕穿皮鞋的,大不了再光脚丫子,铁饭碗连同大铁锅一起砸碎了,经济学家们总不能再砸第二遍;下过岗了,深化改革,不说上岗,总不能重新再下一回岗吧!"

是谁反对改革?吴老先生说"一是既得利益集团"反对改革算说对了。不过,这个"既得利益集团"中除过吴老先生讲话中点到的一些外,还应包括那些著名经济学家,他们当独董当说客,捞得也够多了(没见报道他们交了多少所得税),比如厉以宁还说过:"8亿多农民和下岗工人是中国巨大的财富,没有他们的辛苦哪有少数人的享乐,他们的存在和维持现在的状态是很有必要的。"他们才是真正的反对深化改革者,希望"贫困群体"维持现状,好让"少数人享乐";还有他们经济学家虽然"大多数不入流"、"不合格",可是照样赖在经济学家位子上,照样指手画脚,也没见报道他们因"不合格"而下岗,既然不如香港大学的副教授,也没见把他们哪位教授降成副教授,看来改革是改不到他们头上。

虽然吴老先生说"既得利益集团"反对改革算说对了一半,但他的结论却惊人地荒谬!竟然是既得利益群体和贫困群体"可能在反市场体制上结成联盟",这岂不是成了狼和羊一起"结成联盟"来反对改革了!听不懂的老昏胡话!

(原发《西安晚报》2005年12月19日)

》"指鹿为马"的学术问题

两千多年前赵高把一只鹿牵到朝堂上,说这是"马",朝堂上大臣有人沉默,有人顺着赵高说鹿就是马。当然也有不识时务和不懂学术的人,坚持说是鹿,自然惹来了天大的麻烦。关于这个"指鹿为马"的历史问题,到最近我才发现它本来就是一个"学术"问题,只要把"鹿"和"马"的标准很简单地变一下,鹿的标准换成马,鹿就可以是马;马的标准弄成鹿,马也可以是鹿!不仅可以"指鹿为马",想说成西域大宛马、天马也没什么不妥。因为"学术"问题的关键是看你把"学术概念"怎么确定。

当今一些"主流经济学家"就是以"指鹿为马"学术概念论证问题的。

比如以意大利经济学家维弗雷多·帕累托的名字命名的"帕累托改进"原是博弈论中的著名论点,其本义是一项制度改进,

经济学家

纵使不能让所有人受益，但至少要在不让任何人利益受损情况下，可以使一部分人得利。而发明很多奇谈惊人"理论"的经济学家张维迎先生解释：官员索取贿赂就是帕累托改进，因为行贿受贿"有利于降低监督成本，调动官员的积极性。私人产品腐败的存在，对社会、经济发展来说即使不是最好的，也是次优的，第二好的"。只要你把原来定义的标准内涵一改，腐败就变成了光辉的"帕累托改进"了，当然这是他以前的发明，最近几天他的理论又有了更新的进展。"改革必须补偿现有利益群体，否则改革就进行不下去。"并认为"改革使得相对利益受损最大的应该是领导干部"，要补偿首先是补偿领导干部，其次是工人，接下来是农民。他的科学贡献就是改造"学术"理论，标准一变，鹿可以是马，马也可以是鹿，腐败不仅是帕累托改进，还是改革的"次优选择"；再把改革"受损"的标准一变，下岗工人和农民也没有"领导干部"受损大了！所以必须先补偿领导干部。按张维迎的观点似乎我们国家召开"两会"都没有必要，因为他在两会召开前说"正确的观点是不需要投票的，否则谈不上尊重科学"。国家按张维迎说的办就行了。很遗憾，今年国家"两会"好像根本不尊重张维迎的"科学"，据报道财政转移支付几千亿元，没补偿领导干部，而是用去发展新农村，救助弱势群体了。

　　帕累托改进可以用来"指鹿为马"，基尼系数也可以在鹿和马之间变通。前几年就有经济学家发明了把农村与城市分开计算降低基尼系数的论点，到今年"两会"期间还有经济学家认为

行吟江湖一声啸

"我们不宜简单套用国外基尼系数的评估办法,因为中国的情况跟国外的情况不完全具有可比性"。因国情不同,外国算账时1+1=2,而我们可以等于3或4,基尼系数标准值成了变数,外国的"鹿"牵到中国又变为"马"了。更有甚者,人民币的价值也可以由鹿变马,有经济学家就说:"同样是一块钱,在农村的实际购买力要比城里高。也就是说,如果换算为相同的购买力,农民的实际收入要高于其名义收入。"原来一块钱的人民币价值不是兑外汇升值了,而是到了中国农村就升值了;莫非发到农民手里的人民币,相当于美元、欧元或英镑?千万别笑话,此言出自经济学家之口,人家这是"学术"!鹿在田野里跑是鹿,牵到朝堂上就可以是马。

人民币的价值可以变,公式的系数、常数可改,可怕的是连神圣的"改革"二字概念的外延及内涵也随意篡改、偷梁换柱、移花接木。比如,原来一直倡导腐败合理,主张"腐败是改革的润滑剂"的张曙光近日连发表两篇怒气冲冲的文章,继续为他的腐败合理性的理论辩护。我在认真拜读之后,才发现他怒气冲天的"宏论"的前提是给改革重新发明了一个"新定义",他说:"改革就是买权,不仅要征得出让权力者的同意,而且要给予相应的补偿……改革又不能从其手中强夺,只能购买,于是就形成了权钱交易。"从而得出了"权钱交易"的合理性。鄙人虽不像经济学家那样惊世骇俗、才高八斗,但至少也算是学富四车半吧,在我博览过的古今中外群书经典中从哪里也找不出"改革是买权"的定义和解释,翻遍党中央和国务院下发的各种文件也找不出"改革就是买权"的提法。近日"两会"上胡锦涛同志再次强调改革大方向不可动摇，也没说成钱权交易的"买权"大方向不可动摇。张曙光先生把改革的定义一改，腐败不仅合理，而且腐败有功了。他对改革过程的描述也变味了："改革中的很多变通措施、过渡形式和非正式的制度安排，往往是先有腐败和贿赂行为涉足，然后再由正式的和稳定的安排加以确认和规范。"于是改革过程成了对"腐败"功劳的确认过程，他还进一步明确表述："改革过程就是一种以权钱交易为中心的以毒攻毒的过程。"由此得出了改革"要借助于腐败和贿赂行为来推进"的结论，和"以毒攻毒"达到市场化的目的！天哪，原来我们党和国家主导的二十多年"改革开放"，在他的理论中竟然被丑化成了一场"钱权交易"的"买权"运动，二十多年的改革开放过程成了"以权钱交易为中心的以毒攻毒"的腐败过程。这不仅是"指鹿为马"，还是在"指马为鹿"了：改革就是"权钱交易"的"腐败"，反过来确认"腐败"也就是改革了。我们党和国家这么多年来一直在反腐败，就在近日还提出今年"把反商业贿赂作为反腐败的重点"，岂不成了最大的反改革？他经过概念上的篡改与偷梁换柱，还在文章标题中理直气壮地问："腐败的罪魁祸首是经济学家吗？""说腐败有正面功能就是受雇于腐败集团吗？"

这如同在质问大家，或者说质疑历史：赵高是秦朝灭亡的罪魁祸首吗？"指鹿为马"就是受雇于腐败集团吗？还真有点不好简单地回答。但是，赵高"指鹿为马"的目的赵高自己很清楚，绝不是为了辩明"鹿"与"马"的学术问题;可我始终不明白也不清楚我们的"主流经济家"不断地"指鹿为马",其原因和目的又何在?难道就是为了颠倒黑白、混淆是非、失去衡量标准的"学术"吗?

(原发《西安晚报》2006年3月20日,《杂文月刊》等多家转载)

经济学家

» 我一直仰慕经济学家
——一位报纸编辑的心路历程

作为一名编辑,我负责打理的《西安晚报》"曲江漫笔"版,近两年来连续刊发了一批谈贫富差距及批评"主流经济学家"的文章。在前一段我还亲自操刀写了几篇。这些文章只是报刊上一般的随笔和杂文,若从专业角度来讲既不深刻,也很不到位,只不过说出了几句真话和真相而已。想不到这些文章竟引起了如此强烈的读者共鸣与社会反响。有的群众来信叫好,说这些文章真正反映了他们的心声,有人写诗称赞,特别是电话不断,甚至影响到正常的工作及写作,逼得我为了静下来,多次不得不拔掉电话线、关掉手机,切断与外界的联系。还有几批弱势群体的群众,拿着报纸来找我谈他们遇到的具体事,想请我为他们伸张正义。我有时觉得哭笑不得,心里不仅没有快感,反而觉得特别沉重,深感自己无能为力,只能给他们宣讲一下党的十六届五

中全会精神,让他们相信党和政府没有忽视改革中积累的社会矛盾,并在着力解决问题、化解矛盾。这些文章引起了强烈的社会反响也引起了《今传媒》编辑部同志的注意,再三约稿让我谈谈来龙去脉,为什么批评"主流经济学家"。

我与经济学家无仇,倒是一直很仰慕

首先得说明,我不是仇富的那类人,绝对没有所谓"仇富"心理;按当地的生活水平,我夫妻二人都有稳定工作和中等偏上一点的工资收入,进不了中产也应属于小康之列。其次我虽然写文章批判了某些号称"主流"的经济学家,但也与经济学家无仇。相反,我对经济学家确实一直很尊重,甚至可以说十分仰慕。因为在社会科学领域里,经济学不仅是当今全世界流行的显学,而且是唯一被列入诺贝尔奖评奖的社科类学科。而我最早是学历史的,在历史、考古、风俗文化以及新闻文艺理论等多个方面都写过一些学术研究文章,受到专业人士肯定,但对经济学却是一窍不通。在改革开放之初,当我读到一些经济学家按照邓小平提出的改革开放思路发表了一系列鸣锣开道文章、颇有真知灼见的论点让我击节赞赏、自叹弗如。我曾对不少朋友说,我们国家以经济建设为中心,经济学家的学问是真学问,是经世致用之学,是安邦定国之学,是济世富民之学。我说的全是发自内心的话。记得经济学家给我印象深刻的一次是在20世纪90年代初,关于"姓资"、"姓社"的争论中,有位经济学家从马克思著作里找出了雇用七八个帮工是合理的,不能算作剥削。当时从媒体上

经济学家

读到这篇文章时，我既感动又深深叹息，感动的是我国的经济学家们为冲破计划经济体制条条框框，煞费苦心；让我叹息的是鉴于当时话语权很不宽松的社会历史条件和环境，经济学家竟然从马克思百年前著作里来寻找这么一句话来作为理论依据和支撑，也是没有办法的办法。实事求是地说，在二十多年改革开放进程中，我国经济学家也曾作出过应有的贡献。

但是，我早在1997年和1998年就对经济学家写过批评文章。在1997年长江大水灾后，我看到有的经济学家用"破窗论"解释大水灾促进了经济发展，水灾不是坏事反倒成为新的经济增长点，总感到不那么对劲儿；后不久又看到经济学家说"腐败是改革的润滑剂"，腐败能促进改革利于改革的论调，便有针对性地写过两篇小杂文，发表在本报"秦镜"专栏。我的心态是，我不同意你的某些观点，我尊重你们发表这种观点的权利，但我也保留批评的权利。

从2000年发生的历史教材事件后，我对"权威专家"总是小心翼翼地怀有戒备心理，不想给自己招惹上不必要的麻烦。但是，对于经济学家我是依然尊重并十分相信甚至是迷信的，认为经济学事关国计民生，经济社会发展的命运。我曾把很多走红的经济学家视为公共知识分子，代表着全民族和国家的利益。比如，当时不断听说当人均GDP从几百美元到1000美元发展阶段是社会利益分化时期，是社会矛盾多发期，甚至会引起社会动荡和动乱等，上级要求的宣传口号也是"稳定压倒一切"，当时我对经济学家这个论断深信不疑。遇到很多下岗工人生活很困难，

行吟江湖一声啸

拆迁及失地农民中出现大量弱势群体，我感叹过人生的命运不公，但依然很相信这是经济学家们说的这是为了改革必须付出的"代价"。到了2003年，人均值早已超过1000美元（如果按币值汇率差早在此前已超过），社会贫富差距急剧拉大，社会矛盾日益加剧，群体性事件频繁发生，所谓的"仇富"心理身边随时随地可以听到、感觉到，这时又看到经济专家说人均GDP从1000美元到3000美元是社会矛盾多发期，利益分化将引起社会不安定因素。如果照此说，假使过几年我们国家人均GDP达到3000美元时，会不会又说3000到多少美元之间又是一道坎呢？我不搞经济学，但我是学历史的，平时也搞过点历史研究。现当代世界各国的问题是比较好查的，便想查一查这方面外国的资料，这一查让我十分吃惊！无论美国还是欧洲，都找不到这方面的依据，在亚洲四小龙崛起的过程中，日本、我国台湾地区、新加坡、韩国发展的历程都没有1000美元至3000美元社会矛盾多发期的这个坎，只有拉丁美洲的一些国家在这个时期出现了问题，但是众所周知，拉美国家的问题与其说是经济问题不如说是国际、国内的政治问题。特别是几个著名经济学家如厉以宁等都以阿根廷为例，却连阿根廷特定的国际、国内环境如英阿马岛之战带来的严重后果提也不提，与其如此，还不如就举刚刚被美国颠覆的伊拉克的例子。其实，美国在20世纪30年代发生经济危机与社会动荡，罗斯福上台推行的"罗斯福新政"，把美国从经济危机和社会动荡中拉出来，而当时美国远未达到所谓1000美元的坎。相反就是上个月，远远超过了这个坎的法国倒是发生了到处纵火的社

经济学家

会骚乱与动荡，其原因被公认为是进城二代严重的贫富分化和社会不公所导致。我依据历史常识可以肯定地说：社会稳定和谐实质上与人均GDP无关，而与社会公平却紧密相关。我至今无法确定：难道竟然是"主流经济学家"给我们撒了一个弥天大谎？这里面深层究竟掩盖着什么？

再如，经济学家在经常宣讲的"帕累托改进"一度频繁出现在媒体上，甚至寄给我的稿件也常出现这个词。我没学过经济学，不懂这个术语。为了编辑工作不得不去查一查经济学：原来"帕累托改进"是以提出这个概念的意大利经济学家维弗雷多·帕累托的名字命名的。帕累托改进也称帕累托改善，是博弈论中的重要概念，并且在经济学和社会科学中被广泛应用。其概念本质是一种制度变化或改进，纵使不能让所有人受益，但至少在没有使任何人境况变坏的前提下，能使一部分人受益变得更好。我们再来看看发明了"向大锅饭里吐痰占有论"，主张"零价格甚至负价格出卖国企都不吃亏"著名的"主流经济学家"张维迎先生是怎么解释和运用这个"帕累托改进"的：他说："官员索取剩余是一个帕累托改进；因为它有利于降低监督成本，调动官员的积极性。私人产品腐败的存在，对社会、经济发展来说即使不是最好的，也是次优的，第二好的。"所以他对政府的建议是："反腐败力度在把握适当、要非常适度，如果力度把握不适当，间接带来的负效应也非常大。"当时我就在想：假如帕累托（Pareto）有在天之灵，看到我们"主流经济学家"把他创造的一个世界著名的经济学理论如此糟蹋，竟然变成了为"贪污

腐败"正名的学理依据，说不定这位意大利人的大鼻子都会气歪。这时，我想到了为改革大业付出惨重"代价"的人，原来与"帕累托"都无关啊！什么卖国企的"冰棍论"、"烂苹果论"、"靓女先嫁论"等，都不说了，就说那个著名的谁给大锅饭里吐一口唾沫，一大锅饭就没人吃了，谁就可以占有这锅饭的"吐痰卖国企论"，别再侮辱"帕累托改进"了！

有人说"主流经济学家"是生吞活剥西方的经济学理论，我感到绝对不是，古今中外几千年的历史上，能找出有哪一个朝代、哪一国家、哪一个思想家或哪位经济学家主张公开地大搞贿赂与腐败？并把社会腐败来作为"次优选择"？我敢说除过中国的几位著名的"主流经济学家"，你再也找不出来了。这应该是"主流经济学家们"创造了地道的"中国特色的经济学理论"！为什么中国反腐败越反越腐？就因为有这么一些披着专家学者外衣的"腐败教师爷"、"挑唆犯"！不断宣扬着"腐败科学"、腐败有功合理，还给官员挑唆着教着采用什么办法去腐败！

困惑中的思考与思考中的困惑

包括我本人在内的老百姓，都曾深信经济学家是科学、真理、正义、良知的化身或公众代言人。我与经济学家无冤无仇，当发现了一些问题，自己觉得不对也没能够思考清楚，本来对自己不清楚的问题可以不去思考。但是，我作为一名报纸编辑，日常的编辑工作却不能不做，大量的稿件不能不处理。如何处理？

经济学家

发还是不发，总得有一个基本的价值取向的判断。为此，从来不懂经济学的我在百忙中不得不抽出时间，找来几十本经济学书籍从凯恩斯到哈耶克、舒尔茨的著作忙里偷闲啃几段，从古典到新自由主义，想尽量多了解一些经济学的基本概念与知识。这期间我也读到学者秦晖、孙立平等痛斥主流经济学家误导改革的文章。最佳的学习途径是理论联系实际，但最可怕，甚至令人恐惧、令人痛苦的也是理论联系实际。不读不困惑，一读更困惑，不知无所谓，知道了却更痛苦。

但理论不联系实际又是不行的。作为随笔、杂文版的编辑每天要接触大量杂文、评论、时评来稿，发现有"仇富"心理骂"富人"的文章越来越多，调侃经济学、挖苦、讽刺，甚至是咒骂、谩骂经济学家的来稿也不间断。因为这些著名的"主流经济学家"像走穴的影视明星一样，垄断着"学术霸权"和"话语霸权"，不断到电视以及报刊、网络等各种媒体露脸，到处宣讲。他们越讲股市，股市越是跌得惨不忍睹；越讲国企改革，工人们越听越痛苦；讲医疗、教育改革、住房改革，讲得全国许多人上不起学、看不起病、买不起房，上学、看病买房成了压在老百姓头上的新"三座大山"。我感觉到经济学家一度比影视明星的知名度还要高，以至于大街上蹬三轮车的都知道经济学家又说股市什么了，国企要怎么零价格负价格出卖了，有时就是上一趟公共厕所都能听到人们蹲在茅坑里讨论经济学家"冰棍论"、"烂苹果论"、"吐痰论"、"股市论"……

就我编辑工作审读来稿而言,大致又属于两大类,一类我暂且称之为"道德文章",这类文章比较众多,出发点总是离不开"不患其寡而患不均"的老套子平均主义观念,我不愿意,也更不能简单地说他们都是反对改革,但认为至少是观念比较落后。然而,写这类文章的人又特别多,有弱势群体、有改革中利益受损害者、有下岗职工,也有俗称"愤青"的愤怒青年大学生甚至研究生,还有老作者,包括一些离退休的老干部。作为一名党报编辑深知历史不可能开倒车,搞改革开弓没有回头箭,改革需要批评家,需要正面批评或提出建设性的意见,把握好正确的舆论导向。

另一种新锐的杂文家、时评家所写的文章,虽然数量比较少,却很有思想。他们对改革积累的问题进行谨慎而又痛切的反思,虽然他们站在批评的角度,文章写得嬉笑怒骂,但有学理依据,有实证案例,有学术支撑,很有说服力。在我接触的大量作者中比较突出的是陈仓,他本身学过历史学、金融学、经济学,也学过法学,又是国家审计署驻西安特派员办事处的官员。在与陈仓的交流中,使不懂经济学的我受益匪浅。还有符号,他原本是湖北省宜昌市副市长,是著名的"市长杂文家"。我不断地借他的知识梳理我的思绪。后来还接触了一些大学经济学教授,但他们都不愿意称自己是"经济学家",甚至说那称呼是骂人的。

从2004年的上半年,我就开始不断发表调侃讽刺经济学家的小杂文,如陈仓所写的《老不死的的美国老太》《狗屁经济学原理》《经济学家尚能饭否》,特别是"市长杂文家"符号的《想起了李玉亭》等一批文章。李玉亭是茅盾笔下出入于上海滩工业巨头吴荪甫、金融大亨赵伯韬门下的经济学家,是以"傍大款"为己任的。符号先生将李玉亭的丑恶面目与现在走红的某些经济学家的丑陋言行结合在一起,进行了辛辣的讽刺与揭露倒是十分有意思的风景。瞧,他们依然是款们、腕们的门上客、座上宾,只是多了些"董事"、"顾问"、"理事"、"委员"、"代表"、"名誉董事长"等更耀眼的光环。他们各式各样的"高论",是当年的李玉亭所不及的。比如,"腐败不但可以摧毁旧体制,而且可以建立一个新体制"。"腐败是改革得以顺利进行的润滑剂。""中国改革的最大危险来自于平均主义。""官员索取剩余可能是一种帕累托改进,因为它有利于降低监督成本,调动官员的积极性。私人产品腐败的存在,对社会、经济发展来说即使不是最好的,也是次优的,第二好的。""将基尼系数农村城市分开计算,这样中国贫富分化就不严重了。""穷人应该将富人看成自己的大哥,大哥穿新衣小弟穿旧衣,天经地义"。他们还建议政府:"反腐败力度在把握适当、要非常适度,如果力度把怕不适当,间接带来的负效应也非常大。"一面是下岗工人为一日的生计发愁,农村返贫人口增加,另一面是在证明5年以后,家里有小汽车叫小康,再过5年,得有第二套住宅才叫小康,"'五一'、'十一'的假期放长了,有钱的人就想开阔眼界,出外旅游,孩子受更好教育,这为第二套住宅的需求提供了很好的契机","第二套住宅的概念,很大程度是基于休闲度假所产生的需求提出小康新概念"。"中国农业人口以

前是85％，现在跌到60％左右，加入世贸以后，中国农业人口的比重还将进一步下降，可能要降到25％。""农民大转移很快就可以实现。""市场经济应该也必须把教育当作一门产业来办。""我把堵车看成是一个城市繁荣的标志，是一件值得欣喜的事情。""高论"为强势群体鼓与呼不遗余力，到了违背起码的学术良心与基本常识的地步。比起当年的李玉亭教授，真是大巫之见小巫，"青出于蓝而胜于蓝"。赵玉亭、钱玉亭们常年出入于各种座谈会、研讨会、学术交流会，"传道、授业、解惑"。不停地在大公司、小公司、正公司、野公司，省、市、县、乡政府如歌星赶场，充先知，搞策划，搞讲座。或利用自己熟练的数学工具，营造一些"贵族味"，俨然精英中的精英；或将本来三言两语就能说清楚的问题，用一大串的数学公式推导，玄言惑众。反正有奶便是娘，随人可夫。再看那些轰然倒下的国有大中型企业，那些上马之日即倒闭之时的项目，那些人口密集区污染极大的工厂，当初不都经过大批权威专家的"科学论证"吗，老板邀清一色的"拥护派"，评审费一撒，席上一碰杯，要方有方、想圆即圆。日后出多大娄子，谁还会想起当年谁谁签过大名？

适时把握舆论导向与亮明自己的观点

2003年中央政府换届后，胡主席提出"权为民所用、利为民所谋、情为民所系"的执政方针，以及温总理多次强调"三农"问题，宣布五年免掉农业税等一系列政策调整，已使我感到新一届政府领导人亲民爱民、勤政务实的作风。对经济学家心中存在太多质疑的我也无时不关注着社会热点问题与党和国家政策调整的变化与导向。

2004年9月22日晚上，在客厅看电视的妻子看到中央电视台新闻联播报道第六届范长江新闻奖、韬奋新闻奖消息时发现了我的名字和照片，她兴奋地来呼唤我，却发现我听了如此大喜讯竟然无动于衷。我坐在书房电脑前聚精会神地上网看关于"郎顾之争"的报道。我注意到了北京大学张维迎教授"零价格甚至负价格出卖国企不吃亏"的主张，也特别关注到他对新闻媒体的指责。他以精英身份、高高在上的口气，随意片面而且情绪化论点对众多新闻媒体及从业者进行毫不负责的随意指责。我以职业的理智和冷静压抑住灵魂深处的喧嚣和激情的冲动。同时从心底发出了一声冷笑：媒体从业者的素质确实要提高，我作为编辑要是不读书学习，岂不是还在上你的当，继续受蒙骗？

但是，我也深知这不同于2000年我对中学历史教科书"硬伤"问题的批评和对37位权威专家为错误护短的回应，因为当时是在我比较熟悉的历史考古专业知识领域。而这次看来是经济学论争，但却有着更深层的社会背景。我国二十多年改革进程积累了太多的社会问题，转型阶段新旧的观念发生着剧烈的冲撞，许多观念都在发生蜕变，许多人们习以为常的常识被"精英们"颠覆，熟知的经典被"精英们"随意疯狂篡改和解构，传统的道德观念被赤裸裸金钱利益关系逐步消解。但是，社会如何转型，经济如何改，牵涉千家万户和千百万人的切身

利益,论争自然难免。在改革过程中,人们曾经历过欢欣鼓舞,也经历着各种阵痛。在市场经济的竞争过程中分化出不同的利益群体,那些既得利益群体以其利益诉求寻找代言人,多元化的社会经济及其多种利益群体诉求必然反映出多元化价值观和不同的声音。经济学家当利益代言人可以,就像律师既可以用专业知识为原告辩护,也可以为被告辩护一样,却不能对传媒如此不负责任地进行攻击。

　　媒体从业者虽说也是普通人,存在这样那样的不尽如人意之处,但是,我认为在当今世界上,媒体从业者与其他任何行业相比,都可以说是最阳光的事业。在中国社会转型期要说"公信力最高"当属新闻媒体,老百姓遇到问题首先就想到的找媒体曝光。因为新闻工作者的每一篇文字、每一幅图片、一个栏目、一种观点或声音,都是直接面对千百万受众,要经得起人们推敲、挑剔、指责。哪怕是不良媒体制造的假新闻,也得发布、公开在阳光下。我更觉得新闻工作者应该有明亮的星辰一样高贵的眼眸,来洞察时代风云变幻,新闻工作者激情奔涌的血脉中应洒满日月的韶光,以充沛天地间的正气来记录社会发展前进的步履!我当时把前面的情况及所想到的这些话写成了一篇《获奖感言》,不同于任何人获大奖时既感谢这个又感谢那个,我谁也没有感谢,而是以论战的姿态直面回应经济学家!几次站在授奖台上宣讲这些观点,很快就被《中国记者》杂志2004年11期以《社会大变革与传媒责任心:树立强大社会公信力》为标题发表,并在主流媒体的网络上广泛转贴流传。

经济学家

本来我以"获奖感言"的形式表明了自己态度，打算抽时间写一些有点学理、有分量的文章进一步对"主流经济学家"胡说八道、误导改革的言论进行清算。可是，当时我除繁忙的日常报纸编辑工作外，手头承接的国家社科基金重点项目——《中国民俗通史》（隋唐卷）研究与编写任务也进入最紧张的阶段，确实抽不出一点时间来。随着顾雏军入狱，几个著名的"主流经济学家"不时失语，遭到了全国人民的全面质疑，所谓的"主流经济学家"名声越来越臭了，人们都清醒过来了。党的十六届五中全会适时召开，党中央明确提出科学发展观、构建和谐社会、走全民共同富裕道路等精神为我们指明了前进方向。此时我经过9个月的辛苦笔耕，手头承担的编写任务刚刚初步完工。恰有一点余暇，便连续写出了《仇富让改革蒙羞》《经济学家为什么声名狼藉》《拔一毛利天下而不为》《当李鬼遇到李逵》《谁在反对改革——经济学家又给穷人栽赃》《改革呼吁"草根经济学家"》《财富，心灵不堪承受之重》《谁有"不可饶恕的罪恶"》等系列杂文随笔，不但在本报发表，有些还发表在《南方日报》等大报上。同时我又精心编发了《经济学家您为什么不说话》《旗帜鲜明的仇富》《仇富是经济学家给穷人栽赃》《张五常"心惊胆战"乎》等系列文章，组合编发。这些文章不是指桑骂槐，而是指名道姓、胸怀坦荡、光明磊落直接批驳著名的"主流经济学家"的种种谬论，同时也是直击与评说社会热点问题和焦点问题。

我丝毫没有想到这批小文章的发表，竟产生如此强烈的社会

行吟江湖一声啸

影响。以至于打电话、来访者不断，甚至我人在北京参加全国优秀新闻工作者表彰大会时，都有人打听到我的电话打到手机上恳切地要和我交谈，表示感谢。最让我感动的是，十多位素不相识的自称为离退休的老干部，为表示他们的敬意联合写信热情洋溢地称赞我"您不愧是党的好干部，人民的好喉舌"，他们还合写了一首小诗：

晚报郭兴文，秉笔泣鬼神。
涉险刺富豪，捧心为平民。
挺身捍真理，正义卫党群。
文美品更高，论坛第一人！

写到这里，我热泪模糊了双眼。我从事新闻工作二十年来，在新闻工作以及学术研究方面获得全国省市各级的获奖证书就有几大提包，包括我在新闻专业领域里已经获得我国新闻编辑的最高荣誉奖——韬奋新闻奖。每次获奖站在领奖台上时自我感觉都是非常良好的，但是，远远没有读这几行诗让我感到心灵的震撼并使我感到惭愧！真是一种百感交集的感觉。我究竟做了什么？不就是报纸发了几篇千字文吗？既不深刻，也很不到位地批评了几个著名的"主流经济学家"的谬论吗？仅仅是因为喊出了广大人民的心里话。至于人品与文品我从来也没觉得自己比别人高尚过，别人看到的是我文笔泼辣犀利，面对著名权威专家毫无畏惧，殊不知我写每一篇批评文章之时都是瞻前顾后、掂量再三，岂能担当起"文美品更高，论坛第一人"之誉？好在几个所谓的"主流经济学家们"现在名声已经很糟糕了,尽管不时有人出来进行越描越黑的自我辩护,用他们自己的话来说,已经"丧失了公信力"和话语霸权地位,也用不着我再浪费笔墨了。

(原发《今传媒》杂志2006年第2期)

» 恶搞蒋院士"呼吸税"的笑谈

多家媒体报道在近日广州举行的中国森林城市论坛上,中科院院士蒋有绪发出呼吁:政府可以考虑对企业甚至对排放二氧化碳的市民征收生态税。蒋有绪院士主张:居民生活在地球上作为二氧化碳的排放者,应该为节能减排付出代价,建议"可以考虑让市民每个月买20块钱的生态基金"。蒋院士一本正经的谏言献策,被媒体报道成所谓"呼吸税",一石击起千重浪,不仅被亿万网民恶搞,而且报纸上妙评迭出。有人写文章说蒋院士既然献策"呼吸税"就应按肺活量征呼吸税,其原理如汽车排量征税,充分体现出税收的公平性,所以到时每个公民的法定义务就是去测肺活量,在身上贴上欧Ⅱ、欧Ⅲ的标志,年检时统一交税。还有人写文章说按蒋院士的思路:除了"呼吸税",建议顺理成章更应征收"放屁税"。因放屁更污染空气!更有一位署名李钟琴的作者写了一首《呼吸税之歌》:"院士专家多鬼魅,出口能令

经济学家

世人畏。老而不死是为贼，此语原来谓此辈。蒋姓院士名有绪，建言应征呼吸税。人人都是污染源，活着即是犯大罪。每人月交二十元，一年半吊并不贵。交钱才有好生态，喘气合法亦无愧。此言一出举世惊，坊间网上如鼎沸。恂恂良民亦茫然，不知今夕是何岁。自古放屁不纳捐，而今喘气竟收费……"从网络到纸媒各种恶搞蒋院士"呼吸税"的许多文章直看得人们忍俊不禁。其实细读蒋院士的讲话，有人发现是误读，生态基金不应解读为"税"，虽然有差异，但蒋院士的观点还是鲜明的。

　　网民和公众之所以要恶搞蒋院士的"呼吸税"，是因为蒋院士或许在本行业内是权威人士，可是在公共事务管理领域里却欠缺常识。网上搜索得知蒋有绪为中国林科院森林生态环境与保护研究所研究员，博士生导师，1999年当选为中国科学院院士；他只是林业方面的专家，却利用院士的身份提出收生态基金的建议，本身就是玩"票友"。尽管蒋院士确实认为，这样有助于提高公民的环保意识，可是提高环保意识是为了什么可能还没想清楚，就违背基本常识，已经突破人们极为一般的认知"底线"——空气不是国有资产，别说人了，鸡鸭猪犬也要呼吸，骡马牛驴的肺活量都比人大多了，怎么让它们买基金？呼吸不用交钱纳税，而蒋院士却认认真真地把一个笑话演绎得绘声绘色。

　　当然，蒋院士被大家疯狂"恶搞"，有新闻报道"误读"的因素，也有另外重要原因。近几年来有不少所谓的"专家"站在某些利益集团的立场上，如"主流经济学家"在大卖国企的狂潮

中主张"零价格、负价格"卖掉国有资产,创造了"冰棍论"、"烂苹果论"怪论不说,甚至创造出官员贪污腐败是改革的润滑剂,官员收受贿赂也是"帕累托改进"的惊世奇谈!当然,还有那些在电视媒体整天推销壮阳药的"专家",在听证会上每次都论证收费合理的专家,以及论证"正龙拍虎"是真华南虎的专家等,为了自己一点蝇头小利,昧学术良知为利益集团说昧心话,早把专家的名声败坏完了。所以蒋院士一说提高环保意识,又盯上了老百姓的钱袋子,竟然报道出"呼吸税"之说,岂能不令公众反感?

知识分子在自己领域里的学术研究成果,希望得到社会的重视,进入公众的视野和社会舆论的中心,引起人们对于他从事的事业关注,应该说也是正常的愿望,无可厚非。可近几年来,一些专家在浮躁的社会风气里研究出大禹三过家门而不入的原因是"婚外恋";旁征博引地考证出孙悟空出生地与故乡等,让世人大跌眼镜。还有一些出了名的专家成了无所不谈、无所不能的百科全书式大专家,没买过一元钱股票甚至可以说不知股票为何物的人竟然去大谈股市泡沫,还有身居高位的著名大经济学家在中国股市暴跌超过50%时竟然发表演说称还是"牛市"等,种种丛生怪象也让公众看透了专家的水平里掺了太多水。"自古放屁不纳捐,而今喘息要收税",蒋院士"呼吸税"哪怕是误读,岂能不遭公众恶搞?

不过,我还是相信蒋院士在他本专业内应是很有建树的,恶搞"呼吸税",绝不仅仅是"让市民每个月买20块钱的生态基金"被误读的原因,对乱收费公众反感自不待言,这里面有着复杂的社会因素。但院士谏言献策的本身强调人们呼出的二氧化碳,也有点本末倒置。我认为蒋院士想引起大家对于他所从事的生态学的关注也无可非议,现在大气污染确实很严重,从限制工业排放废气入手,从限制公车减少尾气污染入手,都是不错的建议。净化空气本来就是为了人类的健康和呼吸。

  从一场沸沸扬扬恶搞"呼吸税"的事件中,专家们应有所反思了!

(原发《西安晚报》2008年12月1日)

» 大学与大款

两个月前北京师范大学教授董藩在微博上对自己的弟子说:"当你40岁时,没有4000万身价不要来见我,也别说是我学生……"一句雷语引来骂声一片,这位不怎么知名的教授一夜成名,董藩教授成了网络红人。

北师大毕竟是北师大,区区4000万身价要求还是未来时,远远赶不上北大牛气。近日媒体又报道10多年来,北大的校友中诞生了79位亿万大款,如百度CEO李彦宏、李宁体育用品有限公司董事长李宁、新东方董事长俞敏洪等,数量已经连续三年居内地高校首位。呵呵,曾因"五四"运动的策源地,曾以兼容并蓄、大师云集而名闻天下的北大,如今已不是"大师云集",而是"大款云集"了,以"盛产大款"而自豪!

清华大学老校长梅贻琦有一句名言:"大学者,非大楼之谓也,乃大师之谓也。"这句名言前些年在大学扩招建楼大跃进中被评论者改为:"大学者,非大师之谓也,乃大楼之谓也。"今天又落后了,得再修改成:"大学者,非大师之谓也,乃大款之谓也。"几十年来的市场经济,笑贫不笑娼,为占有财富而疯狂,树立起金钱至上的理念,世风浸淫,每况愈下,大学精神轰然崩塌!与大款有关的话题时下最使人们感兴趣,名牌大学也赶上了这个时髦,北大也以盛产大款来招徕眼球了!

不过,北大也不只是培养了79位亿万大款。如果我没记错的话,前些年陆步轩也是以"高考状元"步入北大,不过北大不但没有将其培养成亿万大款,与著名戏曲《屠夫状元》恰恰相反,倒是把一名状元给培养成屠夫了!"状元变屠夫"对北大固然是个案,可区区79位亿万大款(可能还有镀金者的水分)比起北大几十万毕业生来说,也和个案差不多!

说句笑话,北大论培养大款,其实还远远比不上卖文凭的"野鸡大学"——美国西太平洋大学,因给号称"打工皇帝"的唐骏授予文凭在中国一夜之间成为"名校"。年薪就达数亿的大款唐骏到大学演讲却遭女大学生踢馆,称其成功不仅可以复制,而且是可以复印的。媒体报道还有人搞"西太平洋校友会"时宣称:"美国西太平洋大学近20年间为中国培养的高层管理人员让北大、清华都汗颜。"虽无具体数字说明,也可见持有野鸡大学文凭的大款比例之高。近日又有佐证,媒体报道北京市海淀区人民检察院受理的利用国外野鸡大学假学历诈骗的案件中,受野鸡大学假学历骗的高管就有两百多。这些野鸡大学比北大应该更自豪!至少他们还"培养"了如唐骏这样的打工皇帝。而北大也有

光华学院,专门兜售MBA文凭,有许多企业家大老板都是在发家后,再到北大镀金弄一纸工商管理硕士文凭,如今将这些人的发财成绩也算在北大头上,不知这些人在北大获得的MBA文凭与野鸡大学假文凭的区别在哪里?区别有多大?再说中国改革开放以来好多位身家百亿的首富还没上过大学,如首富黄光裕才初中毕业。莫非北大也要和黄光裕所毕业的这所初中学校比一比高低,一决高下?

大学不是商会,也不是富豪俱乐部,大学主要是培养专门人才之所在,不是专门教人发财的地方。北大多年来占据着国家优质教育资源和优质生源,多出几个亿万富豪未尝不可,也应在情理之中。可北大某些精英费力统计出来拿来炫耀就是让人恶心的事了,为何不炫耀把状元培养成屠夫的业绩?公允地说,屠夫卖肉也是社会所需要的,比一些坑蒙拐骗成了大款的人更受人尊重。一个健全的社会,需要的是各个方面的人才;学问万千,术业各有专攻。大师、大学者、大科学家未必就是身家亿万的大款,杨振宁、钱学森、钱伟长等大科学家的价值难道可以用金钱衡量?为我国作出卓越贡献的"两弹一星"的元勋群体中又有多少人是亿万富豪?如果北大以身家亿万的大款数量已经连续三年居内地高校首位而自豪,以盛产大款为荣,莫非北大下一步就应该在校园里立一座财神庙,供奉上赵公元帅、陶朱公塑像,研究型大学的学术专门研究"点金术";教学专教巴菲特炒股、罗杰斯之技、索罗斯秘诀;或者专教拆迁土地开发术,大力发展培养地产商?这些年因拆迁致富,因房地产发财成为亿万富豪的比例

经济学家

最高。绝对有可能再多培养出几个大款来,可北大那还能是北京大学吗?倒不如把北京大学改为北大商会更贴切,更能说明富豪多。

两千多年前,中国教育家的鼻祖孔夫子门下号称七十二贤、弟子三千,然而孔夫子最喜欢并引为骄傲的是穷学生颜回,而不是门下弟子中的首富子贡。尽管子贡经常资助孔夫子,而颜回常需要老师接济,孔夫子却依然称赞穷学生说:"贤哉回也!一箪食,一瓢饮,在陋巷,人不堪其忧,回也不改其乐。贤哉,回也!"

孔夫子的教育观也许太落后了,赶不上当今时代市场经济的大潮。这几年社会上"一切向钱看"之风刮进了象牙之塔的高校,才有董藩教授"当你40岁时,没有4000万身价不要来见我"的雷语,才有了北大统计出79位亿万大款引以为豪的现象。但是,世界名牌大学若论谁培养的亿万大款多,恐怕谁也比不过世界第一名校哈佛大学,可哈佛却并不以出亿万富豪为荣,他们常津津乐道的是哈佛出过8位美国总统、40名诺贝尔奖获得者、32名普利策奖获得者,出了一大批世界知名的大科学家、学术创始人、文学艺术家和哲学思想家,唯独不提培养出的大款有多少。哈佛大学不但对那些身家亿万的大款不在乎,就是对总统也不在话下。在哈佛350周年校庆时,6万多校友回到母校(其中不乏亿万身家的大款),世界各地知名记者就有1000多人,哈佛大学本想请里根总统在校庆典礼上讲个话,里根捎话请求"哈佛是否给授予一个名誉博士学位"?哈佛大学的教授们认为里根总统与学

术一点沾不上边,坚决不同意。哈佛校长鲍克向媒体公开宣布:"学校无意奉承总统的虚荣心。"美国的哈佛大学连美国总统都不在乎,遑论什么亿万大款了!这就是一身风骨的"常春藤"大学,里根总统不来,350周年校庆照样办。

大学是研究和传播科学的神圣殿堂,是点亮思想火花启迪智慧的地方,是传授知识的地方,是高端学术研究的领地,不是政治家追求虚荣的地方,更不是能捞钱的经济市场,大学傍大款出名是自取其辱。一所著名大学的毕业生里可以出一些大款,但更应当群英荟萃,人才济济,多出几个大师、科学家、专家、学者更有意义。出几个亿万富豪实在不值得统计出来炫耀。炫耀"79名亿万大款"只能说明是北大精神在拜金潮中的堕落。

(原发《西安晚报》2011年7月11日,获陕西省新闻奖副刊优秀作品一等奖)

经济学家

» 又向大国企碗里"吐痰"

继前年去年豆价暴涨"豆你玩",接着大蒜价格飙升来了个"蒜你狠",生姜价又爆炒出个"姜你军"。早晨妻子买菜回来说:"萝卜都1斤2块多了,5块钱才买了一个白萝卜。"她怀念萝卜2分钱1斤的年代。早起一上网打开页面,就是国企私有化改革讨论和"10元钱只能买2根葱"的新闻同处页面上。我对妻子开玩笑说:"这都是国企垄断惹的祸。"妻子不明就里,瞪着眼睛驳斥我说:"没有一家国企卖蔬菜呀!"

这些天骂"国企垄断"、"国企暴利"的各种文章在许多媒体和网上堪称铺天盖地。一位较早就开着私家车的朋友向我抱怨石油又要涨价了,说美国的油价比中国便宜,就认为这是国企垄断惹的祸。我却问他炒股票了吗?他回答说,48元一股买的中石油,现在才10块钱,一直被套牢。我回答说,这就是一个悖论。等国企不垄断了都"私有化"了,你就准备把你家的私家车砸了

163

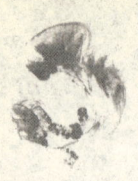

行吟江湖一声啸

卖废铁吧!

开车的人都知道美国发动战争第二次攻打伊拉克之时，国际原油价不过20美元一桶。当时国内油价2元多不到3元，现在国际油价最高突破140美元一桶，涨了近7倍，国内油价不过8元多钱，涨幅不足三倍。实际涨幅远远低于国际原油涨幅，高乎哉，不高矣！据有关方面解释如果不含税比美国油价还便宜。因为美国市场的油价只比中国略低一点，我们就归罪于中石油、中石化的国企垄断；可出过国的人都知道中国生产的牛仔裤、衬衫等许许多多日用商品在美国都比国内便宜很多，甚至是价格差成倍，贴牌产品国内外价格差就更大了。时寒冰还曾写文章专门列表对比说明。可中国生产这些商品的企业既不垄断也非国企，大多都是民营企业。最典型的就是暴涨的房价，全国几十万家房地产商中有几家是国企？教育产业化，大众上不起学了；医疗产业化了，大众也就看不起病、吃不起药了。改革到谁头上谁就自认倒霉，哪个领域"私有化"改革哪个领域就地涨价。连喝的自来水如有外资参股都莫名其妙地要涨价。一瓶到岸价15元的葡萄酒国内卖几百元到几千元，这等"暴利"是大国企干的吗？现在指责最"暴利"的是国有银行，遇服务态度不好都遭批评，等到私有化了，你去小额存款不但没利息还得给人家交保管费。说白了，仔细想想这些年日常生活中，许多非"国企垄断"的物价都是几倍、几十倍，甚至上百倍涨价，倒是关系国计民生的被大国企垄断控制的水、电、石油、农药、化肥等实际是涨价最少的。就连中国最富有

经济学家

的煤矿，在前些年煤老板疯狂时，一边是矿难事故不断，一边煤价猛涨，自从加大国有控制力度后煤价才稳定下来。

我对这个问题进行思考，原因是今年"两会"期间，由茅于轼组织大批新自由主义"主流经济学家"联合美国福特基金会、世界银行行长佐利克等美国人抛出了一个课题报告，核心就是117家大国企要"私有化"三个字。不仅有主流经济学家精英们，就是美国人也来当"白求恩"，帮助中国大国企进行谋划改革。其主要观点"国企垄断"、"国企暴利"、"国企亏损"、"国企造成分配不公"、"国企应退出"等，一时间迅疾泛滥网络，国企再次成为公众舆论的靶子。前两年中央口号还是央企要"做大做强"，现在风云突变，一齐开始向央企和大国企大口"吐痰"。没仔细算过账的网民也跟着起哄。如果说美国"白求恩"、世界银行行长佐利克先生的私有化改革"药方"有效，就应当先去挽救美国正在闹事的华尔街危机才对。

所以"两会"期间，国资委原领导李荣融非常郁闷地说："我想不明白，为什么国企搞不好的时候你们骂我，现在我们国企搞好了你们还是骂呢？"李荣融确实是想不明白，因为想的就不是一码事，怎么能明白？当年说国有银行经营不善，精英们说是不良资产，请来了美国的"白求恩"购买中国"不良资产"，把银行股票九毛钱一股卖给美国银行和瑞士银行，然后高价卖给国人；又因中国是贫油国，所以中石油以一元钱一股卖给美国巴菲特，然后高价卖给国人。结果，"股神"巴菲特短短时间赚十几倍的暴利，套牢了中国几亿股民、基民；美国银行在"金融风

暴"中高价减持中国银行股票,获得巨额"暴利"挽救美国危机,也挽救了绝对是私有化、会经营的美国金融业。现在中国大国企搞好了,又是银行业利润太高了、"垄断"了、"暴利"了。所以主流经济学精英们又请来美国人充当"白求恩",出谋献策搞改革,要大国企包括银行"私有化"。当然,福特基金的钱不会白花,"白求恩"也不会白当。因为无论国际、国内的投资的大资本都不是什么慈善基金,这涉及百万亿的国有资产的大肥肉,也是带着硬骨头的大肥肉,存在如何私有,私有给谁的问题。但是,不管怎么改,一定要先向大国企"吐痰"的。李荣融是"想不明白"非常郁闷了。总之,精英们眼里是国企就得"私有化",为了"私有化",就得向国有资产"大锅饭"里"吐痰"。这就是精英们的逻辑。

当然,这不是第一次"吐痰",全国人都知道主流经济学家多年以前就发明了"吐痰"理论。国有企业就像一锅饭,怎么改?只要有人往里吐一口痰,别人都不吃了,这锅饭就成了你的,就私有化了。当年说国有企业效率多么低下等,多少人都信以为真,在"吐痰"过程中,不知有多少资产被"零价格"、"负价格"私有化到少数人的腰包里。当然,这次要啃百万亿的硬骨头、大肥肉,不但主流经济学家往里吐痰,也得请来美国人,请来世界银行行长当"白求恩"帮着一起往里"吐痰"。

一方面说"国企亏损",另一方面又说"国企垄断暴利";一方面说国企经营不善不如民企,另一方面又说国企员工比私企员工待遇高,造成分配不公。很多奇怪的逻辑悖论。比如,员工

经济学家

待遇高居然也是罪过？既然说民企经营好，赚钱更多，员工待遇应当更高才对呀！国企一般员工待遇很高吗？并不高，无论在职还是退休后都远远比不上公务员。国企高管的百万年薪待遇确实很高，很不公平，但也远远赶不上中国平安老总日薪18万、年薪6700万的待遇。为"私有化"给大国企要找问题，既可以说成"不良资产"，也可以说成"垄断暴利"。当然私有化卖给垄断资本，就连说的权利也没有了。

实际上，当年把几十万"集体企业"摘"红帽子"完全变成个人资产；接着地方国企改革被"零价格"、"负价格"贱卖，几千万工人下岗，才造成贫富两极分化，内需一直不振，国家想拉动内需喊了多年，怎么也拉不起来。现在大型国有企业不仅承担着中国经济发展的稳定器、助推器的作用，而且负有保障国计民生，与国外巨头在国际市场上一较高低的责任。目前中国市场上许多领域并不是我们的国有企业在垄断，而实际上是跨国公司在垄断我国的市场。现实来看，国有企业，特别是117家央企，可以上市，可以引入一定的民资，但是如果被"私有化"，对国家和人民绝对将是一场史无前例的大灾难。小白领们天天网上骂油价，等中石油、中石化脱离国家权力控制，被国际国内垄断资本"私有化"后，那就不是"豆你玩"、"蒜你狠"、"姜你军"和"葱忽悠"你了，不说油价如外国红酒一般"暴利"，就像前几年房价一样暴涨，准备砸掉你们的私家车吧。

大国企应当改革，但绝不是靠"吐痰"实现私有化，精英们请来国际"白求恩"，帮忙"吐痰"，也未必能私有化给国际垄

断资本。不仅李荣融郁闷,我也觉得郁闷。不是说大国企不能改革,要看如何改革,祈祷千万别再像中小国企"私有化"一样,贱卖了之。再精英的骗子也有骗不下去的时候,"学费"也有一个交够的时候。

(《西安晚报》2012年3月28日)

经济学家

» 别再为腐败"正名"鼓吹了

中国人干事情一直信奉先要"正名",早在两千多年前孔夫子提出正名思想:"名不正则言不顺;言不顺则事不成。"当然事有好事也有坏事。比如腐败,古今中外皆视之如肌体脓疮,人人想清除之,如过街老鼠人人喊打;可也有一些人如同苍蝇爬在屎堆上以为抱了个香饽饽,总想为腐败"正名"。早在十多年前,曾有经济学家就推出"腐败是改革的润滑剂"理论,说"改革要利用腐败和贿赂,以便减少权力转移和再分配的障碍。腐败和贿赂成为权力和利益转移及再分配的一个可行的途径和桥梁,是改革过程得以顺利进行的润滑剂"。以"润滑剂"来为腐败"正名", 说"润滑剂"对改革有功。更有中国名校的"主流经济学家"以世界著名的"帕累托改进理论"来为腐败正名,胡扯"官员索取剩余可能是一种帕累托改进;因为它有利于降低监督成本,调动官员的积极性。私人产品腐败

行吟江湖一声啸

的存在,对社会经济发展来说即使不是最好的,也是次优的,第二好的"。而实际上所谓"帕累托改进"是以提出这个概念的意大利经济学家维弗雷多·帕累托名字命名的经济学理论:一些人可以生产更多并从中受益,但不会损害另外一些人的利益,一个人的利益也不应受到损害。一项正确措施可以使整个社会受益。这才是帕累托改进。这位教授又睁大眼睛说瞎话:下岗的工人和失地的农民都是改革的受益者,而改革中受损失最大的是"领导干部"。世界著名的经济学理论到中国变味成"搞腐败理论"。如果说经济学教授真不懂帕累托改进理论讲错了话也情有可原,但这样的学识就不配当教授,以己之昏昏,焉能使人之昭昭?如果说心中很清楚这个理论,故意歪曲成搞腐败理论来献媚官员欺骗学子与大众,不说心怀何种目的,至少也是学术品行不端。这样的教授站在高校讲台上能传道、授业、解惑吗?所以北大教授钱理群先生愤怒地说:"我们的一些大学,包括北京大学,正在培养一些'精致的利己主义者',他们高智商,世俗,老到,善于表演,懂得配合,更善于利用体制达到自己的目的。这种人一旦掌握权力,比一般的贪官污吏危害更大。"

正如贪官们前仆后继,为腐败"正名"也自有后来人。苍蝇不会灭种,阿Q也不会断子绝孙。前几年只是几个主流经济学家打着学术的旗号、幌子为腐败正名,现在又有媒体发表社论鼓吹要允许"适度腐败"了。5月29日《环球时报》的社评,被以"要允许中国适度腐败,民众应该理解"为题,置于人民网及各大门户网站首页醒目位置。一石击起千重浪,全国舆论鼎沸！"奇文共欣赏"说不上、疑义不足析。文章列举了要允许官员腐败适度的种种理由：第一，中国官员法定工资很低，而且给官员大规模提薪，中国舆论断不会接受。第二，中国官员退休后无法利用名望和人脉来变现，利用影响和人脉赚大钱，制度上就不允许。第三，让富豪们去当官，更让人觉得变味，所以一些地方官员福利常常要通过"潜规则"来实现。于是"潜规则"成为理由，似乎很想告诉大家官员腐败很合理、很应该，只要贪腐"适度"就行了。更可笑的是，当说到"中国很可能是当前亚洲'腐败痛苦感'最突出的国家"时，原因居然不是腐败问题严重，而是"这跟中国'为人民服务'的官方政治道德在全社会深入人心有关"。真是牛头不对马嘴！荒谬的结论是"然而我们认为，反腐败不完全是能够'反'出来的，也不完全是能够'改'出来的"，最终只能"综合前进"。一句话就否定了中纪委、反贪局、检察院反腐工作的价值和意义，也否定了改革的必要性；只能坐等那个莫名其妙的"综合前进"，不知等到猴年马月去。归纳起来就是：要允许中国适度腐败，民众对腐败问题要予以宽容和理解，应提高忍受能力。很滑稽的是，这篇社评说"民主"也不能解决腐败问题，"亚洲有很多'民主国家'，如印度尼西亚、菲律宾、印度等，腐败都比中国严重得多"。可是就在同一天各大网站主页面都报道了菲律宾现任最高法院首席大法官雷纳托·科罗纳因未能如实申报个人财产而构成违宪，遭弹劾下台，人们还为此示威游行。真是形成绝妙的讽刺！紧接着，《求是》杂志就刊登贺国强

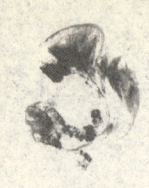

行吟江湖一声啸

加强基层党风廉政建设的讲话:"着力解决发生在群众身边的10个方面腐败问题",又给"适度腐败论"一记响亮的耳光!苏东坡说:"世间唯名实不可欺",想为腐败正名太难了!天地不可欺、民心不可欺,自己良心不可欺,无论被骂作"砖家"、"叫兽"歪理学问有多大、无良文章多么会狡辩,我以一位历史学者和媒体人的常识告诉你们:古今中外尚无一个为腐败"正名"成功的先例。

(原发《联合日报》2012年6月8日)

经济学家

» "八十年代的腐败带来经济增长"吗

新一届领导上任,新政铁腕反腐,反腐不只是雷声大、雨点也大,"苍蝇、老虎一起打",许多官居要职的人物纷纷落马,确实让一些贪官胆战心惊,说明反腐败的"高压态势"正在形成。高档餐馆门前冷落车马稀,许多人说希望反腐败要长期坚持:"高层提出要消灭腐败以来,十三亿中国人齐心协力,完全有能力消灭腐败!"这种观念开始在广大群众中广泛传播!可是,又有人站出来为"腐败"评功摆好鸣不平了。在"三中全会"召开之时,一条《八十年代的腐败为何会带来经济增长》十分刺目的大标题上了几家门户网站的首页。

毋庸讳言,从二十世纪九十年代开始,有两位姓张的经济学家对"腐败"一直情有独钟,曾大力宣扬要以腐败推进改革,谏言要推行"腐败治国"。说"腐败是改革润滑剂",以"润滑剂"对腐败进行美化、正名;从而研发出"腐败"对改革有功的理论。比如经济学家、北京天则经济研究所理事长张

曙光具体阐释"改革要利用腐败和贿赂,以便减少权力转移和再分配的障碍。腐败和贿赂成为权力和利益转移及再分配的一个可行的途径和桥梁,是改革过程得以顺利进行的润滑剂"。十分有趣的是,这套腐败有理论被另外一位曾任铁道部副总工程师兼运输局局长的张曙光学到了"精髓",以数十亿天文数字巨贪超越大贪官原铁道部部长刘志军。两个张曙光一个发明腐败有功理论,一个照此大捞特捞身体力行地去实践,成为天大的讽刺和历史笑谈。另一位北京大学的张维迎教授不仅发明了臭名昭著的"吐痰论"、"冰棍论"、"烂苹果论",还故意歪曲世界著名的"帕累托改进"理论来为腐败正名,宣讲"官员索取剩余可能是一种帕累托改进;因为它有利于降低监督成本,调动官员的积极性。私人产品腐败的存在,对社会经济发展来说即使不是最好的,也是次优的,第二好的"。鼓动腮帮子拼力呼喊、动员、教唆各级大小官员们,抓紧受贿,赶紧腐败,调动一切积极性搞腐败来促进改革,他认为对改革腐败不是最优的,也是次优的,不是第一好的,也算是第二好的!就差说腐败比改革还要好了。

时值新一届领导上任反腐败形成"高压态势"之时,"腐败"成为过街老鼠;在十八届三中全会召开之时,他又宣扬"八十年代的腐败为何会带来经济增长",不能不令人感到十分惊诧。为了不产生歧义,我专门找出他文章中这段论述的原话:"上世纪80年代和90年代与现在有很大不一样,80年代的好多腐败是什么?是个人赎买本该属于自己的权利(看来当时腐败分子江西省副省长倪献策是抓错了），所以同时创造价值，带来了经济增长。腐败本身是一件坏事，但这种腐败是变革过程中难以避免的一个过程。"我不敢相信自己的眼睛，可后面括号注释："本文已经由张维迎先生本人修订。"这是严重地歪曲历史、歪曲改革。好在二十世纪八十年代距今时间不长，不过二十多年，除九零后外，大部分经历过的人都知道当时的改革历史进程和社会状况。

二十世纪八十年代初期，如果说"左"的影响，有"文革"后遗症，还有人相信；如果说那时严重腐败就完全是居心不良了。首先：在十一届三中全会后，改革的号角首先从农村吹响，农村实行土地承包，很快就解决了吃粮问题，吃饭不用再分粗粮与细粮，接着废除了粮票与布票。当时农村土地承包按人或劳力分配都是相当公开、透明、公正的，这是当时中央改革号召，根本不是什么"个人赎买本该属于自己的权利"，试问当时何来腐败？是村长受贿了，还是乡镇长受贿给某人多分地了？没有！那时乡镇企业在乡村同步崛起，有些村办企业成了大气候，如"美的电器"就是当时村办造美的电风扇的集体企业。当时我参观采访过许多乡镇企业及村办集体企业，都办得有声有色。二十世纪八十年代前期经济高速增长是改革带来的，绝不是什么腐败带来的，这是把改革之功移花接木归功到"腐败"头上。

其次，到二十世纪八十年代后期，确实出现"官倒"和"卖批条"的严重腐败现象，也正是这种"腐败"终于毁掉了改革发展的良好有序进程，毁了高干子弟的名声，毁了经济发展的良好

势头,并由"反官倒"、"反腐败"导致了众所周知的那场历史大风波,成为至今难以平复的历史伤痕。说二十世纪八十年代经济增长是腐败带来的,是把改革之功归功于腐败,不是不学无术,便是别有用心,歪曲掩盖历史真相,歪曲改革进程。

最后,说"八十年代的腐败带来经济增长"完全是颠倒黑白,事实上是腐败带来了当时社会的大动荡、带来了经济的大倒退、出现"负增长"极其严重的后果,这个"负增长"的词就是1989年年底李鹏总理在中央电视台上公开讲的。到了张大教授嘴里竟然成了"八十年代的好多腐败带来了经济增长",他一直想为腐败正名,无视历史事实,胡编乱造理由,睁着眼睛说瞎话,撒弥天大谎!

孟子云:"恻隐之心,人皆有之;羞恶之心,人皆有之;恭敬之心,人皆有之;是非之心,人皆有之。恻隐之心,仁也;羞恶之心,义也;恭敬之心,礼也;是非之心,智也。仁义礼智非由外铄我也,我固有之也。"当学者、当教授,作为一个知识分子起码当知此"四心"。鼓吹腐败祸官也害民,是毫无恻隐之心;不分香臭硬说腐败很香,是毫无羞恶之心;把改革之功归功于腐败,是对国家改革大业毫无恭敬之心;颠倒历史事非,故意混淆黑白,毫无一点是非之心。孟子又说:"无恻隐之心,非人也;无羞恶之心,非人也;无辞让之心,非人也;无是非之心,非人也。恻隐之心,仁之端也;羞恶之心,义之端也;辞让之心,礼之端也;是非之心,智之端也。人之有是四端也,犹其有四体也。"张教授歪曲基本历史事实,论证"八十年代的腐败为何会带来经济增长"有哪一点符合"仁义礼智"之"四心"?

(原发《西安晚报》2013年11月18日,《三秦杂文》等转发)

» 两个"张曙光"与"腐败经济学"

中国近14亿人口，同名同姓的人太多了。于是，常常把这个某某某，混成了另外一个某某某。就是大名人也常常完全是重名重姓，常常被人搞混。比如最近铁道部运输局原局长、副总工程师张曙光被北京市二中院一审判处死刑，缓期二年执行，并处没收个人全部财产。于是，便有人把这个铁路巨贪张曙光混同了那个大名鼎鼎的经济学家张曙光。

要说两个张曙光都是大能人、大名人，此张曙光非彼张曙光，完全不是一个人，只不过是重名重姓的两个人而已。完全没有关联，似乎又有某些关联。

铁路巨贪张曙光是落马的铁道部部长刘志军的亲信，主抓高铁引进谈判和建设，所掌运输局本身又是铁道部最核心的职权部门，是权势炙手可热的实权人物，号称"中国高铁设计第一人"。虽说攀附刘志军，有报道将其描述成不学无术却热衷于溜

经济学家

须拍马、沽名钓誉的投机分子，但是能当上铁道部运输局局长兼副总工程师，也绝非平庸之辈。所以也有人一方面佩服其工作能力，肯定其在高铁建设中的贡献；另一方面，对其和家人操纵招标"颇有微词"。"颇有微词"是不能成大名人的，这个张曙光出名是当了阶下囚之后，媒体曝光他曾花2000万"参评院士"，最终仅差一票而落选。当然，更出名的是最近因天文数字的巨贪被判处"死缓"，再次被媒体连篇累牍地追踪报道。

另一个张曙光却是中国社科院经济研究所原研究员，因发明了"腐败是改革的润滑剂"在二十世纪九十年代末"一举成名"的经济学家，很受创办天则经济研究所的茅于轼的赏识并收于麾下，出任天则经济研究所学术委员会主席。张曙光竭力为改革必需的"润滑剂"——腐败评功摆好，主张"改革要利用腐败和贿赂，以便减少权力转移和再分配的障碍"。他进一步论述说："腐败和贿赂成为权力和利益转移及再分配的一个可行的途径和桥梁，是改革过程得以顺利进行的润滑剂，在这方面的花费，实际上是走向市场经济的买路钱，构成改革的成本费。"似乎没有了腐败，就不能改革，要改革就必须得腐败，所谓的"改革只能通过腐败与贿赂的钱权交易的方法进行购买"。他的这些理论在经济理论界不仅被茅于轼十分赏识，同样也为发明向国企"吐痰论"的张维迎教授赞同，张维迎说："官员索取贿赂是帕累托改进"，"腐败的存在，对改革、对社会经济发展来说，即使不是最好的，也是次优的，第二好的"。

经济学家张曙光比铁路巨贪张曙光年长一二十岁，在铁路巨

贪张曙光面前,经济学家张曙光应算是大"理论家"。作为"主流经济学家"的张曙光经常被大企业家请去讲课,上论坛发表演说,也不知当时是否给刘志军、铁道部及其下属铁路企业,给另一个铁路运输局局长、副总工程师的张曙光讲过课,暂且无从考证。但是,此铁道巨贪"张曙光"肯定受到了当时号称"主流经济学家"张曙光的理论影响。

经济学家张曙光发明了"腐败经济学"理论;搞技术出身的官僚张曙光堪称这个"腐败经济学"理论的躬身实践者,大肆收受贿赂达到天文数字,玩女人搞情妇风流潇洒,在美国买豪宅别墅,为能"评上院士",还熟练运用"通过腐败与贿赂的钱权交易的方法"理论,花费2000万巨资去"评院士"。运气实在不佳,钱打了水漂,没评上院士不说,还把自己弄进了死囚牢,终于按"腐败经济学"理论修成了正果。

因为铁路巨贪张曙光被判死缓是一时新闻热点,有不少人把两个"张曙光"搞混了,还来问我,他们是不是一个人?不是一个人但也不是不相及的风马牛,所以才有了这篇说废话的文章。

(原发《西安晚报》2014年11月17日)

» 意淫的"贵族"

在欧洲,"人人是生而自由平等的"宣言已近三百年,中国"辛亥革命"过了百年,全世界也已找不出一个完整意义上的封建王朝。但这些年中国突然又兴起了"贵族热",几年前就流行高收费的"贵族学校",这两年不知哪来的一些蔑视民众、动辄骂群众老百姓是"乌合之众"、不学无术的伪精英,鼓吹"贵族",把"高贵的气质、诚信、良知、尊严、爱心……"一切美好品德的词汇标签,硬往"贵族"身上贴,胡扯什么"贵族有社会担当,贵族是社会精英,有自由的灵魂、独立的意志……"把中国千年传统的士大夫精神的标签也莫名其妙地硬挂到"贵族"的帽徽上,真不知道他们说的是哪个时代的贵族,哪个国家、哪个地方的贵族?如果贵族真如此高尚伟大,欧洲就应停留在中世纪,让那些王公贵族带着堂吉诃德继续实行领主制统治,废除宪政民主。如果中国贵族这么好,就应让康熙再活五百年,让亲

行吟江湖一声啸

王、贝勒们带着八旗子弟们拎着鸟笼子来治理社会，能好得了吗？不管世上有没有被意淫得如此高贵的贵族，反正忽悠得一些望子成龙心切的土豪暴发户都做起了贵族梦，不惜花大价钱把孩子往贵族学校送，学骑马、学打高尔夫、学当"小贵族"。在网上、微信中也不断有文章意淫大讲"贵族"的高贵。其不学无术的无知论说让人看得可悲、可叹、可笑。

在中国西周分封制时期，是封过一大批"世袭贵族"的，看看先秦史籍的记载，这些贵族大部分都是些淫乱、无耻、无德、无才的货色，根本就挑不出几只好鸟来，最后统统被秦始皇给灭掉了。而当时够得上杰出人物的又都不是贵族。秦朝以后，历代封建王朝也就是皇族宗室的世袭王公称贵族，而很多名垂千古的名将名相、文化名人大都没有什么贵族背景，相反多是"朝为田舍郎，暮登天子堂"的寒门出身。不信你翻开二十四史记载的英才俊杰名人传，掰着指头数一数，也找不出几个贵族来。就是在封建社会有个贵族身份也不怎么被看重，相反倒是"自古雄才多磨难，从来纨绔少伟男"，"深山出俊鸟，寒门出英才"成为中国千年流传的古训。就是封建皇帝也不见得看重宗室贵族，而是英雄不论出处、德高不在门第。那些王公贵族身份的人是些什么货色，无非是些腐败贪财、荒淫好色、自私堕落的家伙，细说起来历代都差不多。就说明代崇祯末年吧，在王朝将倾、社稷危亡之时，皇帝知道贵族捞了很多银子，下诏让皇亲国戚、王公大臣捐银助军饷，可是这些"贵族们"个个哭穷，把钱财看得比命重。更可笑崇祯皇帝密谕老丈人周皇后的父亲周奎，给其他臣工做个榜样。周奎说:"老臣安得多金?"一口咬定只能捐一万两。崇祯认为太少,要他至少拿出二万两。周奎派人向女儿周皇后求助,皇后暗中派人送去五千两。周奎不仅自己一个铜子不添,反将周皇后送来的银子扣下两千,只以三千两应命。后来李自成大顺军进城,从周奎家抄出现银五十三万两,其他财物也值几十万两。崇祯皇帝本想让这些世受皇恩的贵族和大臣捐饷一百万两银子,最后收到的不过区区二十万两。可李自成进京后把这些王公贵族、大臣们抓起来几天拷打,就追缴出七千万两白银!这就是贵族们要钱不要脸、贪财不要命的"社会担当"!

中国如此,外国也一样,在工业革命、文艺复兴时期,那些世袭贵族们也如同中国"八旗子弟"一样多是些只会花天酒地、无才无能也无德的货色。新兴的资产阶级暴发户就像花钱买"代表"、买"委员"一样通过花钱买贵族头衔,当时有个专有名词叫"穿袍贵族"。别说这些"穿袍贵族"不论品质怎么样,倒有几个有点本事的,通过包揽诉讼,聚敛财富,过豪华生活;靠贿赂发财,购置大地产。巴黎法院"穿袍贵族"的法官收入有的甚至可以与世袭大贵族相等,但是他们仍不满足,因为他们不是真贵族,比不上"世袭贵族"尊贵、荣宠,根本"无权出入宫廷"。所以才有后来的大革命。

其实,真正品质高贵且有社会担当的社会精英,具有"自由的灵魂,独立的意志",为人类社会进步作出巨大贡献的人,除极少数外,都不是什么贵族。比如美国第二位总统约翰·亚当斯与华盛顿和杰弗逊一起被誉为美国独立运动的"三杰",却出身

于穷困的鞋匠之家;美国第三任总统杰弗逊,是著名政治家、思想家、科学家、教育家,出身于烟草种植园里;美国宪法的起草人亚历山大·汉密尔顿是无家可归的流浪孤儿,伐木工出身;著名政治家、科学家、发明家、慈善家集于一身的本杰明·富兰克林出身穷苦铁匠之家,当过印刷工人。在人品高贵引领世界潮流的人物中,还真找不出几个什么贵族来。发明三大定律的大科学家牛顿倒是有个贵族头衔,不过是成名后才封给的。孙中山领导一群流浪汉推翻清朝贵族,毛泽东率领工农大众缔造中华人民共和国,他们自己不当贵族,也不让子女当贵族,现在却有人想回到封建时代当高人一等的贵族。不是糊涂之极,就是在做黄粱美梦!

诚信、良知、担当、尊严等许多人类美好品质基本上与贵族无关,这些美德倒是存在于社会下层的普通民众中。如湖南七一矿难中:一位矿工临死前在安全帽里写下遗言:"骨肉亲情难分舍,欠我娘200元,我欠邓曙华100元,龚泽民欠我50元,我在信用社给周吉生借1000元……"还在帽子上对妻子莲香说要认真带好他们的孩子,孝顺父母,"一定会有好报的",这是何等高贵的品质。想想那些众多包二奶、三奶的大小贪官,想想那些靠掠夺国有资产、造假行贿、连农民工工资都要拖欠的暴发户,却做梦都在想当贵族!一边意淫贵族梦,一边屡屡冲破道德法治社会底线,使社会世风日下。

更有一些不学无术的伪精英写文章胡诌"精神贵族"、"贵族精神"忽悠民众,无非想让自己高人一等,希望社会阶层永久固化。全球化的民主时代是公民时代，是平民时代！尽管世界多元化发展，但什么"贵族"、"精神贵族"，纯属于意淫、瞎忽悠！

（原发《西安晚报》2014年7月7日，后被《西安政协》《中国政协》《汉风》等刊连续转发，并于"汉风杯·弘扬汉文化"作品评选中获特等奖）

丑恶的"贵族"

近年流行"贵族热",但一般人不知道什么是贵族,更有一些不学无术的人胡写文章乱煽火,说什么"贵族之所以是贵族,并不在于财富有多少,也不在于权力有多大,而在于具有一种高贵的精神"。纯属意淫,不懂常识。

贵族是人类社会特定历史时期,即君主制等级社会册封的一个享有特权与财富的"既得利益群体"。特征有三:一是有君王册封世袭的"爵位",如公、侯、伯、子、男。如没有君权册封,就是富可敌国,也不是贵族。做一个不恰当比喻就像学位,没有某大学给你授予学位,你就是钱再多、官再大,也不能自称"博士",就算买个假文凭,也得有张证书;否则就是欺世盗名。二是贵族享有不劳而获的特殊财富,即封地领土或"世卿世禄",生下来就享有俸禄待遇。否则,不是被削爵,就是破落户,或是假冒的。三是贵族享有高人一等的政治特权及法律豁免权,甚至杀人可以免死,所谓"刑不上大夫"。贵族与受教育程度及知识、道德、能力水平无关。贵族与血缘关系及世袭特权有关,就像皇帝儿子生下来就可继承皇位当皇帝,贵族儿子生下来就可继承贵族爵位当贵族。请问几个月或几岁的小孩子,有什么知识、能力、道德水准?但人家生下来就是贵族。要说就四个字:世袭特权。以上三点,无论中外,概莫能外。

当今有些人不知是无知还是无耻,把黑人领袖马丁·路德金硬说成"贵族", 把归隐田园的陶渊明说成"贵族",不是无知,就是故意混淆黑白。至于"精神贵族"完全是一种意淫。就像年轻人谈恋爱,也可模仿戏剧中帝王,女孩称男的是"吾皇万岁"、"真命天子",男的把女孩称"爱妃"。皆戏言尔,当不得真!

用现代文明社会观念看,贵族堪称"卑鄙无耻"一群的代名词。中国早在西周时,周天子把王族宗室、功臣和先代的贵族分封到各地做诸侯,当贵族。一下了分封了大大小小一百多个诸侯国。封爵仍由其嫡长子世袭继承,其余庶子作为小宗分封。根据宗法制和分封制,便形成天子、诸侯、卿大夫、士等各级宗族贵族组成的金字塔式等级制机构。当时全国遍地是贵族。由此引起五百年国家大分裂、大动乱时期——即春秋战国时代,先有五霸争雄、后是七雄并峙。"争地以战,杀人盈野,争城以战,杀人盈城。"颇像欧洲中世纪,老百姓饱受战火之苦。

那时贵族是什么样子?我挑一个古代优秀、最好的"贵族"例子告诉你,就是鼎鼎大名的齐桓公。他起用管仲为相,推行

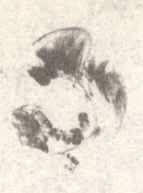

改革，实行兵民合一的制度，齐国倒也成为当时第一强。打出"尊王攘夷"旗号，"九合诸侯，一匡天下"，使齐国成为五霸之首，所以连孔圣人都予以高度评价，该算是贵族中的佼佼者了。可就这个齐桓公又是个什么货色呢？他自己宣称："寡人有疾，寡人好色"，且好酒好田猎。他有三个正夫人，六个"如夫人"，生公子十余人，有违当时礼制也就不说了，更关键的是他还乱伦，奸淫自己的亲姑和亲姐妹，"寡人有污行，不幸而好色，姑姊有不嫁者"。"齐桓公好妇人之色，妻姑姊妹，而国中多淫于骨肉。"因为齐桓公好色、乱伦、奸淫，他在改革措施中还有一项重大举措——在历史上首创了"国家妓院"。此外他还特别喜欢吃人肉。易牙是齐桓公的厨师，齐桓公说"蒸婴儿的肉还没尝过"，于是易牙便把自己的儿子蒸熟献给齐桓公吃掉，因此得到提拔重用。当然齐桓公最后的下场也极惨。这就是当时最优秀的贵族。等而下之的许多贵族就比他糟糕多了，比如齐襄公更淫荡无耻，与两个亲妹妹文姜、宣姜未嫁前就通奸乱伦不说，更令人发指的是，鲁桓公带着国夫人（齐襄公亲妹）来进行国事访问，齐襄公为了与亲妹妹继续通奸，嫌妹夫碍事，就把鲁桓公给杀了，酿成国际大事件。当代贪官权贵们捞了天文数字的财富，也无不把自己当成贵族。中纪委公布95%的贪官都有淫乱包二奶、三奶，新抓的"老虎"也无不"通奸"。一些凭官商勾结形成的利益集团群体中有不少人想世袭权力与财富、想当贵族，以为"贵族"头衔就像"假博士"假文凭，可以花钱买来。所以有人出来极力为"贵族"招魂！

经济学家

"商鞅变法"最成功的一点,就是打击贵族,本来在战国七雄中,秦国最落后。可商鞅变法,除奖励耕战,移风易俗外,最核心一点就是打击贵族势力,废除了"刑不上大夫",嗣君太子犯法也刑其师公孙贾,劓其傅(他是秦孝公的亲大哥),基本实现了"王子犯法与民同罪"。更关键的是在法律中规定:"宗室非有军功论,不得为属籍。""有功者显荣,无功者虽富无所芬华。"皇亲国戚、国君亲儿子无功劳也同平民、士卒一样,比较彻底地废了王室贵族。就此一改,秦国堪称成为当时"战国七雄"中最先进的社会制度,也是"法令至行,公平无私"的法治国家。而东方六国也进行过各种改革,但主要是对下改革,改兵制、改赋税等局部改革,就是不愿意对上改革贵族,不愿意放弃贵族的既得利益和特权。所以东方六国的土地、国力、兵力皆十倍于秦,许多科技水平如冶炼、冶铁,包括铸剑、制甲等军工装备技术也都高于秦国(如齐楚等地都出土过大批战国时期的钢铁刀剑,而秦国当时还是铜兵器),但是,最后一个一个全被秦国消灭掉。这不只是战场上较量,也不是兵器装备的较量,关键是文明的法治对旧贵族制度的胜利。秦国速亡的最主要原因亡在新权贵的崛起和法制的彻底崩溃。

近代中国也是一样,为什么会在"鸦片战争"、"甲午战争"中惨败?不要以为"八国联军"列强们能够战胜中国仅靠"船坚炮利",稍有一点点常识的人都知道:这是两种社会制度的较量,中国被瓜分、被宰割,不是败在战场上,而是败在一批

死抓着"既得利益"不放、不愿改革变法的清朝贵族手里。时过仅仅百年,殷鉴不远,贵族意识竟然又在一群无知土豪和贪官权贵中泛滥起来!

(原发《西安晚报》2014年7月14日,被《中国政协》《汉风》等刊转发并获奖)

经济学家

» "乌合之众"

当社会出现断裂的断层后,总有些事情突然"爆红",事儿总是让你搞不明白,比如前几年突然豆子价格暴涨,原来是"豆你玩";接着生姜价格又暴涨了,说是"姜你军";过不了几天大蒜又暴涨了,这次变成了"蒜你狠"!这些生活副食调味品价格暴涨暴跌,比中国股市的暴涨暴跌还要诡异。

当然,不只是这些生活副食调味品价格莫名其妙地暴涨暴跌,文化思想产品书也是一样莫名其妙地爆红。一个典型就是《谁动了我的奶酪?》在十多年前一夜爆红,据说"这个简单的寓言故事有趣且启蒙智慧,充满了人生中有关变化寓意深长的真理"。可我天性愚钝,至今未能读出"趣味"和"真理"来,看来看去还是几只小老鼠的一个简单寓言故事而已。倒是知道当时背景是在大卖"国企"的狂潮中,几千万工人被买断工龄,只能自谋生路,而不法商人和贪官污吏们却捞得盆满钵盈,那是一群

小老鼠变硕鼠，鼠患十分猖獗的时代，所以不断有人以良知发出惊呼："国有资产惊人流失！"另一个典型就是古斯塔夫·勒庞于1895年出版的《乌合之众》一夜走红。一时有自诩高人一等的"精英"言必"乌合之众"，甚至辱骂几千年文明古国的中华民族就是"愚氓之族，乌合之众"。更有网络"精英手册"把这本书列为必读书，没读过就别想当"公知"、当"精英"。说实在话，我不是"精英"，但这本《乌合之众》还是读了。凭良心而论，古斯塔夫·勒庞作为社会心理学家，不管他站在什么角度、立场，对社会群体心理学研究还是颇有见地、独树一帜的。问题在于到了中国"精英"这儿就全变味了，成了一些"精英"和某些官员欺辱、污蔑社会底层弱势群体和老百姓的理论工具。自从习近平总书记号召重走群众路线，于是"乌合之众"突然从自诩高人一等的精英们口中销声了。

"乌合之众"曾被一些"精英"们宣讲深得官心，对老百姓正当诉求，动辄就是"乌合之众"。我记得一名官员，面对讨薪的农民工群体大骂他们是"暴民"、"乌合之众"。还有一位自封"著名"的"精英"，当面对我说"所谓中华民族就是一帮愚氓之族，乌合之众，所以中国不可能进步"。我冷冷地回答："如果没有乌合之众，别说大清王朝康熙皇帝还想再活五百年，说不定现在中国还是大秦王朝！"

秦始皇灭掉六国、统一天下后，曾宣称："朕为始皇帝，一世二世三世乃至万世传下去。"没想到他刚死后一年，发闾左贫民戍渔阳，九百名民夫被征发前往渔阳戍边途中在蕲县大泽乡为大雨所阻，不能按时到达。根据秦朝法律："失期，法皆斩。"按古斯塔夫·勒庞"乌合之众"理论解释：这就是一批典型的"乌合之众"，正如勒庞所讲，"一个偶然的契机，可以让这些原本散处于四面八方的人同时凑在同一个场所，这时候这群人就立即表现为同一种心理特征，他们的行为再也没什么区别了"。于是，陈胜、吴广登高一呼，便砍木棍子作兵器，举长杆子为旗帜，仅几个月就发展成百万之师，一直打到距秦都咸阳不足三十里的地方。接着是泗水亭长刘邦奉命押送一批刑徒从沛县前往骊山参加修筑始皇陵，出发不久，刑徒们就纷纷逃跑。刘邦估计，照这样子到不了骊山，刑徒们就都跑光了，自己犯了失职大罪也不免一死。于是，刘邦干脆将押送的刑徒全部解缚释放，并对大家说："各位赶紧逃吧！我自己也要从此亡命天涯了。"数百名刑徒顿时各自逃亡。这些刑徒中的几十名壮汉出于感激和敬佩，坚决要求追随刘邦一起逃亡。刘邦接受了他们。按勒庞之论，这又是一群典型的"乌合之众"，即所谓"构成这个群体的人，不管他是谁，不管他们的生活方式有多大区别，不管他的职业是什么，也不管他的智商是高还是低，只要他们是一个群体，那么他们就拥有一个共同的心理——集体心理"。刘邦就是率领这一群"乌合之众"，一路发展壮大，打到咸阳灭掉了秦王朝，建立了汉朝。所以古代帝王都深深懂得"水可载舟，亦可覆舟"的原理，我们的一些"精英"和官员却打着神圣的改革旗号，一味对老百姓掠夺，并曲解大众群体心理学的基本原理。

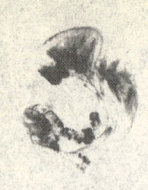

行吟江湖一声啸

倒是王岐山推荐法国历史学家、思想家托克维尔的《旧制度与大革命》一书,我倒觉得官员们应该认真多读几遍,懂得腐败制度下的经济繁荣是大革命的"催生婆"这一基本道理,知道深化改革是在与革命进行赛跑争时间。但至今我却不知有几位"精英"和官员是否认真读过该书,或者读懂了没有。

(原发《合肥晚报》2015年2月11日,《杂文月刊》转载)

不想仇富

不想仇富

» 阿Q飞黄腾达以后

　　阿Q的第一桶金究竟是怎样淘的？对未庄的人来说始终是个谜。总之，大家知道阿Q回来时已是大老板，手里流动资金滚滚如潮，怎么花也花不完。他先承建了豪华气派的县政府办公大楼，后修县城里最大的政绩昭彰广场，不仅阿Q赚了大钱，而且县太爷因政绩显著升官到了市里，与阿Q成了铁哥们的关系。作为回报让阿Q以很低的协议价格兼并了县城里最大的两个国企酒厂和农机厂；越发财大气粗的阿Q起用有海龟背景的假洋鬼子帮着搞资本运作，成立了环球农工商科贸产业集团总公司，拆除未庄土谷寺，以影响整体规划为名强行拆除了王胡的那座老磨房，小D经营的杂货铺，圈占了大片农田搞开发；而且由县城发展到市里重组了一家上市公司，配股又圈了几个亿。阿Q一下子成了当地著名的明星企业家，增选为县政协副主席。阿Q以前做梦都没想到钱这么好挣，比挖墙偷举人

老爷家方便多了,更没想到这么快就飞黄腾达起来。出行坐奔驰宝马,身边美女围绕,阿Q兴奋得头上癞痢发亮地说:"我先前阔多了,呸!现在更阔!什么精神胜利法,早过时了,现在是物质胜利法!MMD,还不是我想要什么就是什么,我喜欢谁就是谁!"

飞黄腾达的阿Q今非昔比,根本不住未庄,在县城、省城买了六七处豪华别墅,不用说每一处都是金屋藏娇,还有两个是漂亮的女大学生。有人揭发阿Q包二奶,阿Q生气地说:"呸!MMD,什么二奶?我四奶、五奶、六奶都有了,给我少说了一大半!"生气归生气,阿Q还是颇感自豪,想当年不就是摸了把小尼姑的头皮,跪下求吴妈困觉,被骂成流氓;现在处处金屋藏娇,豆腐西施还给我不断地介绍美女。原来阿Q一直想把"秀才娘子的宁式床"搬回土谷寺,现在早看不上了,最近某公司研制面市的"高科技多功能性爱床"才8万元一张,每个别墅卧室里都摆上!

阿Q发了财,文化水平也提高得很快,原先买的那张假大专文凭早丢了,名片印上时髦的MBA,因为他不认识这几个洋文字母,有次某人一看名片称赞他是"master",他听成了"骂死他"而勃然大怒,还是经假洋鬼子解释后才死记住"骂死他"是自己获得的硕士学位。一位名牌大学教授与阿Q经过半天交流,称赞阿Q是了不起的经济学天才,把阿Q招为门下博士生,阿Q公司事务繁忙,场面上应酬又多,根本没时间去读博士课程。但这问题好解决,阿Q把这位教授重金聘为公司

不想仇富

顾问兼董事，每周抽出洗桑拿让小姐按摩的重要时间来上课。据说阿Q的学习成绩很不错，由他那位电大毕业的董秘给代笔写的博士论文顺利地通过答辩。昔日的文盲阿Q已经成为阿Q博士了。

阿Q博士才华过人，学术成就非凡，著作等身，在《国际化经营》《管理英才》《全球产业化论坛》等具有国际影响的核心期刊发表了一系列含金量很高的论文不说，还招来大学问家孔乙己组成班子帮着他，主编了阿Q系列经营管理学专著几十部。至于研究阿Q现象报告文学、传记文学、经营之道的著作更是不胜枚举，如《阿Q的第一桶金》《阿Q经营之道》《阿Q的官产学》《阿Q致富法门》……某大学已聘阿Q博士为教授，并准备带研究生18名。别看阿Q画圈依旧画不圆，却是当地绝对著名的书法家，写的毛笔字横像火柴棒，竖如大香肠，字体歪歪扭扭很有艺术特色，据行家评说绝对既有个性又有独创性，创造了世界罕见，国内唯一的阿Q书体。阿Q听评价如此之高，十分得意！

阿Q最近也有烦心事，兼并的那两个厂子的工人因为"三金"问题没解决不断上访告他，未庄举报他非法圈占农田，最可恶的是王胡、小D为强拆掉的磨房和杂货铺的事一直要找他拼命。为此，受过阿Q一百元资助的祥林嫂到处对人絮絮叨叨地说："不要有仇富心理，要善待阿Q。"最让阿Q闹心的事是铁哥们县太爷升官到市里后被查出政绩工程原来是腐败工程，重组的上市公司圈的配股钱不知去向，股票连连跌停，据说要退市；

银行乌镇支行行长又被"双规",据说这些也与阿Q的资本运作造成的坏账有直接关系。

（原发《西安晚报》,被《杂文选刊》等多家媒体转载,并获得陕西省新闻奖副刊作品一等奖,第十五届中国新闻奖副刊作品复评暨2005年全国报纸副刊作品年赛金奖）

» 猪的改革意见

面对"如何适应市场经济,增强市场竞争力"要进行讨论改革,一贯只吃不干的猪感到了问题的严重性,从不愿意多思考的猪也经过了一番深思熟虑,决定必须提出自己的宝贵意见和改革方案。

首先,猪也知道理论的重要性,无论如何重大的方案必须要有理论的支撑,所以从来不读书的猪也翻阅先贤经典和语录,找出一系列利于猪只吃不干的理论根据;其次还要理论联系实际,因为在家畜世界里,猪也为数不少,必须团结起来,共同争取应该争取的利益。

猪通过查历史档案得知,猪是人类最早驯化的家畜,按资历早在六七千年前已经被人们饲养了;根据考古学家发现,早在六千多年前河姆渡文化里,人们已经给猪塑出光辉的陶猪形象。像这样深的资历比起会干活的牛和马要早得多,通过文字考

行吟江湖一声啸

察得知猪的原名叫"豕",在古代"家"字就是房屋里圈养有"豕",虽说猪不干活,可是有多少头猪,那可是一个家庭财富的象征。猪浑身是宝,毛主席都说过"猪为六畜之首",所以,猪用不着干什么活,也应该好好地养起来。

猪也认为要适应市场经济的激烈竞争,在改革方案中是确实应该进一步加强管理,要能者多劳,像牛那样的傻瓜,光知道出力,得把鼻子穿起来,再把缰绳牵紧一些,否则非出乱子不可;像马那样得意扬扬自以为跑得最快,光跑得快不行,得勒紧笼头,严防它"马失前蹄"造成经济损失;还有那犟驴子在磨道里上了套,捂着眼睛瞎转圈子看不着路,平时得用鞭子好好抽打抽打。现在要提倡改革增效,不能干一点点活,出一点点成绩就都成了优点,就骄傲自满!要采用得力措施严加管理,才能出效益!

关于有人提出多劳多得、按劳取酬的改革方案,猪颇有看法,感到很不科学。不能光看干多少活,以干活多少为考核标准,猪认为最起码应该把能吃和能睡,作为两项重要的考核指标才对。干革命身体才是本钱,身体如果养不好,要是累坏了的话,再能干有什么用?能吃得多、睡的时间长也应给予重奖。最起码也要表扬表扬才对!

关于待遇问题,猪认为这是关乎利益分配、动物社会公平的重要问题。猪提出在改革方案中应该加大提高猪的待遇水平,千里马不就是多跑了几步路吗?就给多喂几升豌豆;牛本来就是食草的,就干了点活也给多加上了精饲料;随着市场经济发展、生

不想仇富

活水平的提高，猪也不能老吃糠，也应该多加些精饲料才对。否则就太不公平了。

要说猪对改革方案中意见最大的一条是"减员增效"，如果不愿意干活，可以出去自谋出路。猪认为它不干活是应该的，因为猪一直是圈养，一直是靠人们按时喂养的。猪不同于羊，羊放出去到任何山坡上和山沟里都能找到草吃，可是要把猪放出去只能拱垃圾，就是放到山林里也当不了野猪，弄不好成了虎狼口中的美味佳肴，这不仅仅是损失，也不人道。

猪对于提拔任用干部也有新的见解，像牛、马、驴等虽然说出过不少力，干过不少活，可哪个没犯过严重错误，马失过前蹄人所皆知，就是能日行千里也不能重用；驴拉磨时多次偷吃过嘴，这是严重的品质问题；牛干活出一点力，就眼睛瞪得溜圆，嘴里还"吭哧！吭哧！"地不服气，这怎么能行？一个也不能重用！

至于猪嘛，虽然说没干过什么，没有功劳，至少没犯过啥错误，要提拔重用的话应该首先考虑，虽说干活劳动不怎么行，论力气不如牛吃苦耐劳，论速度不如千里马跑得快，当当领导总是可以的。因为猪很有智慧，中国人爱骂人"笨得像头猪"，其实猪不笨，外国人还称猪是有智慧的"哲学家"，现在和国际接轨，应该摘掉"笨猪"的帽子。从形象上讲，猪的自我感觉良好，很得意。猪额头一道道深深的沟壑般皱纹，那是勤劳用脑的明证，每一道皱纹里似乎都蕴藏着无穷的智慧；猪有两只扇风大耳朵，站起来那才是"双耳垂肩"的帝王将相的福相；猪的一个行吟江湖一声啸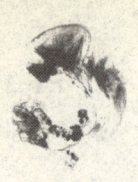

大肚子虽说装满糟糠,可要挺起来也颇像一个"将军肚",不敢说"宰相肚里能撑船"吧,也不能自诩"胸中有千军万马",至少看起来肚子里的货还是不少的。再说猪的行事风度很稳重,不像狗遇一点小事就"汪汪"地狂叫乱咬,也不像犟驴子干一点活,就要撒泼在地上打滚,动不动还犟起脖子狂啸长嘶,好像有多大冤屈;而猪平时决不多说,顶多"哼哼"两声,态度不甚明确地表示一下,这才是当领导的应有派头。从历史上看,猪的祖辈猪八戒当过天蓬元帅,不说是血统纯正的贵族后裔,也算天宫的高干子弟,你说,要是不提拔猪的话,上级领导岂不是没有眼力?

猪尽管对改革方案提出了自己的意见,总觉得按奖勤罚懒,如果真要是把猪的待遇降下来,那是对猪不够尊重。但是猪也想得很开,便写了一幅"难得糊涂"的条幅挂在猪圈里。猪早都想好了,就是万一不能提拔重用,要下岗自谋出路也是绝不可能的。猪不求什么海阔天空,不说"放一筹退一步当下心安",躺在猪圈里懒洋洋地晒晒太阳也是一种福分!

(原发《西安晚报》副刊2003年4月7日,获第十五届中国新闻奖副刊作品复评暨2004年全国报纸副刊作品年赛银奖)

» 别骂俺是"鸡"
——"三陪"小姐如是说

别骂俺是"鸡",俺当了"三陪"小姐又咋的?到底"三陪"是陪啥?恐怕你根本不知底。有人看见俺在歌厅包厢唱歌、跳舞玩得挺痛快,就瞎掰胡说俺"三陪"是陪歌、陪舞还陪干那个;可俺有时就压根儿不在歌厅干,专门守在豪华酒楼、宾馆里,海参、鱿鱼吃得直发腻,鲍翅、燕窝也不稀奇。有人看俺在那豪华酒楼、宾馆中,又吃香又喝辣的就红了眼,就说俺是陪吃、陪喝还陪那事儿,那事儿能在饭桌上干,一听就知道是造谣、诬蔑、故意贬低。有这样说的、那样说的,不是老土鳖不懂装懂,就是看俺小女子好欺侮!我郑重声明要为"三陪"正名分,关于胡说八道骂"三陪",侵犯俺的名誉权,俺还保留着法律诉讼权利,小心俺哪天闲了找律师与你法庭上见,光说这名誉损失费,没有个百八十万,你可赔不起。

行吟江湖一声啸

你说啥是"三陪"你不懂,对不懂的不见怪,我悄悄小声告诉你,大声说话害怕吓着了你。

先说这"三陪"第一陪,俺首先陪的是当官的。说起来大多是大官"一把手",翻手云、覆手雨,跺跺脚少说都能震惊方圆百里。你问官多大?乡长太小太多不值得咱一提,咱陪过县长、陪过市长、陪过省长。这绝不是俺胡吹牛皮来诳你,大报小报登的有名、有姓、有案例。不信你敢把俺瞧不起!再说这"三陪"第二陪,专陪身居要害部门掌握着实权有势的,像银行里有权管贷款、法庭上执法能断案,还有工商税务有权有势的!那一行的特权势力,凭你这一点儿本事能惹得起?可俺在哪条路上都认识几个人,在哪个关系网里离了俺都是行不通的!最后再说第三陪,俺也陪那公司老板、企业厂长大经理,就是最次,怎么说也得是个"大款"有钱的。像那些下岗工人捡菜叶儿的,咱也想陪人家,可人家还不理;那些几个月都领不到工资的教书匠,别说对咱翻白眼,就那种穷酸劲儿咱也瞧不起。这也不是俺嫌贫爱富,关键是世道上就有这号人儿认这死理。你别骂俺是"鸡",是"鸡"又咋的,不管你承不承认,实话说俺"三陪"小姐的当今社会地位绝对不比你低。

你骂俺是"鸡",现在就说你,俺不跟他比跟你比,咱一比本事就见高低。

你骂俺是"鸡",你是个干啥的?原来你是当官的。叫我说,你当这个贪官还不如俺当"鸡"!当个贪官还不是到处行贿受贿拉关系,胡吹乱编夸政绩。为升官跑官费尽了力,有时谄媚

不想仇富

卑躬又屈膝，有时流泪又哭泣，钻营不成了咬牙切齿的干憋气，钻营成了你也别得意，一朝东窗事发就关进号子里。那号子里俺也去过好几回，俺进去权当是治病疗养和休息，几个月过得很快也挺惬意。可您进了号子就不能跟俺比，一进去不判死刑就无期。跟你比当官，说出来你也别生气。俺也当过官，一没花钱、二没送礼、三没托人找关系、四也用不着胡吹乱编夸政绩。一阵子官瘾过得比你更得意。

你骂俺是"鸡"，俺就跟你比，算你身居要害部门手握实权有势力，你上管得了天？下管得了地？莫非中间还能管空气？势力大得不让俺呼吸？你是干的哪一行？原来你是个戴大盖帽的。俺知道，上两次俺背霉时还有把柄抓在你手里，现又碰到了"扫黄打非"的风头上，凭这些俺也怕过你。不过现在你在俺跟前也别得意，就算你扫黄本事大，也扫不到市长、县长被窝里。你带着一群大盖帽三天三夜不睡"扫黄"搞突击，俺却和县委书记边看电视边嬉戏。我问书记俺算是"几陪"？书记对俺吹他下令"扫黄"时讲话多么风度迷人有魅力。在电视中看到了你，熬红的眼睛像斗鸡！俺看着你那副傻样儿，让人笑得直岔气。

你也敢来骂我是"鸡"，就是把你烧成灰、扒了皮，俺也认识你：不就是臭瘪三当上了大经理！咱不揭你当年皮包公司造假行骗的底，也不揭你咋样偷税漏税的密，要不是我当初为你豁出身子搞关系"批地皮"，那上千万元是咋挣的？还不说仰仗俺"三陪"姐妹们，在饭桌上、包厢里，帮你工商税务拉关系。如今你钱多就敢把老娘俺欺！就算你现在兜里头有了几个子儿，钱再多还能比过远华集团的几百个亿?远华红楼大厅中,巨幅"鸿运当头"悬正堂,还把俺"三陪"功劳摆第一!老娘俺劝你悠着点,"和气生财"地做生意,有一天你钞票行贿打不开路,还得求俺这些红粉兵团显威力!

(原发《炎黄文化报》2001年6月5日)

不想仇富

» 面对辛酸的"财富"

几年前我写过一篇《关于理论的理论》，对一些颇为高明甚至是十分有名的"理论家"提出大不敬的质疑。比如，当时就有几位高明的"理论家"发表文章说，"腐败是改革的润滑剂"，以此理论为基础证明改革开放中腐败不但是必不可免的也是必不可少的，甚至让人觉得腐败对改革开放好像有莫大的功绩，要改革开放搞活经济就应该腐败、腐败有理。可是此"理论"出笼不久，全国人民对社会吏治腐败已是忍无可忍发出愤怒的吼声，党中央国务院加大反腐败的力度，特别是近两三年大批身居高位的贪官污吏纷纷落马，杀头的杀头，判刑的判刑。看来我们国家搞改革无论如何也不领"腐败"、"润滑剂"的情；发明这种高明谬论的"理论家"再也不见了后文。还有当时我国南北发生大洪灾，特别是长江洪水给国家和人民造成难以估量的重大损失；又有著名的经济

209

行吟江湖一声啸

学理论家引用"破窗理论"发出高论说这不是"损失",而是"经济新的增长点"。当时我写那篇《关于理论的理论》时,大不敬的语言和语气还颇有争议,现在事实早已证明高明理论家的理论荒谬。

但是高明的谬论任何时候都有,比如说最近我又看到一种高明的论调。自从《中国青年报》9月12日报道了上海某名牌大学的女大学生因家境贫寒去做"三陪小姐"挣生活费,一时间批评文章连篇不断。批评这位女大学生堕落倒也罢了,还多少有点说头,可是竟有不少文章提出"贫穷也是人生的一笔财富"和"磨难也是人生的一笔财富",惊得我直跌眼镜。原来还有这等了不起的"财富"。我们国家搞希望工程、搞助学贷款岂不都成了多余?据说全国还有四千万老百姓生活在贫困线上,党中央国务院搞扶贫工程,帮助老百姓脱贫致富,岂不是多此一举?按上述理论他们虽然生活在贫困线上,但早已有了一笔难得的人生"财富"。还有许多评说下岗工人的文章也应用贫穷和磨难"是人生财富"的高论,按此理论国家实施的再就业工程也纯属多余,人们都就业了,都安居乐业了,且不说个人失去了一笔"人生财富",连国家不也是损失一大笔"财富"?类似的这种"财富论"在评说弱势群体的文章中随时可见,而我读到时只能觉得痛心。时间一长都有点儿麻木了,因为同时有报道这里有多少下岗职工给孩子交不起学费,那里有多少大学生上不起学而辍学,更有甚者宝鸡市一户拥有这样"人生财富"的贫困之家,因孩子考上大学凑不齐学费父亲跳楼自杀。我真想问一句发表这种高论的文章作者:这样的"财富"你愿意要吗?如果你缺"贫穷"和

不想仇富

"磨难"这种"人生财富";你尽管可以下岗,可以失业,可以不挣钱,我不相信你做的工作没有人能替代得了,你拿的工资没有人要。如果你是大款钱多得花不完,可以全部捐献给我国希望工程,让交不起学费的孩子去上学,散尽你的家财后,当一个"贫穷"并经受磨难而又拥有一大笔"人生财富"的另类大富翁有何不可!恐怕发明这种高论的文章写手自己也不愿意拥有这样的一点"人生财富",却发明这种"财富"理论教育穷困人家,自己站着说话不腰疼。

想当年我曾经拥有过贫穷和磨难这样的"人生财富",但拥有这种财富的滋味实在不好受。当年肚子饿急了时去偷过地里的玉米棒子和喂牲畜的苜蓿草吃,学习没有本子和纸,到建筑工地上去偷沾满污垢装水泥用的牛皮纸袋回来裁成本子用,每当回忆起当年拥有的这笔"人生财富"心灵就在抽搐,忍不住心酸的泪水。幸好总算失去了这笔"人生财富"才有一个稳定的工作和收入。我自己虽然还是一般的工薪阶层,但看见弱势群体的贫苦,看到失学儿童尽可能地去给予一点同情、给予一点援助。我们国家走有中国特色的社会主义道路搞改革开放几十年,就是想全民有一天永远摆脱这种理论家所谓的"财富"!我希望那些有良知的理论家面对贫苦的弱势群体如果自己不愿意援之以手也可以,愿意发表高调和高论混几个稿费也可以,但千万别给饱受"贫穷"、"磨难"的弱势群体人们受伤的心灵上再撒一把盐。"贫穷"就是贫穷,"磨难"就是磨难,那绝不是什么财富!

(原发《联合日报》2002年11月28日)

» 仇富让改革蒙羞

记得前几年媒体上很热闹地讨论民营企业的"原罪"时，有些富豪如柳传志、刘永好、尹明善等人，都"坦白"地承认他们在创业之初有过"负疚"行为，但那时还似乎感觉不到周围的人有什么"仇富心理"，连笔者看了几位富豪的"坦白"后还会心一笑，因为即使他们利用了那个时代的某些体制性漏洞完成了原始积累，考虑到当时特定的历史条件和政策体制环境，坦承有点"原罪"都让人感到无所谓。当然也有仰融、杨斌等竭力粉饰和漂白自己，历史已给予他们公正的裁决。我敢说全世界都会承认中国人民有宽容的胸怀以及勤奋、吃苦耐劳和坚强的忍受力。

但是，自从我们主流经济学家发明了惊世伟大的"吐痰"原理，"谁在大锅饭里吐一口痰，这锅饭没人吃了，吐痰人就可以占有这一锅饭"；高谈着"腐败是改革的润滑剂"，极力主张"零价格负价格"卖国企都不吃亏。于是，在各地掀起大卖国企

不想仇富

的狂潮中,突然发现一些国企官员勾结不法商人暴富来得如此容易!几乎一夜间有些人空手套白狼,腰缠亿万贯;而大批勤劳一生的人成了下岗工人,甚至经历枪林弹雨冲杀出来的老革命、全国劳模都变得一无所有。主流经济学家为向暴富的人乞讨一点残汤剩羹摇尾巴狂叫不要有"仇富心理",网上可以查到"仇富心理"这个词也是主流经济学家最先发明的。但是,社会不公造成的"仇富"的火种还是深深地种在了民众心中。所以有人公开写文章喊出"就应该仇富","我不想仇富,但富人让我想不仇都难"。

且不说倒彩电、卖批文发的财,走私贩私发的财,制假造假发的财……天下人只要不健忘都知道那些"原罪",所以柳传志、刘永好等人当时的"坦白"还让人觉得可爱,他们呼吁赦免民企"原罪"人们都能予以谅解。可是当用主流经济学家"吐痰"流氓无耻的理论,让富人架着"改革"之名非法掠夺,发展到了官商勾结,比强盗土匪明火执仗地掠夺抢劫更可怕的时候,夺农民耕种的地,抢工人劳动的厂,减我口中食,拆我居住房,剥我身上衣,人民再也无法容忍了,他们让千百万民众受罪!让人民几十年为之欢呼雀跃的改革蒙羞!

原始资本的第一桶金暴露出的只是灰色,资本对大众资源的贪婪掠夺却处处充满了血腥,有多少不法的暴富者暴露出的面目如此恐怖狰狞!无道、无德、无廉、无耻、不仁、不义!大肆行贿的人是谁?是富人,为追逐非法利润去行贿让无数的官员落马变成了贪官。有多少贪官仅为得一点蝇头小利,让天文数字的民众财富、国家财富落入不法商人的腰包,让他们暴富成为富人。

行吟江湖一声啸

我有时为那么多被判死刑的贪官惋惜！他们用自己的生命和鲜血，及世世代代的清白给富人当了垫脚石，自己却身陷囹圄、官财两空。最先仇富的人是贪官，他们最清楚富人能暴富的秘密，所以很多贪官入狱后都承认自己心理失衡才去贪的。其实，富人发财后根本看不起官员，新闻曾报道有某暴发富商与人打赌说他把市长叫来与叫只狗一样，让市长10分钟来市长不敢5分钟来。贪官市长固可憎，但那富人的无耻、不仁、不义更可恨！富人不但让改革蒙羞，还让执政党的执政合法性受到严重挑战和威胁！是富人为追逐高额利润勾结某些政府官员强拆民宅、豪夺民田造成一次又一次的群体性事件！是亿万富豪为区区6000元逼得承包挖沙老农民不得不抱着炸药包和他一起同归于尽！是富人为自己暴发而拖欠农民工工资高达一千多亿，是富人逼得农民工为讨要工资跳楼自杀和行凶杀人！是富人无法无天驾着宝马车撞死人用10万元钱打发！是富人为自己建别墅破坏自然风景区！是富人为追逐带血的利润制造出一起又一起矿难！用"吐痰"搞垮国有企业的人是富人，掏空国有资产的人是富人，给银行制造大量不良资产和坏账的人还是富人；股市黑庄坑了大量股民的人是富人！把在国内大量聚敛的财富转移海外的人也是富人，低价掠夺农民土地的人是富人，为强行拆迁放火烧死老人的是富人，一卷十几亿从人间蒸发的上市公司老板是富人，潜逃海外的贪官污吏是富人，制造血汗工厂比周扒皮还要周扒皮、连土豪劣绅都不如的人是富人。最见不得阳光的人是富人，连自己建的高档别墅都不敢认的人是富人，连自己获取暴利空间有多大都想隐瞒、又理不直气不壮胡狡辩的人也是富人……

不想仇富

其实最仇富的人恰恰是富人！多次报道为争夺财富雇凶杀富人的人恰恰本身就是千万或亿万富豪。最不仇富的人倒是穷人，不论农民工、农民、知识分子，哪怕是下岗工人，都是想靠自己的劳动挣饭吃的人，甚至矿工在矿难中临死时都要写上让人看了落泪的欠条！当今中国富人是最没爱心的人，媒体报道中国富人是全世界富人中捐款最少的人，却是巧取豪夺了大量财富而又逃税最多的，纳个人所得税最少的人群。富人是引起群体性事件、骚乱、给社会制造麻烦最多的人！如按当今社会群体评价，群体形象最差的就是富人！我查看新浪网上阳光财富评选中能被大多数公众认可的富豪仅有黄家裕、丁磊、陈天桥区区几人！其他众多富豪得票少得可怜，可见公众对这个群体承认度之低！

当今社会严重不公，很多不法富人成为社会的恶性肿瘤，不断溃烂流着腥臭的脓液时，不仇富就是近于白痴，脑子不正常，要么就是被不法富人花钱收买、豢养的人，如那狂叫不要仇富的主流经济学家们！在社会转型期间致富的富人们，不管你们富得合法不合法，合理不合理，都得认真检讨自己的"原罪"，多捂着胸口想一想，找一找自己的良心，少给社会制造不和谐、不安定因素，多给社会哪怕做一点点贡献；少一点铺张浪费、奢侈挥霍，哪怕多一点点慈善之心，你们不能再继续让改革蒙羞，给政府丢脸，让全社会十多亿人民寒心！你们已聚敛大量的财富成为社会强势者，社会能不能安定和谐发展还得看你们，最好能学学人家比尔·盖茨、巴菲特认真纳税，多捐善款，广结善缘，懂得富人应该怎么去当！

（原发《西安晚报》2005年11月7日）

» 拔一毛利天下而不为

在两千多年前有一个臭名昭著的杨朱曾宣扬"拔一毛而利天下不为也"。亚圣孟子斥其"无父无君，是禽兽也！"杨朱是不是富人不得而知，反正他这种极端地"重己"、"为我"落下了千古骂名。在先秦诸子百家中，杨朱哲学也是一家之言，却未能给后人留下任何著作（在《列子》中虽收有"杨朱篇"，却被认为是伪作），他的只语片言散见于其他诸子百家的书中被作为人性自私"性恶"的反面言论。为什么"拔一毛利天下而不为"呢？其实并不在于"拔一毛"给他本身带来多少损失，而在于他没有起码的做人道德与良知，缺乏拔一毛而天下人得利这种善良的胸怀。

不过，千万别以为"拔一毛利天下而不为"落千古骂名的杨朱断子绝孙了，中国现在的富豪们不少都是杨朱的子孙。2003年"非典"期间，记得当时有则报道中华慈善总会在收到的大量

不想仇富

捐款中仅仅收到了一位富人200万元的捐款。这不,新华社11月24日又报道:据安徽省慈善协会副会长陈义明介绍,安徽省慈善协会成立十多年来,共接受和发放善款、善物2亿多元,基本上都是普通工薪阶层和退休老人的捐款,而源于富豪阶层的捐款几乎为零。2004年年底安徽省慈善协会收到的一笔最大额的个人捐款,是出自江苏一位七旬退休老人,他的家境并不富裕,乘火车硬座赴皖,但一次性就捐给贫困群体50万元。此外,2005年百位中华慈善大奖获得者中唯一的安徽人李玉兰,也不过是经营小饭馆的普通个体户。中国没有富人吗?据报道,截至去年中国的千万富翁已达24万人,亿万富豪据推测不下两万。特别是上福布斯富豪排行榜和胡润的富豪排行榜的富豪们更是闹腾得沸沸扬扬,甚至有人一年就赚了110多亿,捐款几十万或几百万对他们来说岂不是"拔一毛而利天下",却不知为何而不为?

不过,别以为中国富豪都是吝啬鬼舍不得花钱,据《经济观察报》报道:在上海举办"国际顶级私人物品展"简直成了富豪的采购会。富豪们购买顶级奢侈品3天成交了2亿元,超过安徽省慈善协会10年收入总额。两相对比,怎能不令国人心寒齿冷!如果花自己的钱买奢侈品别人不好置喙,"拔一毛利天下而不为"仅仅是"重己"的自私自利行为而已;而中国却有不少富豪不仅是自私,而且为自私而害人害己,更让人所不齿。例如,四川一位亿万富豪兼县政协副主席,虽坐拥数亿资产,为强行占有农民投资办的采砂场,又不愿意兑现区区万元的补偿金,还串通执法部门作废农民的采砂许可证,最后为6000元逼得农民抱着炸药包

与其同归于尽,并造成2死5伤的恶果。近几年来,关于这些富豪们恶绩昭彰的报道太多了。善绩为零而恶绩昭彰,无良的经济学家岂能只怨中国人民有"仇富心理"?

与中国的富人恰恰相反,钢铁大王卡耐基说过一句名言:"在巨富中死去是一种耻辱!"所以,在美国布什总统上台后曾提出一揽子减税计划,其中包括到2010年逐步取消遗产税时,没想到反对最激烈的却是富人。2001年2月,美国120位富豪包括比尔·盖茨的父亲老威廉、巴菲特、索罗斯、洛克菲勒等世界顶级富豪联名在《纽约时报》上刊登广告,呼吁政府不能取消遗产税,声明取消了遗产税会让富人永远富裕,让穷人永远贫穷,还会使富人们的子孙变成不劳而获的"垃圾"。世界首富比尔·盖茨这些年来为慈善事业捐款数百亿,并宣布死后全部捐献;巴菲特这些年也是大量捐款,声明身后的三百多亿全部捐给社会。主流经济学家说国人"仇富",却从来没有人仇比尔·盖茨、巴菲特这些世界级富人。

难道中国富人就是信奉两千多年前阳虎的名言:"为富不仁矣,为仁不富矣!"发财的人是不讲仁德的,讲仁德的人就发不了财!难道中国富人都不能有一点儿仁慈心肠?都是"为富不仁"?都是"拔一毛而利天下不为"的杨朱子孙?都愿意蒙"巨富中死去"的耻辱?

(原发《西安晚报》2005年12月5日)

» 梅花香自什么来？

"宝剑锋从磨砺出"，咱光会用笔没有使用过宝剑，不知道宝剑的锋刃是怎么"磨砺"出来的；但是依照我的笨想，大概和磨菜刀差不多吧，有可能比磨菜刀要讲究一些。据磨菜刀的师傅说：要把菜刀磨好，技术很重要，滴水与磨刀石也极为关键，如果用一块粗砂石去磨，不但刀刃磨不锋利，甚至可能磨成豁口、磨成卷刃；磨的过程中如果洒水不到位，磨得发热过度了就是好钢打造的刀刃也会退火变软。本人有时性急也自己动手磨过自家的菜刀，城里人家中没备磨刀石，就在沙石水泥地面蹭几下，真把菜刀没磨利还磨出几个豁子来。依此设想磨宝剑可能对条件和技术的要求高得多，我想"磨砺"得讲究一个好的条件和"磨"的基础。

咱虽然没磨砺过宝剑却养过花，也侍弄过梅花。凡养过梅花的人都会说这花挺难侍候。虽然说梅花比较耐寒冷，但是它性喜

干燥、忌潮湿、爱阳光、要通风、要土壤肥沃。只有在合理浇水施肥、阳光充足、通风良好时才能开出鲜艳的花朵，水浇不好、肥施不到、光照不足的话，不开花不说，弄不好还会枯萎死掉。就说它耐寒也得寒冷有度，天太冷照样会冻死。梅花不在春暖花开的季节里开花，却在飘雪的冬季开花，只能说是一种节令之别，与"春兰秋菊不同时"没有什么区别。

最近连续看到一些文章评说贫困学生或下岗职工困苦生活时，都喜欢引用这句名言："宝剑锋从磨砺出，梅花香自苦寒来。"比如《中国青年报》报道上海某名牌大学的一位来自安徽女大学生因父亲退休、母亲下岗、姐姐没有工作的情况下，去当"三陪小姐"挣钱供自己来读大学。于是就引发好多伤口撒盐式评论文章，不是"哀其不幸"而是"讥其堕落"，不是"援之以手"而是大唱高调，有人撰文说："要用好贫困这笔财富"，呼吁"请善待和用好这笔财富"。还有文章说"贫穷对于他们来说是动力和鞭策"，于是贫穷和生活的困苦成了"磨砺"宝剑的大好时机，经受"苦寒"孕育梅花馨香的机遇。古人写"梅花香自苦寒来"或许有勉励自己拼搏奋斗的含义，还可以说得过去；现在有人引用它来评说别人就有点像放置多日的剩饭充满了馊味。要真是这样的话，我们国家大搞希望工程捐资助学，岂不是毁掉了多少把本来能够"磨砺"出的好宝剑，把少年儿童比作祖国花朵，祖国花园里因减少了贫穷的"苦寒"，少开了多少朵馨香袭人的梅花！

有一种说法，知识分子是社会良知的守护者，能写这种文

不想仇富

章、唱这种高调的人至少说也算是知识分子了,总得有起码的人文关怀,有起码的良知。将心比心,如果写这种文章的作者当年就失学了没读过书,会写这样的文章吗?会唱出这样的高调吗?大概他想引用一下"宝剑锋从磨砺出,梅花香自苦寒来"还做不到呢!梅花香自什么来?依我看梅花香自阳光来!梅花香自沃土来!梅花香自雨露滋润来!梅花香自精心培育来!

(原发《合肥晚报》2002年11月26日)

» 财富：心灵不堪承受之重

半天理不清自己复杂的思绪，心情沉痛。因为我写了几篇批评"为富不仁"的小文章，所以被人误以为我有"仇富心理"，有人打电话让我一定读一下这个新闻。在12月17日多家媒体报道：地产富豪华港总经理马豪一家三口惨死于在家中。警方查明的结果令人吃惊：马豪因患严重的精神忧郁症，给其妻李馥琛、其女马莹服用安眠药，在意识不清状态下捂死妻女，然后又自己割腕自杀。据报道：马豪的妻子李馥琛温柔善良；特别是马豪的女儿马莹"活泼美丽，善良大方"，早在初中阶段已是老师同学们交口称赞的好学生。她大学毕业考取了公费经济学研究生，已读三年，即将毕业，在上个月底刚参加完公务员考试，12月5日还在中山大学研究生专场招聘会上找工作。这样一位年仅26岁风华正茂的女研究生对未来充满了向往，却在最美丽的花季里凋零。同学们在网上为她开了一个悼念的网站。稍有仁慈之心的人

不想仇富

都会感到这是一场令人心痛的悲剧。可是，仅仅因为马豪是一位富人，又是从事当今人们诟病颇多的房地产业，在新浪网这条消息发布后众多的网友留言中却充满了怨毒和诅咒："早点死好，希望所有的房产商都灭门！""富人早就遭天怒人怨了！黑良心的人死有余辜！"直看得我心惊肉跳，人们心灵里为什么有这么多怨毒！又何必呢，不幸已经发生，逝者长已矣，让灵魂安息吧！

报道中，"几乎所有人都在说，马豪'平和'、'自信'、'乐观'"，不相信他会自杀。"马总做事干脆、风格豪爽，懂美食，博学……""马总是个游泳健将，性格开朗，怎么也不会得上抑郁症。"但是无论如何都无法否认警方查明的悲剧事实，报道中也分析了马豪是"微笑型抑郁"：将微笑展示给别人，将抑郁留给自己。严重的精神忧郁症可能使他感觉自己像一个失败的将军，他钟爱自己的妻子和女儿，便极端地为妻女着想——"我们都没指望了，一起离开这个阴暗的世界吧！"这悲剧是以病态和残忍自私的爱酿造成的。

近两年不断有报道富豪自杀的消息，因"我国富豪自杀倾向严重"，有许多地方专门开设了针对富豪的心理咨询机构，"富豪们面对每50分钟200元的高额服务费，眼睛眨也不眨"。富人心理之疾无疑有着深刻的历史原因，20多年来的改革，造就了一批又一批的富翁，不排除有少部分勤劳致富的人，但更多的暴富者却不是那么光明，在追求财富的过程中打擦边球，行走在体制的最边沿，甚至是踩着法律的红线前行

的。被曝光出来的很多富人就是以行贿为武器，以权力为后台，以钻营代替经营，金钱的诱惑让他们在关键时刻选择铤而走险，财富成为走向沦落的原动力。所以人们一度惊呼，耀眼的富豪榜沦为犯罪榜。他们谙熟各种"潜规则"，以种种名义来掩饰自己财富积累的过程，不愿将自己的财富暴露在阳光之下；于是，财富遮蔽的心灵也变成阳光照射不到的地方，笼罩在密不透风的黑暗中。不少富人是以阴阳两面人的形象出现在人们面前的，如走钢丝，如履薄冰，人格分裂的压力成为富人心理不堪承受之重！当自私、贪婪锈蚀着灵魂，锈蚀到一定程度时，无须外力，也难免脆弱到自己断裂。当然，也有些富人是在市场经济法规不健全时偶得机遇而暴富，其实并非游泳高手，却误以为自己有过人的本领；真正市场经济大潮涌来时便呛水而奄奄待毙，如同失败的将军一样绝望。所以有专家分析：一些富人在政策环境不完善的情况下完成了原始积累，而在目前市场逐渐成熟、竞争日趋激烈的背景下，如果不能提高自身修养就可能演变成灾难。目前灾难已经局部地显现和发生。

　　财富带来的不全是幸福，唯有真善美能让人得以幸福。纵有豪宅万间，夜眠不过七尺；纵能天天吃燕窝鲍翅，一日不过三餐。所以世界上的富人无不大量为慈善事业捐款，并不只是为了穷人，多是为了拯救自己。美国老洛克菲勒就是在暴富之后身心灵魂都不堪忍受财富之重，一场大病几乎送命的，他终于悟出了这一点，开始大量做慈善事业，才重新获得身心健康和高寿。世

不想仇富

界上通行的遗产税、财产税不仅是对富人灵魂的救赎，也是对富人身心健康的一种拯救。

（原发《西安晚报》2005年12月26日，获第十六届中国新闻奖报纸副刊作复评暨2015年全国报纸副刊作品年赛铜奖）

行吟江湖一声啸

» 富人为和谐社会树立的第一块里程碑

自从以胡锦涛总书记为核心的党中央提出构建和谐社会以来，对于什么样的社会是理想的"和谐社会"，专家们曾作出过各种各样、形形色色的论述与理解，但有不少解读是隔靴搔痒。可是，当笔者看到2月11日至13日在亚布力召开的中国企业家第六届年会论坛上，蒙牛乳业集团公司董事长牛根生对和谐社会独特的阐述，立刻感到眼前一亮。他称：和谐社会的"和"是一个禾苗的禾，旁边一口字，代表"口"中有吃的；就是每个口里有吃的，每个人身上有穿的，这才能"和"；而"谐"是"言"字旁一个"皆"，就是所有的人皆有发言权。所有的人都有衣服穿、有饭吃，这是和谐社会的经济基础；而所有的人对社会问题皆有发言权无疑是社会民主的象征。牛根生不用讲什么大道理，仅用最简单的说文解字就讲清楚了和谐社会的概念，不能不让人心悦诚服。

不想仇富

牛根生是这样说的,也是这样做的。作为著名企业家,他创建的蒙牛乳业集团公司创造的辉煌业绩在全国可谓大名鼎鼎。作为董事长牛根生原本拥有8.18%的蒙牛股份,最近(1月24日)获得有关部门的批准,他将持有的2%蒙牛股权的注册和实益拥有权捐赠给老牛促进会,捐赠的股份按市值折算达2.27亿港元,这2%的股权年获纯利600多万元。老牛促进会是在中国内蒙古成立的一家非营利社会团体,其业务主管单位是内蒙古自治区人民政府金融办公室。这2%的蒙牛股权所获收益作为老牛促进会专项基金("老牛基金")用于为中国境内特别是乳业范围内需要财务资助或作出贡献的个人和团体提供财务资助和奖励,以及用于符合老牛促进会宗旨、精神和工作范围的其他公益事业。在员工个人遭遇不幸或生活窘困时,也可向"老牛基金"申请帮助。此外,牛根生还曾经同意把本身不时拥有的所有本公司股份和蒙牛股份获派的现金红利的51%捐赠给老牛基金。一次出手两个多亿的捐赠,业界人士认为牛根生极有可能冲击今年的全国慈善冠军。

捐赠后,牛根生的持股降至约6.18%。他还进一步表示在他百年之后,股份全部捐给"老牛基金",家人不能继承,妻子、一儿、一女每人只可领取不低于北京、上海、广州三地平均工资的月生活费。牛根生表示钱生不带来,死不带走,为社会所有的人能够尽一份力,使和谐社会发展的速度更快,这也是他为何成立老牛基金并捐股的初衷。面对这样的企业家人们岂能不赞叹佩服!

行吟江湖一声啸

由此反观我们的社会上另外一些富人是怎么富的，打着改革的旗号，假改革之名行掠夺之实，化公为私，扭曲MBO机制，恶意侵吞国资；把为企业作出贡献的工人和技术人员抛向社会，把国有资产化为自己致富的钱袋；造就大量贫困群体，却把高昂的改制成本转嫁给社会。更令人愤怒的是一些所谓专家学者站在既得利益集团一边，无视贫富差别悬殊，基尼系数已超过警戒线的现实，为扭曲的"改革"叫好！一些专家学者的认识水平与思想境界远不如牛根生这位企业家对"和谐"的解释。比如，"谐"字就是所有人皆有发言权。可是当社会公众面对一些被扭曲的"改革"产生质疑时，便被扣以"仇富"和"反对改革"的大帽子。别说一般老百姓，就是北大法学教授巩献田对一些专家起草的《物权法》（公开征求意见稿）提出反对与质疑，并得到了全国人大法工委的认可，竟然也引起了专家们的"众怒"，认为是搅黄了《物权法》。试想北大的法学教授都不能对立法草案提点意见，焉能谈所有人皆有发言权？社会焉能和谐？本来《物权法》属于社会契约的民法范畴，每个公民都有发言权乃至表决权。笔者也认为《物权法》没有必要急于通过，鉴于目前社会贫富差距过大的现实，实施此法等于让一些假改革之名掠夺了大量国资财富的富人财产合法化，并迫使众多穷人和才起步的中产阶级与富人订立城下之盟。正如北大法学教授所言，这是把富人巨额财产——宝马别墅与穷人的打狗棒进行资本层面上的"平等保护"。笔者认为，等到基尼系数降到0.3左右，等到我国的中产阶级基本形成，等到我国的大多数富人具有了牛根生这样的富人

不想仇富

境界,那时再推出也不迟!

牛根生的巨额捐赠是中国富人树立起的第一块里程碑,社会的和谐期待着更多的牛根生!

(原发《西安晚报》2006年2月20日)

行吟江湖一声啸

» 人性恶的背后

《西安晚报》4月7日报道浙江台州市黄岩区的陈冬香老人在自家所在的桂花苑小区散步时,被一辆正在倒车的帕萨特轿车撞倒,后又被这辆车前进后倒、后倒再前进,无情的车轮在老人身上反复碾轧5次,最后抢救无效死亡。小区内监控录像拍摄下这血淋淋令人震惊的悲惨一幕。

如果说帕萨特轿车的车主在第一次撞倒老太太之后,立即予以抢救,是可以宽恕的失误。可这位司机在明知道车子肇事的时候,一而再、再而三地"踩上油门",不是"往后倒车",就是"往前开",让车轮"5次重重地碾过老人的身体",性质已变成了草菅人命,故意杀人了。相信在监控录像的铁证之下,等待他的无疑将是法律无情的严惩。

这条消息极大地彰显了人性之"恶",看到消息的人无不义愤填膺,痛斥车主缺乏道德,毫无人性。当然,也有司机师傅解

不想仇富

释：车主既已肇事，如果对伤势严重的老太太予以抢救，事故处理起来，时间拖得很长，医疗治伤及赔偿费用可能是巨额数字，且没完没了，甚至一辈子为一次车祸事故打工；而一次性撞死，一次性赔偿，人命价顶多20万，保险公司赔10万，自己最多再出10万，一了百了，干脆利索。如果撇开道德谴责与人性之恶不谈，司机师傅的议论无疑点出了导致这场血淋淋悲惨一幕根本原因，这也正是肇事司机对素不相识、无冤无仇的老太太连撞带碾轧5次的深层原因。为什么人性中善良的一面恻隐之心没能得到昭彰，而人性中自私自利的一面竟如恶魔一般彰显？为什么普通车祸能上升为故意杀人？这无疑在拷问着我们的社会良知，也拷问着我们的某些方面的制度安排！

由此我想到了频频发生的矿难事件，正由于以前矿工的命价太低，黑心矿主为追求超额利润，舍不得安全生产上的投入，以矿工廉价的生命和鲜血为代价生产带血的煤。为此，政府提高了对矿工命价赔付额，从利益上倒逼矿主加大安全生产的投入，以减少矿难的发生。而发生车祸时，撞伤不如撞死，正说明撞伤人赔付的代价太高，而撞死人所付的代价反倒低于撞伤。当然，这里也有社会其他多方面的原因，比如近年医药费暴涨，也使伤者的治疗费大大高于生命的赔付价，这里面包含着社会系统治理的问题。但是，从保险机制上来说：每辆机动车上路时都有强制保险，如果车祸伤人时能获得保险公司的完全赔付，肇事司机肯定不会把"过失"演变成"杀人"，为失误而故意进一步去犯罪。好的制度安排可以把坏人变成好人，坏的制度安排也可以把好人

行吟江湖一声啸

变成坏人。而我国保险公司属于垄断机构，投保容易索赔难，特别是遇到重大车祸事故索赔更难！笔者2002年就亲身经历过一场家弟开大货车时无任何责任遭遇被撞的大车祸索赔案例，巨大损失不仅数年来未能获得分文赔偿，反而为打官司花费巨大，而就是打胜的官司也无法执行。当年白交了很多保险费不说，还为无辜遭遇车祸倒贴了不少官司钱。当时，我就曾认真分析过车险制度安排的不合理，很多媒体都曾曝光过车险让保险公司获得60%暴利的黑幕，却不能为形成真正意义上的风险保障。

上文所引帕萨特车主5次碾轧老人致死的案例，正是反映制度扭曲带来的人性之恶！人性之恶的背后彰显的正是保险制度之弊端！如果不合理的保险制度之弊端不除，我相信这种恶性案例还会继续不断地发生！

（原发《杂文报》）

不想仇富

» 唐代都市的住房难

大城市里房价高,买不起房是很多现代人的感叹。其实都市里买房置宅不容易,古代也一样。就说唐朝长安,当时城区面积达82平方公里,全盛期城区人口百万。无论城市面积和人口都堪称当时世界第一大都市。外来人到长安若无祖上遗留的祖业房产可继承,要想在这京城都市里购置一处住宅安居,别说是一般平民百姓,就是具有相当级别的官员似乎也存在买不起房和购房难的问题。在中国历史上,唐代是官员俸禄待遇最丰厚的朝代,但是除立有大功的边关将帅皇帝恩赐宅第外,一般官员却没有福利分房的待遇。为官除住在衙署,私家住宅还得靠为官的俸禄自己购买或建造。

大诗人白居易初入长安时,曾投诗卷去拜谒顾况。顾况一看白居易的名字便戏谑道:"长安百物皆贵,居大不易。"此话虽是戏谑之词,但也道出一种京城社会实情。当时普通老百姓要想

行吟江湖一声啸

在此京城长期生活下去,想购置一所比较满意的私家住宅确实不是件容易的事,很多人只能住庳狭低矮的破房,甚至靠长期租赁房屋暂居。所以顾况才以白居易的名字开个玩笑。这虽属一时戏谑之言,却不料竟一语成谶。白居易二十七岁中进士,曲江赐宴、雁塔题名、在此春风得意之时赋诗"慈恩塔下题名处,十七人中最少年!"以高中进士步入仕途堪称十分荣耀,先任周至县尉,后升为校书郎,拜翰林学士,依当时五品散官的品秩已不算太低,俸禄也不算少。可是就这个级别的官员居然二十年在京城里买不起一座属于自家的住宅,在京城二十年无定居之所,所以他在《卜居》一诗中为买住宅房子的事竟然还哭穷,诗中写道:

游宦京都二十春,贫中无处可安贫。

长羡蜗牛犹有舍,不如硕鼠解藏身。

且求容立锥头地,免似漂流木偶人。

但道吾庐心便足,敢辞湫隘与嚣尘。

唐朝长安住房难居然在大诗人白居易身上体现出来,而且写诗记载流传千年。特别是诗人诗中写到竟然羡慕蜗牛都有个窝,哪怕院子小、房子矮、环境再不好,只要能是自己的房宅就心满意足了。当我读这首诗时不由得就想起现在网上流行的一个找对象先看有没有房的小段子:蜜蜂狂追蝴蝶,蝴蝶却嫁给了蜗牛。蜜蜂很不解地问:它哪里比我好,蝴蝶回答却是:人家好歹有自己的房子,哪像你老住在集体宿舍!这种对蜗牛有房的羡慕一千二百年前大诗人都写进诗里了,可见尽管千年时空相隔,没房的人对房子渴求的心理愿望却是跨越时空一脉相通。

不想仇富

其实,说起来白居易还不算是很差的。因为号称"文起八代之衰",居"唐宋八大家"之首的大文豪韩愈先生,名声不比白居易小,官还要比他大,竟然在为官三十年后才在京城长安买了一所住宅。他在《示儿》诗中写道:"始我来京师,止携一束书,辛勤三十年,以有此屋庐。此屋岂为华,于我自有余。"韩愈以为官三十年积攒的俸禄加上稿费(当时叫润笔费)买的这所住宅还够不上奢华,但还算不错,根据韩愈在诗中所描述是一所小四合院,新建的中堂虽无装饰但比较高,有北堂做厨房治膳食,还有能坐见南山的东堂,偏房西屋不多,有三两间吧;庭院里还有八九株藤萝缠绕的高树,以及种瓜芋的蔬菜园圃。当然,他这所宅院房屋在当时官员宅第里是很朴素的,"嗟我不修饰,事与庸人俱"。也就是说,韩愈先生没有搞任何装修。需知韩愈为官三十年时,已担任了京兆尹和吏部侍郎级别的高官。韩愈在这所并不算好宅院里颇感自豪的是"开门问谁来,无非卿大夫"。而来的人干什么呢?"问客之所为,峨冠讲唐虞,酒食罢无为,棋槊以相娱。"按韩愈先生的职权推想当年到这个宅院里来跑官的人也肯定不少,不过当时来拉关系跑官的,打的都是谈学问和在一块下棋娱乐的幌子,给送钱送礼的可能没有。我不是随便说韩愈就是个清官,或者拘泥于他诗中没提到有来客送礼的,而是推测:如果他收受跑官、买官者的贿赂,就不至于为官三十年才能买得起一所并不奢华的住宅。

其实,在京师长安高官买房难的也不只是白居易、韩愈。刘禹锡入朝为官时仅文名很盛,并被认为有"宰相器",因参与

行吟江湖一声啸

"永贞革新"被贬官出朝,十四年后再度还朝,担任了礼部尚书,居然也写了篇千古传诵的《陋室铭》,可见这位高官大诗人的京城住宅也不算怎么好,否则就不会称"陋室"了。但是,毕竟这些人在当时都是高级官员,买房再难,也要比平民百姓容易;住房再差也应比一般民宅不能算太差。他们这些住宅都比白居易《效陶潜体十六首之十五》诗中所写的"北里有寒士,瓮牖绳为枢;出扶桑枝杖,入卧蜗牛庐"强多了。同是诗人的孟郊也当过小官,可他在《秋怀之四》诗中感叹自己住房间"破屋无门扉,一片月落床,四壁风入衣"。应该承认当时唐长安城中居住的差异很大,住宅规模有大小,规格有高低,贫富有差别。当时没有现代的高楼、大厦、单元房,城市住宅人口密度低。在这个百万人口的都市里,房地产住宅价高和买房难却同现在有相似之处——"居大不易!"

(原发《西安晚报》2008年2月12日,被多家报刊转载,并获2008年陕西省新闻奖副刊优秀作品一等奖)

不想仇富

» **民谣与官话**

　　一篇《宁波市委书记借顺口溜说民生》的新闻被许多家报纸转载，网上的评说更是纷纷扬扬。宁波市委书记巴音朝鲁5月6日在宁波市委第十一次委员会第四次全体（扩大）会议上，用顺口溜说起民生问题："生不起，剖腹一刀五千几；读不起，选个学校三万起；住不起，一万多元一平方米；娶不起，没房没车谁跟你；病不起，药费让人脱层皮；死不起，火化下葬一万几。"巴音朝鲁不无内疚地感叹说："这句顺口溜可能不够准确全面，但也说明部分老百姓生活压力很大。只有提高居民收入，才能解决这些问题。"并直言"这几年宁波市改善民生工作富有成效，但对照人民群众的期望还存在不小的距离"。

　　初看新闻报道的名字"巴音朝鲁"，好像不是汉族人，一查果然不错。巴音朝鲁1955年10月出生于内蒙古，曾任共青团中央书记处常务书记、全国青联主席，2001年调任浙江省委常委、

行吟江湖一声啸

副省长,任宁波市委书记。这位内蒙古汉子在市委全委扩大会议上以堂堂市委书记的身份直人快语地引用"顺口溜"说民生,确实让人感到十分新鲜,所以一时成为引人注目的新闻。多少年来我们习惯于在会议上以严肃的态度讲标准的"文件语言",甚至是按秘书写好的稿子一字不落地照着念。不少官员习惯于身在官场就讲官话,好像不如此不成体统。"顺口溜"——这种民谣形式,更多出现在人们闲聊时或酒足饭饱的酒桌上,一般不会搬到会议上,反映到主流媒体上。

其实,中国古代国家管理者就十分重视民谣。两三千年前的西周,周天子就是通过民谣了解民情。《礼记·王制》记载:"天子五年一巡狩,命太师陈诗以观民风。"即通过民间歌谣来了解民情。《公羊传》何休注认为民间歌谣是"男女有所怨恨,相从而歌,饥者歌其食,劳者歌其事",所以民间歌谣表达出的民意要比大臣们吹牛拍马的奏章更真实一些。通过采集这些歌谣使"王者不出牖户,尽知天下所苦,不下堂而知四方"。中国的第一部诗歌经典《诗经》中除"雅"、"颂"部分是庙堂之音,而最著名的主体部分《十五国风》全都是"采风"得来的民间歌谣——就属于当时"顺口溜"。"国风"从各个侧面展示了当时的社会生活,反映当时的民间疾苦和愿望,也揭露了那个时代的黑暗面和严重的社会弊端,不乏诅咒贪官污吏的《硕鼠》等篇章。《汉书·艺文志》也记载:"古有采风之官,王者所以观民俗,知得失,自考正也。"执政者依靠采诗官采来的诗来观察民间风土人情,了解施政得失,作为施政参考。从历史上的这种采

不想仇富

　　风以察民情的方式,再看中国当今民谣"顺口溜",不仅数量多如牛毛、浩如繁星,而其中所蕴含的民众心声内容也十分丰富。仅以巴音朝鲁所引用的"生不起、读不起、住不起、娶不起、病不起、死不起……"已涵盖贫苦百姓从生到死六个阶段各方面的问题,传递出现实中民生多艰的无奈与辛酸,何其沉重的话题啊!这些年来广为流传的顺口溜,人们听闻得太多了。从改革开放初期就有"富了海边的,发了摆摊的,苦了上班的";到近年"大楼站起来,领导倒了台;公路通了车,领导进了监";讽刺官员作风腐败的"早晨围着轮子转,中午围着盘子转,晚上围绕裙子转"等;还有诉说环境恶化"吃动物怕激素,吃植物怕毒素,喝饮料怕色素,能吃什么心里没数"。更有给某些官员画像的民谣:"台上讲话像孔繁森,台下做事像王宝森;见了上级像和珅,见了群众像泰森。"众多民谣顺口溜反映的是人间万象、社会百态。

　　作为来自群众、流传民间的民谣顺口溜不是没有夸张,也不是没有局限性,但民谣毕竟不是"谣言",反映出的是民声、民愿以及某些民怨——在民间流传本不是大问题。可是作为领导干部对民谣顺口溜的态度却值得分析:有人把它当成"不登大雅之堂"的东西,对它不屑一顾,虽然错了也就罢了;更有些官员也许他本身有病而心中有鬼,无意间自我对号入座,不幸成了顺口溜讽刺的对象,戳到痛处对其恨之入骨。前些年还有媒体刊登引用"民谣"的文章被以所谓"传谣"的罪名遭到严肃处理。其实,就是在奴隶制时代、封建社会开明

行吟江湖一声啸

的执政者还要采风民谣"知得失,自考正"。要真正做到"权为民所掌,利为民所谋"当一个真正体恤老百姓的好官,应当学一学宁波市委书记巴音朝鲁,从民谣中了解民间疾苦,倾听群众呼声,把民谣中的怨言当成清醒剂,从民谣中反思照镜子来鞭策自己,从中汲取执政营养、矫正执政理念,真正做到"为官一任,造福一方"。

　　从另一个角度看,现在不少官员习惯于讲官话,不少领导讲话习惯照着稿子一字不落地念,有许多是套话、空话、废话甚至违心的假话,似乎当上官就戴上了一副面具。满嘴不近人情的官话,一种陈腐的"八股官腔"必然拉开与普通百姓的距离,如何让群众信任你?实际上群众的语言"民谣"、"顺口溜"之类,不见得十分准确或正确,却远比空洞的官话生动、传神、精彩得多,且常常具有概括性。所以早在春秋时代就有不知诗(也包括民谣)不足以言事之说。领导干部若真有为民情怀、有亲民作风,就不应对现存社会问题老打蹩脚的官腔,想真正贴近民生、沟通民意不妨在讲话中多些顺口溜之类的鲜活的群众语言。当然,更重要的是对顺口溜中表达出的"民怨"要化解,对合理的民意要求有针对性地制定施政措施,并予以解决落实。正如宁波市委书记巴音朝鲁就是以"顺口溜"中六个"生、读、住、娶、病、死不起"的充满民怨的话题引出问题,就如何改善民生,让老百姓过上幸福无忧的生活进行讨论,重点谈了"富民"、"育民"、"惠民"、"便民"、"健民"、"安民"这个针对性很强的"六大民生工程",

不想仇富

最后形成常委会决议。强调要求"各地各部门要抓紧落实这些民生工程,尽快让老百姓感受到能'看得见,摸得着'的效果"。真诚地希望像巴音朝鲁这样重视民谣的领导干部多起来,执政为民,民生幸甚!

(原发《西安晚报》2008年6月16日)

» 谨防制度性贫富差距

著名财经评论员叶檀愤怒了！在8月14日《南方都市报》撰文怒斥"某些阶层对财富的掠夺已经到无耻的程度"。继新闻媒体爆出"文化大师"余秋雨莫名其妙地变成了"投资大师"，因持有徐家汇商城原始股，四年累计获红利约647.7万元，是他原始投资成本的2.68倍，并且还等着上市后在A股兑现他的亿万身家。《每日经济新闻》新近又报道，自去年6月19日IPO重启以来，最近A股市场上市公司中有郑煤机、滨化股份、洋河股份、恩华药业、桂林三金等多达12家职工股被清理掉，涉及公司职工达2.3万名。如果以这些公司上市首日的收盘价计算，意味着有313亿元财富从职工手中流向了公司高管、创投等各类投资机构囊中。而这一切主要是因为2006年年初新颁布的《证券法》和《公司法》的有关规定，即股份有限公司的发起人股东要少于200人。所以大批清理职工股，转给少数高管、自然人及各种法

不想仇富

人投资机构。

仅以8月3日上市的郑煤机为例,"上市首日暴涨57%,这让持有该股的创投及公司高管在短短两年时间就赚了超过10倍的利润,不过他们持有的股份实际上来源于郑煤机1800多名职工;如果没有2008年夏天的职工股被清理,这些职工就可获得近90亿元的财富"。然而这1800多名职工在制度"瓶颈"制约下,心不甘、情不愿却不得不将90亿财富乖乖地拱手转让给了高管、投资机构与私募。为了企业的发展,这些企业职工付出心血、流无数汗水、拿出微薄的积蓄几万元投资给自己供职的公司,这才是真正的"风险投资"呀!想当初公司要求职工入股的原因,无非是筹集资金,调动员工积极性,把职工效益与公司效益联系起来。而职工有些是看好自己的企业,愿与自己的企业同生死共命运作出的投资选择;也有企业在发展过程中面临资金困境时动员本单位职工集资转化的股份,职工可能是无奈被动地从牙缝里抠出一点钱投资本单位。可是企业发展好了,茁壮成长了,即将要上市了,面临证券化的盛宴时,1800名职工按原始股算人均都可得几十万、上百万甚至几百万溢价收益,似乎马上就要步入中产。又像种下一园果树,经过若干年精心栽培料理,面临摘果子时,这些职工股人均过百万的收益却莫名其妙地被剥夺了,而且是必须转让给高管,各类不明不白的公募、私募法人投资机构,以及其他毫不相关莫名其妙的自然人。余秋雨就是这样一个莫名其妙地由"文化大师"变

成了暴富的"投资大师"的自然人。这样的机制多造就几个亿万富豪,却使成千上万名跟随创业的职工几十万、百万身家的"中产梦"破灭了。难道职工持股投的钱不是钱,只有富人的钱才能允许赚钱?

这不只寒了12个公司职工的心,更关键的是对以后创业发展期的中小企业(特别是民营企业)的创业造成极其不利的影响。任何企业在其发展过程中都多多少少会遇到资金困局,那些风险投资机构未必愿意来投资,管理层第一求援对象就是本单位职工集资解困,可以后谁还愿意呢?企业发展的成功是团队的成功,是全体职工付出心血汗水共同努力的结果,不应厚管理层而亏待职工的"风险投资"。在企业的后续发展中,职工持股也体现着职工对本单位的信心,为什么要全部清理?据说是为了避免证券发行过程中的腐败,确实以前在北京银行上市时,出现3岁娃娃投资人奇闻。这是属于监管不严的另外问题,要解决好也并不难。总不能因为政府部门出了一些贪官,而简单地取消各级政府的公务员建制吧。

2.3万职工股不只是成就了几十个亿万富豪,同时还祸害了二级证券市场。过去吴敬链老先生曾因股市"坐庄"风行愤怒地谴责A股市场不如赌场。可是"坐庄"还有风险,得有个搜集筹码、拉高股价再出货派发筹码的过程。可现在这一切都变得不值一提,一些不明不白的投资"机构"直接从上市前就廉价拿到了大批筹码,直接高价开盘按大非套现就行了。新近上市的中小

不想仇富

板、创业板离谱的高发行价奥妙就在这里。先亏待创业公司的职工股，后套二级市场的股民！"风险投资"的风险在哪里？公平、正义又在何方？

记得李彦宏带百度在美国纳斯达克挂牌上市，发行价27美元，开盘价66美元，最高冲刺到151美元天价。37岁的李彦宏成为2005年中国互联网的英雄。李彦宏率领百度员工创造了奇迹，使百度公司的员工中出现了8位亿万富翁，50位千万富翁，以及250位百万富翁。百度的成功不只是团队所有职工的成功，同时也为国争光，从国际竞争对手"谷歌"那里打下一片天地。百度的成功也是"白领"们不断地奋斗，不断地追求和希望的上升通道。人皆知创业艰难，第一桶金难淘，在一个企业里不能当元帅当个将军也不错，不能当将军当一个好员工也未尝不可。如果能跟随创业公司淘得第一桶金，也可能多出现一批创业者，这正是众多"白领"跟随创业公司一起艰辛创业的"中产梦"。而现在，在高房价重压下与不合情理制度制约下，"中国白领上行之路层层受阻，与中产已渐行渐远"。

国家防止贫富分化加大，最关键的是救助穷人，扶持中产，而不应是扶持几个巧取豪夺的亿万富翁，多造几个余秋雨式的"投资大师"，让穷的更穷，富的更富。中产阶层不仅是社会稳定的基础，而且是促进消费和拉动内需的主体，同时也是承载现代文化的社会主角。通常认为一个社会应该有60%的人口或家庭达到中产阶层，这样的"橄榄型"社会才是稳定

行吟江湖一声啸

的。跟随好的创业公司一起创业的白领及职工们最有理由成为中产阶层。希望国家制度安排上,有利于多产生几家百度式的创业公司,少一些不明不白暴富的"涌金系"机构,多一批有几十万、上百万的中产阶层,少一些余秋雨式的"投资大师",则国家幸甚,民族幸甚!

(原发《西安晚报》2010年8月23日)

不想仇富

» 您好，2012！
——新年祝愿

随手撕去2011最后一页日历，一年中的怅惘、纠结都随风飘散。揭开崭新的日历，展望新的一年：您好，2012！每年此时，我都发自内心地祝福大家吉祥如意，祈福新年，以一颗虔诚的心祝愿我们的国家国泰民安。

过去的2011许多事太纠结，感情最纠结的莫过于1.4亿的股民，还有基民8000万，虽说我国的经济高速增长，可中国A股却"熊冠全球"，指数一路狂跌回到10年前。有多少中产家庭财产缩水，有多少人亏掉了血汗钱、养老钱！展望2012，祝福股市能随着经济同步发展，不企求牛市大展雄风能暴富，只希望黑庄机构也别太贪婪，让亿万股民们少割一点肉、挽回血本赚一点钱！

国以民为本,民以食为天。这几年提起"吃"来总是人人很心烦。祝愿新的2012年,人们餐桌上不再食用地沟油,孩子们的奶粉远离三聚氰胺,与各种各样染色馒头等有毒食品全绝缘。不艳羡有钱人能吃山珍海味,穷人吃差点、穿旧点照样心安理得,只要食品安全,哪怕是一盘小青菜做出来吃着也觉得爽口、香甜!

新的一年,祝愿我们城市化进程能落实科学发展观,真正地健康发展,祝愿我们城市中水变清,天变蓝。祝愿2012年所有城市告别空气污染,告别那灰蒙蒙、雾蒙蒙令人憋闷的阴霾天!生活在城里的人莫论贫或富,有钱或没钱,白天大家呼吸的空气都是同样新鲜!晚上遥望浩瀚无垠的星空都能看到群星灿烂!

都说少年儿童是祖国的花朵!2011年动车事故让人悲怆,一起接一起不断发生的校车事故更令人心寒。祝愿2012年,我们全国各地的校车都安全,校车不再发生事故和灾难,少年花朵不再无故地凋零,年幼鲜活的生命不再受摧残!

祝愿2012年,发布的每一组数字都是真实可信的,不再有掺水的GDP,不再是官出数字,数字出官。也不再让广大老百姓老是觉得自己收入"被增长"、"被中产"!2011年没有色彩的数字很难堪,社科院才发布我国的中等收入群体达到了好几亿,国税总局就宣布个税起征点上调到3500元后,纳税人数仅有2400万,占13亿多总人口不足2%。北航卢嘉瑞教授研究后又宣称:家庭月收入7000元以下都是贫困户。相差太远的数字不只是让大众心理十分纠结、忐忑,专家们说起来也觉汗颜!

不想仇富

祝愿2012年,未暴露的"贪官"做人良心早发现,别再创贪腐数字新标杆。贪多少个亿天文数字的赃款实在没意义,秦始皇也不能保证他将荣华富贵"二世三世乃至万世"世世代代往下传。期望利益集团稍收敛,祝愿新的一年不再有血淋淋的"自焚"对抗强暴"拆迁"!

祝愿2012年,"三公消费"多少能降一点,公款吃喝能少一点,不说"三公消费"惹民怨,也别贪吃喝消费花公款,要知许多富贵病都是吃出来的,为自己生命健康也应检点!

2012年,真诚祝福各级大小公务员,凭着自己的德能政绩不跑不送都能升迁!祝福我国"房奴"们不再当奴,祝打工仔也能赚大钱,祝家有病人早痊愈,从此看病也不再难;祝穷人的孩子们都上得起学,大学生毕业都能找到工作笑开颜;祝农民工都能拿到工资欢欢喜喜回家过大年!

2012年,祝愿国家"文化大繁荣大发展",祝人们道德不再滑坡,祝爱心扶助老人不再遭诬陷!祝天下有情人皆成眷属,爱情不再附丽于冰冷的水泥房子和金钱!

2012年,我祝愿世界和平、祝愿欧洲早点渡过危机,祝愿我们东海有睦邻、南海风浪静,祝全世界人民生活都幸福美满!

祝愿人们,把心中太多的纠结随着2011年最后一页日历翻过去。喜迎2012年的"十八大",相信中国的发展一定会波澜壮阔,气象万千!

(原发《西安晚报》2012年1月3日)

行吟江湖一声啸

» 一个段子和一个案子

过元宵节家里来了一位老愤青文友,到我书房刚坐下,我连茶都没斟好,就开口非要和我谈一个案子。好像我写过几篇评论小文章就是当事的大法官,能执法裁定一个人生死似的。我让他别急,不谈案子,先看看我手机收到的一个段子。可这老兄连看几十字"段子"的耐性都没有,非要和我说说时下成为社会热点的案子。其实,他说的案子我也很关注,就是"亿万富姐"吴英非法诈骗集资判死刑的案子,这一段各种媒体上炒得沸沸扬扬,几乎快成了公众事件,我岂能不知道。只是各人视角不同,难免解读各异,无聊文人遇到一起就爱发生口水战,没有任何实质意义地争辩一番。果然如是,这位文友就是位老愤青,说"亿万富姐"吴英这案子,引发"微博劫法场",有许多精英学者都写文章呼吁"刀下留人",不能判死刑云云。我回答说这又不是第一次,没什么稀奇的。七八年

不想仇富

前,东北有个亿万身家的黑社会头子刘涌,不是也有十几位刑法学"权威精英"收取大笔报酬后,为其出具了法律意见书,坚决要救他一命吗?最后的结果是最高法院组成特别审判庭,再次判处死刑并立即执行。文友一听就想和我吵架,激动地说:"这次不一样!"我也故意相激说有什么不一样,都是"亿万富豪",就是男女不一样,"亿万富翁"和"亿万富姐"的区别而已。

老愤青文友真的要和我急了,可我也有我的观点。他说,有著名精英专家都说,不能杀吴英,可以为未来金融改革和司法改革预留空间。我回答说,难道富人竟然可以享有未来的法律政策?法律永远是即时的,只能依照现行法规"以事实为依据,以法律为准绳"依法判决,至于"未来的法律"是什么样子,没有可操作依据。文友又引证时下某鼎鼎大名的经济学"精英"的观点说:"当年邓小平保护了年广久,今天没有另一个邓小平来保护吴英了。"他认为"吴英的死刑是中国改革的倒退"。我反问道:"年广久当年是凭劳动炒'傻子瓜子'赚的钱,吴英的几个亿是靠劳动赚来的,还是靠经营有方赚来的?"一句话又把这位文友给噎住了。其实,我看新闻报道只是感觉到吴英案子水很深,案情也很复杂,该杀不该杀,根本不是我这个"法盲"所能判断的。其实,对这位年轻的"亿万富姐"我倒也是怀有恻隐之心,死刑判决应该慎重审理。

我这位文友绝对是位有激情的好人,爱说中国老百姓很愚

昧，十分迷信那些"精英"。如果我就事论事和他争下去，就会争论个没完没了。为了缓和气氛，我还是请他先看我的手机段子："这是一个精英们瞎胡扯的时代，是把蔡京吹成改革家的时代，是岳飞得给秦桧去下跪的时代，是西门庆成了明星企业家的时代，是武松给西门庆去看家护院当保镖的时代，是富豪镇关西强拆鲁智深宅子的时代，是诸葛亮三出茅庐拜见刘备送大礼跑官的时代，是关羽贿赂六将过五关的时代，是喜儿美滋滋要给黄世仁当二奶的时代，是白骨精三打孙悟空的时代。"这位具有叛逆性格且富有激情的文友，一看就来了劲连声叫好，忘了案子，分析起了段子。可不是么，新闻报道大奸臣蔡京已被捧为改革派，蔡京的墓也要重修了，连秦桧不是也站起来了吗？西门庆式的大款太多就说不完了，称山东、安徽两省三地为发展旅游业争夺明星企业家"西门庆故里"争得不亦乐乎。电视不是也直播美女宣称"宁愿坐在宝马车里哭，也不愿意坐在自行车后边笑"吗？不是也有人写文章称喜儿就应该嫁给有钱的黄世仁吗？当然，有些话题是触动利益集团的，比较敏感，比如"富豪镇关西暴力拆迁鲁智深宅子"。中国出了那么多案子，暴力拆迁导致的自焚也出了多起，连温家宝总理都震怒了，不允许强暴拆迁和占有农民土地，怎么经济学、法学"精英"们好像都不太关心，也形不成巨大的舆论旋涡。从刘涌案到吴英案，不过就是一个是"亿万富翁"，另一个是"亿万富姐"，怎么跳出那么多"精英"为之鸣冤抱不平？不知这是不是茅于轼宣称的"要为富人说话，为穷人办事"的学术原则。为穷人办了多少事反正我不知道，我只知道他发明过"穷人的住房不应该有厕所"学说。可是精英们"为富人说话"绝对是震天响，不管富人的钱是当黑社会抢来的，还是诈骗来的。所以，武松如果作为"精英"，肯定会凭一身好武艺去给西门庆看家护院当保镖了。

说到拆迁老愤青文友更激动，他告诉我就是前不久过年时，深圳开发商除夕夜组织500人非法强拆，几百家商铺一夜变废墟，是"龙年第一强拆"，却没人大声呼吁。看看这些年来暴力拆迁，常喊的口号常贴的标语是拆"违章建筑"，可事实上强拆的大多都是不违章的；新闻报道有很多地方的地产商把保障房改建成大别墅，把良田未经审批就建成高尔夫球场，这才是真正违章的，可是真正违章的都是拆除不掉的。最严重的当是云南洱海把风景名胜"情人湖"都填平了，建成一大片豪华别墅群。拆掉了吗？都没有。正如北大教授巩献策在《物权法》出台时就批评说"这是把穷人的打狗棒和富人的别墅宝马放在一起保护"，结果只能是保护富人的宝马别墅，绝不可能保护得了穷人的打狗棒。这几年就《物权法》执行的情况来看，强暴拆迁的都是平民的民房，富人玩的高尔夫球场和别墅再大再严重的违章好像都没报道被拆除掉的。回头看巩献策教授确实很有远见，但他说出的是真话，也就出不了大名，成不了响当当的"精英"人物。正如《人民日报》原副总编辑周瑞金在署名皇甫平《中国改革再一次到了紧急时刻》一文中分析说："在市场化改革进程

行吟江湖一声啸

中,出现了知识精英、资本精英与权力精英的勾结,形成特殊利益集团。"

话题扯得已经离吴英的案子越来越远,不知怎么又扯回来了一句,想不到老愤青文友还没有平静,突然出口:"现在真是白骨精三打孙悟空啊!"

(原发《西安晚报》2012年2月20日)

不想仇富

» 莫言、标哥及房叔

把这几位名人一起放在文章题目中,看起来有点风马牛不相及。其实,更不相及的是我想说的是另外的话题。

先说获得诺贝尔文学奖的莫言吧,莫言获得约合人民币750万元的诺贝尔奖金,说想在北京买套大房子住,买多大的房子呢?以北京房价750万也只能买120多平方米。莫言是从二十世纪八十年代《红高粱》就一举成名的名作家,在获诺贝尔文学奖之前,也曾累获国内各种文学大奖,并身居中国作家协会副主席的高位,这次能获得诺贝尔文学奖,不管有何争论,都应说莫言是当之无愧!就是不获得诺贝尔文学奖,作为中国作家协会副主席的著名作家莫言,至少也拿着国家一级作家比较高的工资,且有七百多万字著作的稿酬及改编影视作品版权的不菲收入,在人们的想象中他不说住进大别墅,至少早就应该住在大房子里。可是新闻报道像莫言这样的驰名名作家,一家三代竟屈居在90平方

行吟江湖一声啸

米的房子里。这说明什么？是我国盖的房子太少吗？好像不是。"房地产泡沫"已喊了好几年，不久前还报道北京住房空置率高达381万套，如果按一家三口住一套房计，仅空置房就可住1100万人，把整个西安市全部装进去也填不满。说房价高吗？当然有一定道理，否则不会搞宏观调控。但是高到莫言都买不起大一点的房子就太恐怖了，因为他在体制内享有高级别的薪金，再加上几十年勤奋写作的稿费，竟"穷酸"到买不起大一点的房子，这不只是房价高，也说明作家太不值钱，辛勤的劳动太不值钱。

房子哪里去了？著名的慈善企业家陈光标发话了："标哥在北京黄金地段二环以内有13套商住房、2处别墅，别墅离机场约20分钟，如果莫言老师愿意的话，我愿意亲自陪同他挑选，两处别墅任选其一。"无论莫言接受不接受，我都对标哥敬重文化的一颗慈善之心表示崇高敬意。问题在于标哥是做企业的，在北京买那么多房子干什么？让十三套商住房、两套别墅，加在一起几千平方米闲置在那里。于是我又想到前几天在网络上爆得大名的"房叔"——广州市城市管理综合执法局番禺分局政委蔡彬，他被曝与妻儿名下拥有21处房产，总价值超4000万元。而他向组织只申报了两套房产。一个处级官员为什么会有这么多房产？当地纪检部门正在调查，广州番禺区纪委副书记郭轩宇表示："我们将会给出一个对得住历史的答案。"此前许多落马的贪官多有几十套房产者，甚至有个贪官拥有115套房产的纪录，至于"房叔"是不是个贪官，因21套房产网络上爆得大名有没有历史

不想仇富

价值,值不值得载入史册,还真是个问号。但是,勤奋创作、成就卓越、荣获诺奖、买不起大房子住的莫言,却是必将载入史册的。从这个角度讲还真有点对不住历史。房子哪里去了?一方面是被有钱的企业老板买去投资了,如标哥的别墅和13套商住房;另一方面是贪官占有了。看来房子盖再多都没有用,只能被少数拥有者"空置"起来,不可能"大庇天下寒士俱欢颜"。

身为中国作家协会副主席的莫言住不起大房子,当然不等于文人都很穷。比如余秋雨就拥有亿万身家。但这"亿万"身家却与"文化大师"的"文化"无关,是投资股票得来的。所以有人说余秋雨与其说是"文化大师"不如说是"投资大师"。同是投资股票,当全国亿万股民亏损累累、血流不止时,余秋雨却赚得亿万身家!但绝不是他投资的水平高,而是其购买徐家汇商城原始股票的"成功"无法复制。持有本企业股票的许多职工在企业苦苦干了几十年甚至干了一辈子,眼巴巴看着企业发展了、赚钱了、准备要上市了,然而职工手中持有多年的股票却不许职工们持有了,必须退股转让。转让给谁呢?经过中间环节运作,"合法"集中转让到与企业无任何关系的自然人、"文化大师"余秋雨手里。公司一上市余秋雨身家暴涨8000万,成全了有毁清誉的"投资大师",成为一个世人惊奇的黑色幽默!

莫言勤奋写作,一家三代只能屈居90平方米的房子,买不起大房子,遑论一般工薪层"蜗居族";标哥空置大量商住房和两大别墅,"房叔"作为一名处级官员坐拥21处房产;余秋雨坐

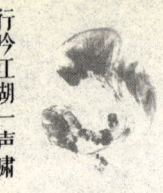

涨亿万身家，这就是社会财富分配不公、财富获取不公的严酷现实，合理的不合法，合法的不合理。所以，收入分配制度改革已到了再也不能拖的时候了，到了让辛勤劳动的"莫言"们能买得起该住的房子，让真正的投资者股民们不再亏损的时候了。

（原发《西安晚报》2012年10月29日，《开封日报》等多家媒体转发）

不想仇富

» 地产商就是"穷人"

2014年亚布力中国企业家论坛上,某房地产大佬说:"地产商是穷人,是手艺人,地产商都是给人干活的人。"此语一出,网上"嘘"声一片,真是石破天惊,一语惊醒了梦中人!门户网站还搞了"地产商是穷人,你信不信"投票,97%的网友投票硬是"不信"。这又不是虚话、假话、谎话,这分明是企业家"血管里流着道德血液"讲出的真话、大实话,堪称本世纪的警世名言!为什么不信?我想起充满幽默感的流行语:"哥们除了有钱,穷得什么都没有了!"

谁说中国已经走向了小康没有了穷人,地产商们就是真穷人啊!

他们有很多都是上了福布斯排行榜、胡润百穷排行榜的,最穷的榜首王健林是地产商,前十名中竟有六名是地产商,地产商确实是最"穷"的一群!

行吟江湖一声啸

地产商怎能不穷呢?正如地产大佬所言:"你去看曼哈顿的楼,1/5都不到是地产商的;陆家嘴30栋楼,50%不是地产商的,都是金融机构。楼越多的地方,你数,地产商都是给人干活的,但是所有楼都是地产商盖的,专业都是地产商干的,但是业主不是地产商。"多么充分有力的证据、多么高明的逻辑,从美国曼哈顿到上海陆家嘴,到所有的地方都有证据有力地证明了地产商是给别人干活的"穷人"。照此逻辑推理满大街跑的汽车都卖出去了,有了主人,都不属于汽车制造商,所以大汽车制造商也是穷人,服装厂生产的服装也不是自己穿的,制药厂大批量生产的药物也不是自己吃的,农药生产商生产的农药也不是自己用的,就连世界上大军火制造商生产的炮弹也不是为了炸自己的,他们都是更穷的人!骗子有骗子的逻辑、强盗有强盗的道理,所以叫"盗亦有道"嘛。

不过在中国当下,无论哪一个行业如家电、汽车都能降价,都绑架不了政府、影响不了银行,更不会形成金融风险,唯有房地产业被专家们称为"掏空了银行,绑架了政府,也绑架了整个中国经济"。该掏空的都掏空了,地产商怎能说不穷呢?

地产商不仅是穷人,还是欠税最多的人,广州市地税局最新公布的2013年第4号欠税公告中,66户欠税大户中有41户都是地产商。2月20日《中国青年报》报道,"上海财税"门户网站日前刊登了上海市国税局、地税局发布的2007年第四季度欠税公告,620多家企业和单位名列其中,房地产公司成为欠税大户;还有报道称"全国房企应交而未交的土地增值税总额超过3.8万

不想仇富

亿元。"过去老不知道为什么地产商欠税，现在才明白，因为地产商都是穷人，原来交不起税啊！

地产商不仅大量欠国家的税不缴纳，还拖欠农民工杨白劳的工资。恰好正值春节前后，新闻报道全国各地发生很多起农民工杨白劳讨薪的群体性事件，经调查80%讨薪事件都与房地产企业有关。连农民工血汗钱都欠着不给的人，这也正说明"地产商不是有钱人"、"地产商都是穷人"呀，没有钱，没钱给呀！农民工都是富人，现在是杨白劳去闹事讨薪水逼债，逼得穷人黄世仁过不了春节想喝卤水自杀呀！

确确实实，地产商是穷人，那谁是富人？

当然富人是买房业主，谁买房子谁就是富人。买房子当房奴的人，把一家三代血汗钱拿来做首付，再按揭30年月月给银行还贷的人，终于当上了房子业主的人！这些人都是一群既没什么手艺、也不会干什么活的人，所以这些人是富人，有钱人，没钱能买来地产商的房子吗？所以"大家一定要记住，地产商是穷人，是手艺人"的名言。还有那些被地产商强拆的人，都是些不劳而获的富人，特别像唐福珍那才是真正的大富人，不过拆她家个破房屋吗，人家烧钞票，烧的是真金白银；而她竟然烧自己——去"自焚"。

有网友对此评论道："地产商是穷人，听到这句话全世界人都笑了！"全世界人都笑了，我不笑，中国地产商就是穷人；门户网站还搞什么投票问"地产商是穷人，你信不信"，竟有90%多的人硬是不信，不过别人不信，我信。一些地产商就是穷人，

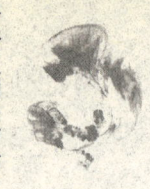

他们是除了钱多,穷得什么也没有的人!甚至穷到连一句真话都没有的人!

不过楼市"崩盘"呼声渐紧。如果说地产商盖的房子都卖不出去了,全部给自己留下,自己当业主,或许那时地产商就成为真正的"富人"了。

(原发《西安晚报》2014年3月17日,《杂文月刊》选刊版转载)

不想仇富

» "讨薪难"连续剧该终结了

2003年,重庆云阳县农妇熊德明劳作中遇见路过的国家总理温家宝,她向总理说了丈夫被拖欠工钱的实话,温总理亲自帮她讨回打工钱,并由此引发所谓的"讨薪风暴",对克扣、拖欠农民工工资进行大检查,农妇熊德明还获得2003央视"一句真话感动中国"的年度社会公益奖。

可是,这又是十多年过去了,农民工"讨薪难"现象从未得到根本改善,几乎每年年底,农民工讨薪难的新闻报道都充斥着报纸版面,不时地在网络上掀起舆论热点。农民工为讨回血汗钱拉横幅、静坐、上访、罢工、集体下跪……各种维权方式不断翻新。还常常换来被雇用的黑社会恶棍群殴、暴打,非死即伤。所以农民工年年被欠薪、年年讨薪像一部连续剧一连演了十多年,似乎永远也演不完。《中国青年报》12月22日报道中来自河南的建筑工人张克俭说:"我在建筑工地打工14年了,年年欠薪,年

年讨薪,这些艰辛的路,说出来都掉眼泪。"他还没有拿到去年一年的工资。还有报道称全国拖欠农民工的工资已高达上千亿,建筑企业拖欠工资的比例高达72.2%,仅有6%的民工能按月领取工资。农民工群体再次面对劳资纠纷爆发期,也就是前几天,更有最新的《新京报》1月19日报道河北冀州一处新建楼盘,一名13岁女孩帮父亲讨薪时,从16层跳下身亡。不少网友感慨:在这春节来临之际,叹息女孩花季生命的陨落。也有人愤怒地发问:谁把一个13岁的女孩逼上了绝路?

中国人自古相信"杀人偿命,欠债还钱,天经地义"!古代经商做生意就算是为富不仁,可以亏天亏地,也不能亏了苦力的血汗钱!在中国家喻户晓的经典歌剧《白毛女》中,贫苦农民杨白劳欠了地主黄世仁的钱,无力还债,才在除夕夜喝卤水自杀;而现今变成了大地主黄世仁欠了贫苦农民工杨白劳的工钱不肯给,还毒打讨薪的杨白劳。杨白劳为讨不到工钱生活不下去,不是除夕夜喝卤水自杀而是被打死。

中国穷吗?中国已成了世界第二大经济体;中国不富吗?连世界最富有的头号强国——美国都欠中国几万亿美元的国债。可是,在中国总是年年都要欠农民工打工的那么一点点血汗钱和养命钱。原因到底是什么?面对年年讨薪,年复一年演不完连续剧,我想每个人的心中都有一种答案。就像反腐败,如果不动真格,不下猛药,就治不了顽疾!仅仅是靠每到年底时突击式的追查是远远不够的。只有建立健全一套防止欠薪的

不想仇富

常态化机制，对欠薪企业和法人代表给予严厉的惩处，恶意欠薪加倍偿还，才能有望标本兼治。"讨薪难"连续剧早就该终结了！

（原发《北海晚报》2015年2月）

刺贪说腐

刺贪说腐

» 秦桧是个"精英"

为秦桧平反呼声很高,"让秦桧站起来"的口水战进行了一段时间。我也随手翻了翻《宋史》及相关史料,发现秦桧不仅应平反,而且要承认他是个典型"精英"人物,因此,他的老家江宁已经为这位历史"精英"重新塑像,并建起了博物馆。

秦桧是进士出身,又出使过金国,正儿八经镀过一层金,属于典型的具有国际视野的学者型领导干部。相比之下岳飞能算什么,世代"力农",出身低微,土得掉渣。

要说当时,秦桧、岳飞都是为了"国家"。不过岳飞是为"国",所以背刺"精忠报国";而秦桧却为国更为"家",跑官、要官时宣称"能为相数月,可耸动天下";制定的和平发展国策是"欲天下无事,南自南,北自北",大讲、特讲要"以诚待敌"。做宰相后不仅自己家族子侄都当上了官,而且"桧妻妇子孙皆加恩"。岳飞不但不会跑官、要官,其义子岳云作战功勋

行吟江湖一声啸

卓著屡次压下不报，上级屡次给他升官提级老是推辞："将士效力，飞何功之有？"

秦桧是当时的主流经济学家，搞GDP发展经济很有一套，把偏安一隅的临安城建得"山外青山楼外楼，西湖歌舞几时休；暖风熏得游人醉，直把杭州作汴州"。

岳飞这个行伍出身的人，一身蛮力，只会打打杀杀，一心要直捣黄龙府，收复旧山河，"迎二帝还朝"。可是不知道迎回徽宗、钦宗两个昏君还朝究竟能干什么？更关键的是，"二帝还朝"置当朝高宗皇帝于何地？一点不考虑政治后果，真是愚忠不懂官场的"潜规则"。

秦桧会献媚圣上，能抓GDP，当然也会给自己捞钱，闷着头发大财，大捞特捞。他作为相国"开门受贿，富敌于国；外国珍宝，死犹及门"。秦熺"自桧秉政，无日不煅酒具，治书画，特其细尔"。不但收金银财宝，也很重视酒器古玩和名人字画，可以看得出他们捞钱受贿也很有文化品位。

赳赳武夫岳飞不懂致富原理，他掌管数十万大军，想发财随便克扣点军饷都可成为当时的首富。可是，他治军严明，号令"冻死不拆屋，饿死不掳掠"，一点儿不懂拆迁能发财致富不说，还整天喊"文官不爱钱，武将不惜死，天下太平矣"！想想岳飞自己不腐败，还让所有文臣武将都不能腐败，岂不挡住了人家发财之路，人家不害他害谁？

岳飞整天打仗，也不是一点儿不懂经济，每次调军食必"蹙额"说："东南民力，耗敝极矣！"于是便搞军队屯田，"募民营田",每年可节省漕运军饷一半。可秦桧同当今某些"坚决反对用纳税人钱造航母"的观点一样,干脆直接省掉军费。绍兴议和让南宋小朝廷向金称臣,而且每年送金国白银、细绢五十万购买国防安全,量大宋之国力,结金国之欢心,组织大宋国民努力劳动生产,支持金国消费,形成了宋金国。可金国还不高兴,用大宋进贡银两发展重装骑兵"铁浮图",围困大宋,并支持伪齐刘豫傀儡政权在南宋边境不断挑起事端搞摩擦。

　　秦桧也是当时最大的法学家,堪称历史上最著名的法学"精英"。秦桧屡兴大狱,多次制造冤案;文武官员只要意见不合,轻则驱逐,敲掉其饭碗,重则下狱治罪,抄家灭族;高压之下,让异议之士敢怒不敢言。最典型的就是给岳飞创造了一个"莫须有"的罪名,从此树立起一个家喻户晓的"法治"判例标杆。尽管秦桧实行政治高压和恐怖的法治政策,首都临安的治安状况并不太好,各地闹事不断,暴乱不断,甚至秦桧自己也遭到下级军官殿前小校施全的行刺,差点丢了性命。于是他每次出门都要"列五十兵持长梃以自卫"。

　　秦桧不仅是主流经济学家、法学家,而且是文化"精英"。据当代学者研究说宋体字就是秦桧发明的,正史未载,不知其详。可秦桧搞文化却是有名的。他任命其假子秦熺为秘书少监主修国史,弘扬当朝的"主流文化",焚毁很多诏书奏章史料,秦熺代笔杜撰国史,专门给秦桧歌功颂德"凡两千余言"。冬天下一场雪,秦桧便要奏报"贺瑞雪",造假祥瑞"天下太平年",粉饰南宋小朝廷"太平盛世"。为了歌功颂德,以致"祥瑞之奏

日闻矣"！同时痛批理学大师程颐、关学大师张载的遗书是"专门曲学，力加禁绝"！严禁"为天地立心，为生民立命，为往圣继绝学，为万世开太平"的学说。同时还认为"私史害正道"，严禁民间著述，多次下令严禁私史、野史，烧民间藏书，吓得司马光后人不敢承认《涑水纪闻》是他爷爷写的；李光家将李光"藏书万卷焚之"。秦桧自己对文化研究有颇深造诣，很讲究地名"禁忌"，比如静江有一驿站名秦城，知府吕愿中率一帮幕僚帮闲共赋《秦城王气诗》媚桧，秦桧一听大喜，立即召来升官。杀害岳飞后，看见"岳"字都皱眉头，十分厌恶岳州竟与岳飞同姓，便下令把岳州改名为"纯州"。

秦桧当时"可歌可泣"的"精英"事例很多，所以宋高宗赐匾"一德格天"，不是真"精英"难得此高誉。不过对精英秦桧，后世一副"人从宋后少名桧，我到坟前悔姓秦"的对联，却道出底层草民老百姓的心声，成为千秋定评。

（原发《西安晚报》2012年2月13日，曾被多次转载，并获第二十三中国新闻奖报纸副刊作复评暨2012年全国报纸副刊作品年赛铜奖）

刺贪说腐

» 官员"年收入"知多少?

这几年一批又一批的贪官落马,贪污受贿的各种腐败的数字从几十万到几百万、几千万,甚至达多少个亿,令我辈小老百姓常常惊得直咋舌头。可是这毕竟是非法收入,没查出来不说,查出来了不是判刑就是枪毙,所以贪污受贿再多,人们也不会对此羡慕,只能是嗤之以鼻。

可是,8月29日《西安晚报》登载《权钱色——贪官堕落的轨迹》一文报道了浙江省3名正局级干部沦为贪官,至于这3名贪官利用手中职权贪污受贿了多少银子,如何欲壑难填沦为贪官污吏,在贪婪的背后乱搞女人,吃喝嫖赌生活腐化等,可以说已经司空见惯,见怪不怪,已经引不起人们多少好奇心。可是对这3名贪官"合法的年收入"却使我大为惊奇!这3名贪官分别是浙江省药品监督管理局局长周航,浙江省供销社主任、党组书记朱承岭,浙江省新闻出版局局长罗鉴宇。据报道:"这3人中,罗鉴宇的年收入20万元,朱承岭每年收入超过30余万元;周航包括

273

工资奖金在内,各种进项年平均也达30余万元。"所以报道说:"高收入却填不满贪官们的欲壑。"

先不说3名贪官如何贪污腐败,就他们这个年收入达30余万元到底是怎么回事?却不能不令人疑窦顿生。根据报道说是包括"工资奖金在内,各种进项达30万余元",那么也就是说这些都应是合法收入。一个正局级官吏有30万余元"合法"收入的话,那么处级是多少?也应有个20多万元吧,科级也得个10多万吧。这样的高收入在公职人员工薪层不能说没有,但绝对可以说是极少数。需知中国经济虽然发展很快,但人均GDP才刚过1000美元。人们平均月收入不过1000多元,月收入低的只有几百元。笔者不当官,供职于媒体,事业单位编制,享有正高级职称,及突出贡献专家称号及政府津贴(按国家法定工薪待遇不低于正局级,虽有地区差,但有可比性),可实际工资加奖金年收入眼下不过2万多元,再加上点灯熬油写文章的稿费收入,总计也不过3万多元。在单位报社的效益不错,我的合法收入与众多同事相比也算是凤毛麟角的"高收入"了,可是居然不到人家"合法收入"的十分之一。中国除过企业家和演艺明星之类,众多工薪层当下有多少人能达到"年收入30万余元"?这"30万余元"交了多少个人所得税也不得而知。可是,不知为什么这几年研究政治经济的专家们经常在媒体上呼吁"公务员待遇太低",呼吁要建立"高薪养廉机制",舆论造得很热。也不知道这些专家的合法收入要比这"年收入30万余元"还要高多少?更不知他们的高收入背后给国家纳了多少个人所得税。

刺贪说腐

笔者一介书生，不认识高官，不过正局级官员还是知道几个。为写文章很不好意思地打电话询问此事，这一问结果更让我震惊，据说正局级官员比我这个正高职称法定工资还要低一点，一般只有1500～1800元，最多也不过2000元。奖金不好说，但也超不过工资。有地区差别，但也不会差得离谱。关键是在于那个"其他收入"上。可是在位的局级干部又不许办企业，也明令不许在企业中兼职拿钱，也不可能像那些高喊"高薪养廉"的经济学家到处走穴一场几千上万元到处唾沫星子乱飞地宣讲挣舌头费，更不可能像演艺界明星、节目主持人、歌唱家有出场费、走穴费，那这个"其他"进项从何而来？想来想去，才想起人们常说的"灰色收入"这个词。3名正局级贪官的"30多万元"的高收入除去3万元左右的工资收入外，其他会不会都是"灰色收入"？

这种"灰色收入"真好啊！算不上合法，也算不上非法，也用不着去缴纳个人所得税。不像我等小文人工资要交所得税不说，花几年时光写本书，挣几千元稿费还要一次性扣税。他们年收入30多万元，不仅收入高，还高得心安理得。成为"先富起来"的一族。难怪连新华社记者也感叹："他们应当属于干部中高收入的一族了！"无怪乎官场有如此大的魅力！

年年反腐倡廉，不如先把官员的"年收入"搞清楚，哪些是国家法定的薪水，哪些是自己给自己定的奖金，哪些是"灰色收入"？对"灰色收入"如属合法的就纳入合法收入渠道，合法化；如"灰色收入"不合法进项就应清除掉，要么就干脆利落地

都合法化。不然,别说新华社记者和我这小老百姓疑心,就是很多没有"灰色收入"进项的官员也未必心理平衡。同样是公务员、同样是当官,为什么人家的年收入就那么高?

(原发《西安晚报》2002年9月20日,获2002年度西安新闻奖评论一等奖)

» 清明节扫墓随想

在中国夏历二十四节气中,唯一形成传统风俗节日的就是"清明节"。在《岁时百问》按古代人的说法:"万物生长此时,皆清洁而明净,故谓之清明。"历代清明节民间最盛行的风俗莫过于"扫墓"。

说到"扫墓"风俗又与"寒食节"有关,史书记载"寒食节"则起源于纪念忠臣介之推。介之推是晋文公(名重耳)的辅佐重臣,在晋文公流亡各国时最困难的岁月里,曾迷路深山,粮绝无援,介之推将自己大腿上的肉割下来,烤熟来为晋文公充饥。十九年后晋文公继国君大位,大封功臣时却忘了介之推。介之推隐入深山,不肯复出。晋文公为逼介之推出山受封赏,下令放火烧山,介之推抱树死在大火中。晋文公因看到自己的忠臣惨死,在极度伤心之下诏令不许生火,寒食三日,进行悼念。东汉蔡邕《琴操》中就认为寒食节禁火由此而来。但是,寒食节有说

是清明前一日，有说是清明前两日，说法不一。但在后世风俗演化中与清明节合二而一，形成了清明扫墓、祭祖的风俗却是没有疑问的。唐代时政府法令也明文规定寒食清明节要把扫墓、祭坟"编入五礼，永为恒式"。宋朝时规定"官员仕庶，俱出城郭省坟，以尽时思之敬"。千百年来，清明扫墓、祭坟风俗已经成为中华民族慎终追远，生者悼念死者的优良传统，历代都记载有很多脍炙人口的典故诗文篇章，读起来感人至深。时至现代，炎黄子孙每年清明祭黄帝陵都是旷古盛典，到烈士陵园祭扫更是至诚至敬，一般民间家庭此日也不会忘记逝世的亲人，扫墓烧纸，以寄哀思。但是，我注意了一下，千百年前，历代政权杀掉的贪官不少，比如秦桧、和珅等，他们死后人们是怎样扫墓、祭奠的呢？史料及古诗文中缺乏记载，很可能是"贪官"与"清明"二字不符的缘故。

但想想又未必全是这样，晋朝嘉兴县有个当三陪小姐的小妓女名叫苏小小，据说生前是位颇有天香国姿的美女，死后坟前凄凉，妓女无后，清明节也就无人扫墓。大诗人徐凝《寒食》中叹道："嘉兴郭里逢寒食，落日家家拜扫归；只有县前苏小小，无人送与纸钱灰！"诗人虽为之哀伤，毕竟还为她写过不少诗以作纪念并为之鸣不平。难道历史上那么多大贪官不如一位卖身的妓女？再说，还有宋代那个大嫖客名叫柳永，会写几句"低吟浅唱"、"偎红倚翠"淫词艳诗，一辈子放荡不羁、混迹于青楼妓院。他除过写诗填词当嫖客以外，几乎没干过几件正经事，可是在他贫病交加而死后，群妓女都认为他是个多情种子，由众妓女

刺贪说腐

集资为他料理后事,办得蛮风光也蛮风流。后世妓女也不管与他有染没染,每年清明节都携带酒食跑到他坟上祭扫,相沿成习,成为清明风俗中的"吊柳七",也叫"吊柳会"。能当上大贪官,在向上爬的未贪之时,不敢说有多大政绩,至少说也多少干过一些正事,所以才能显赫一时,难道死后连个会写几句歪诗的大嫖客死的都不如?

遇清明节看到扫墓时,"路上行人欲断魂",贪官有罪也是人,其家属子弟能不断魂?追思悼念亡人诗歌篇章,几乎篇篇都哀伤感人,如读白居易《寒食野望》诗:"乌啼鹊噪昏乔木,清明寒食谁家哭。风吹旷野纸钱飞,古墓垒垒春草绿。棠梨花映白杨树,尽是生死别离处,冥冥重泉哭不闻,萧萧暮雨人归去。"读后谁能不感动?当然说到诗中"旷野风吹纸钱飞"句,古人视死如生,害怕亡去的亲人缺钱花。汉代就有"以纸剪钱为鬼事",唐宋以后焚烧纸钱的花样翻新,记载中多不胜举。可是,《唐书》记载名臣大书法家颜真卿及张司业家祭时就不许用纸钱,但民间照用不误。所以诗人王建《寒食》诗中就发出"三日无火烧纸钱,纸钱那得到黄泉"的感慨。可是史料中也没有给贪官烧纸钱的记载,大概贪官生前所贪钱财已多,到了黄泉也用不完,所以就免了。过去清明扫墓、祭奠时一般都要带酒食供品,其实人死了也享用不上,只是聊表心意而已。所以宋朝诗人高翥《清明》诗中就感慨地说:"人生有酒须当醉,一滴何曾到九泉!"贪官生前没有不爱喝酒的,可是死后有没有人送酒食祭奠也找不到历史记载,可能是生前喝得太多了,死后全都戒酒了。

行吟江湖一声啸

　　由清明节扫墓习俗想想当贪官实在不值，特别是贪官身后事，古代那些臭文人连一首歪诗、一篇臭文章都不给写，害得我这个大学问家白查了半天，浪费了不少功夫。于是，我套用古人诗来胡诌两句："生前纵贪千百万，未带一文到黄泉？"从这个意义上讲，贪官最后赴黄泉路上也是清白的；"生饮美酒千万坛，奔赴九泉都戒完。"从这个角度看，贪官也是知错能改，只是改得稍迟一点而已。死去贪官应感谢我为你们身后事写这篇美文并下了不少功夫，还活着的贪官也应读读我这篇佳作，肯定会得到有益的启迪！

　　（原发2003年4月4日《西安日报》副刊，获西安新闻奖一等奖）

刺贪说腐

» 从萨科齐的花边新闻说起

　　法国总统萨科齐自从上任以来，似乎媒体报道他的花边新闻就一直不断。特别是被媒体广为传播的萨科齐与市民的一场对骂，被很多人认为有失总统身份，当作笑谈和花边趣闻。在萨总统准备与一个市民握手时，作为一个小小老百姓对能与总统握手的荣耀拒绝不说，还当面对萨总统宣称："你别碰我，我一直很讨厌你……"一个平民老百姓不肯赏萨总统脸也就罢了，还出言不逊挑起争端，而脾气急躁的萨总统不肯受委屈，当即还嘴。这就是浪漫的法国，上到一国之尊的总统，下到一位普通市民，两个人此刻都不虚伪地掩饰自己，不能不说是两个性情中人。在国内别说是遇到国家元首，就是很普通一个单位的下属遇到了上司特别是"一把手"时，那又会是一种什么样的场景，你完全可以自己去想象。

　　在这里我无意评价萨科齐总统的政治立场，也不单单是艳羡

法国人的浪漫情怀。我更关注的是社会生态,在有国家宪法保障的言论自由里,其要义就是"或许我不同意你的观点,但我坚决捍卫你表达观点的权利"。不论是市民对一国之尊的总统,还是总统对一个市民。若说萨科齐做人做事个人修养或政治上不成熟的话,在某些企业里当个小科长恐怕都很难,却能在法国任一国之总统。尽管萨科齐口无遮拦的个性"毁誉参半",可是连他的政治对手和反对党都坦言:"这是萨科齐的优势,他的法语水平不怎么高,但是法国人民听得进去。"

中国历史上封建专制社会特别漫长,别说是一般草民,就是那些历史上特别杰出的人物也在丑陋的封建官场里遭遇权谋术与潜规则,造成人格的扭曲,形成无数的人生悲剧。《左传》《战国策》《史记》《资治通鉴》等浩如烟海的史册记载了无数的官场权谋术,以及所谓"忠奸小人"之间钩心斗角的故事;正史中甚至记载有"易牙烹子"——烹煮自己的儿子奉给国君齐桓公品尝人肉滋味来邀宠,得宠后又施阴谋囚禁饿死一代雄才霸主齐桓公——这种血淋淋的极端案例。就在《东周列国志》《三国演义》等古典小说中,许多君臣同僚之间钩心斗角的故事老百姓都耳熟能详。戏剧鬼才魏明伦一部《曹操与杨修》的剧作更把封建官场险恶的悲情演绎到极致。以这种文化熏陶出来的中国人讲究说话绕弯子、兜圈子,无论对与错绝对不直说。更奇怪的是这种富于心计的权谋术也渗透到当代的企业文化里,甚至写进一些企业文化教材,于是乎《水煮三国》便大行其道,"圈子"文化盛行,所谓看老板脸色行事,

刺贪说腐

平头百姓、小职员都知道哪怕是正确的真话，也要话到口边留三分，未可全抛一片心，能奉承就虚伪地奉承，实在不愿虚伪还可以沉默，绝不说刺耳的真话、实话，免遭不测之下场。所以常常听到、看到的是另一种景象，常见背后对顶头上司、老板咬牙切齿甚至于言辞不堪入耳之人，一旦到了面对面便满口阿谀奉承之词，但这种人颇得赏识且常常进步很快；一些"忠直"（其实，现代社会没必要用"忠直"这个词）心直口快、不富有心计又肯实干的人却不仅常常吃亏，还常落入别人挖好的坑与陷阱中。而一些掌点小权力享受着"拍马屁"的快感与盈耳颂歌的人，弄不好飘飘然还真以为自己的雄才大略就像齐桓公能"九合诸侯，一匡天下"，也是一代霸主明君。丑陋的文化毒素影响的远不止这些，从新闻报道中还可以看到另一种怪象：局长杀死副局长，还有副局长雇凶杀正局长。为什么这样残忍杀死一起做官的同事呢？案例的背后也许隐藏着很多深层的利益博弈的矛盾，但是，文化毒素的阴云遮蔽心灵阳光却也不可忽视。这些对同事背后下毒手官杀官的人，常常是当面尽拣好听的话、虚伪的话说给对方的人，即当面说好话，背后下毒手。真正的深层的利益博弈摆不上桌面，心中压抑的怨毒像毒蛇一样时刻咬噬着心灵，焉能不出现官杀官极端的案例？相反常见国外议会上吵翻天的议员们却很难见到用武器的批判取代批判的武器而动杀机。

再回过头来看：敢于当面对总统说"你别碰我，我一直很讨厌你"的人应该说是性情中人，心里应该是阳光的，将心中之不

满溢于言表；而总统不顾一国之尊应有的风范与修养去与一个市民对吵起来，不论其政见如何，也是一个性情中人，绝不会动用总统权力给一个市民想办法穿小鞋的。当然，在民主政治的法则里，总统也没这个权力。

花边新闻就是花边新闻，笑谈而已。

（原发《西安晚报》2008年11月24日）

刺贪说腐

» 反腐又出新"怪招"

虽然近些年反腐败越反抓出贪官越多,贪官贪污的数字越惊人,我们所谓的"制度创新"也越多,推出的预防腐败的措施更多。你看就是前几天,湖南省某县又出台《"拾遗补缺"干部考察办法》,将常规考察外需要引起重视的家庭道德、心理健康等列入考察范围。在干部道德考核时必须进行家庭道德鉴定,由干部家属对干部遵守家庭道德情况出具道德鉴定并进行公示。在最近的乡镇党委换届中,该县通过这种"拾遗补缺"考察干部1176名,有一名干部因家庭道德鉴定被配偶投反对票而暂缓提拔。被公认为"阳光法"的公务员家庭财产公示千呼万唤出不来,而由干部家属出具的"道德鉴定"却开始公示了,引起各种媒体舆论纷纷质疑。

回顾一下这几年千奇百怪的"制度创新",许多银样镴枪头式防止官员犯错误的"措施"真是让人啼笑皆非。前两年,很多

行吟江湖一声啸

地方都在打领导干部配偶和孩子的主意,比如赋予干部子女一项特殊的使命,监督自己做官的父母,所谓"小眼睛盯大眼睛":"通过孩子们天真的眼睛对父母进行监督,用他们无邪的天性来感化父母,防止家长贪污腐败行为的出现。"广东某市由妇联举办别开生面的"廉政课",领导干部的配偶参与培训,学习如何当好一个"廉内助"。江苏省某县把"忠于配偶"列入干部的考核,称配偶为"家庭纪委书记",来监督自己的丈夫。可是近年查出来的很多贪官却是夫妇共同受贿,妻子不但未监督,反而帮忙代受贿赂,因为这是家庭"利益共同体"所决定的必然结果。这次由干部家属出具"道德鉴定"与以前这些措施如出一辙,其实是换汤不换药。

过去还有些地方搞"短信反腐",明确要求副局级领导干部每人至少要创作编发一条廉政短信。更可笑的是还有推出"游戏反腐"——所谓公益性免费网游"清廉战士",让干部在游戏中进行严肃的廉政建设;还有某县人民检察院特意印制了1万副"预防职务犯罪、构建和谐社会"的"反腐扑克",赠送给全县所有国家工作人员,让他们在打扑克牌的"娱乐"中增强反腐意识。于是,严肃的反贪污受贿、反腐败全被娱乐化了,其效果可想而知。

还有海南某县搞"廉政保证金"制度;咸阳地区大搞"廉政灶",抑制餐桌腐败;更搞笑的是广东某县推出一种"廉洁自律保健操",当地有关领导称,"廉洁操"对心灵有一定触动,据报道称当时有官员表示"如果真正按照方案,一步一步实际操练下去，是有感觉的，已经有部分干部反映有感觉了"。

科技是生产力，廉政建设也用上了高科技手段，比如四川某市要求各部门办公电脑须装"廉政屏保"和"廉政壁纸"，副科职以上领导干部家用电脑也安装使用"廉政屏保"和"廉政壁纸"。电脑桌面屏保与壁纸也有"防腐功能"了。最雷人的高科技反腐败当属《扬子晚报》报道的"放射性同位素"反腐技术了，而且已经向国家知识产权局申请了发明专利。方法是"在钱物上加入名为镭或钴的放射性同位素，然后将带有该种放射性同位素的钱物交与被检测人。若其收受了这些钱物，反贪部门用相应的探测仪即可马上发现其钱物藏匿的地方"。可千万别以为这个非常滑稽的建议是什么"恶搞"，确实在国家专利数据库检索系统中能搜到这个专利申请。与其类似的还有人大代表和政协委员建议"以GPS定位防范公车私用腐败"，都是高科技"反腐"。

最具争议的反腐手段也是最近的事情，就在春节前江苏省某市搞的"廉政专柜"，发布《关于设立徐州市购物卡（券）廉政专柜的实施办法》。公职人员因各种原因未能拒收但主动上交购物卡（券）到廉政专柜的，不是违纪，建立一个所谓自救的"绿色通道"。有人质疑"廉政专柜"别成为一条"庇护"贪腐的安全通道。

可以说近些年来，考察干部，预防腐败，各地五花八门的"怪招"一个接一个地新鲜出笼，这些措施一个个打着"创新"的标签进行标新立异，采用的办法千奇百怪，运用的手段堪称花

行吟江湖一声啸

里胡哨,这些拳路招数都是花拳绣腿。所以连以前想贪不敢贪的贪官们也看透了,也就无所畏惧,不断前仆后继地跟上来,贪官便层出不穷了。严肃的"廉政建设"变成了一篇篇表面文章,也是哗众取宠的反腐败政绩文章。且不说这些花里胡哨、花拳绣腿式的廉政举措,老百姓认为实效如何,连甘肃省某贫困县被抓的县委书记都说反腐败就是"隔墙扔砖头,砸着谁是谁倒霉"。不知是对诸多反腐措施、反腐成绩的肯定还是揶揄?

反腐败要让公权力行使的过程足够透明,不能让公众对政府的执行力产生怀疑!正如专家指出:"一天不公开官员财产,官员贪腐之欲就一天不会止息,因为没有人知道官员到底用权力捞了多少好处。"在国外,权力运行在阳光里,一包礼物,有时甚至是一瓶酒,就导致了部长高官引咎辞职下台,更别提什么市长、县长、局长、科长、镇长了,没有那么多标新立异、花里胡哨的反腐措施。温家宝总理在两会答记者问时心情沉重地指出:"当前最大的危险在于腐败!"近日他再次警示"警惕腐败行为导致人亡政息"! 因为腐败毁灭公平、正义,毁灭道德、良知,毁灭法律约束力,毁灭行政效率,毁灭民众信心。反腐败是一场战斗,是战斗就得真枪实弹,不能光玩些花拳绣腿!

(原发《西安晚报》2011年4月11日)

刺贪说腐

» 通往天堂的大门坏了

上帝决定请人重修天堂大门,先请印度人、德国人、中国人分别报重修价。印度人认真做了施工方案进行预算后说:重修这座天堂大门需3000元。上帝问为什么,印度人回答材料费1000元,施工费1000元,还有1000元是我应该赚的利润。上帝又请德国公司来报价,德国人经过预算后说需6000元。上帝问德国人为什么比印度报价贵了一倍?德国人回答:德国原材料费和工人工资都比较高,所以材料费2000元,人工费2000元,公司应赚利润为2000元。上帝不语,又请到场的中国开发商报价,中国的开发商根本用不着设计和预算,立刻回答上帝:至少得9000元。上帝惊问为什么?中国开发商说:给您回扣3000元,我赚3000元利润,剩下3000元我去找个印度人承包给他。上帝愕然。

上帝愕然,因为上帝确实不知道中国开发商怎样赚钱。比如众多的中国房地产开发公司,不像外国的地产商都是些房屋建筑

公司,而有许多中国地产开发商既无工程技术人员,也无建筑施工队伍,甚或连机械设备也没有,只要能从地方政府那里拿来地皮,从银行里搞来货款,剩下的就是去层层转包给施工队来干,说到底就是些大大小小的皮包公司,却个个都能赚大钱。不仅房地产开发公司如此,其他大型工程公司也无不如此。比如修高速铁路这样的重大工程,在原铁道部部长刘志军落马后,铁路系统的工程黑幕揭开了骇人听闻的一角。新闻报道称铁道部副部长卢春房在铁道部会议上作了一系列列举。被列在首位的是铁路建设施工、监理、物资、服务类招标均存在人为干预现象。在垄断格局下,铁路系统外的建筑公司要想挤进来拿到项目,不是件容易的事。在2011年之前,铁道部只有专家评审会打分一种评标方式:"实际上基本就是内定,有些专家因为这个原因,不愿蹚这个浑水。即使是国企,也需要有人打招呼,有中间人引荐,上下打点,才可能拿到工程总包权。"

报道中称,一位铁道隧道工程承包商告诉记者,目前铁路每公里1亿元的预算造价,已经是国际市场上最高预算,我国很多铁路都是用这个价格公布,但最后实际投资却是每公里1.5亿~2亿元,比如京沪线1500公里,预算公布1300多亿,实际投资2100多亿元。"数十亿元的隧道工程,只有身家几十亿的大老板能够拿到,然后用抽点方式转包给身家几千万的小老板,小老板再用股份制方式转包给身家百万的包工头。"这位承包商描述说。铁路工程经"层层转包后,最后包工头为了赚取蝇头小利,只有偷工减料,以次充好,比如拱架的间距、仰拱的方数、

刺贪说腐

二衬的厚度、钢筋数量、锚杆的长度、小导管的数量、喷锚的厚度，各个环节都有很多"省钱"的办法。

我们再回到给上帝修天堂大门的故事上，比较中国修高铁，中国开发商给上帝修通往天堂的大门报价无疑是合乎"规则"的，不过这是中国特色的"潜规则"，他们熟知揽工程赚钱"要有人打招呼，有中间人引荐，上下打点，才可能拿到工程总包权"。所以上帝也不必愕然，因为直接给上帝3000元回扣，省去了很多中间环节，干脆利落，只要能揽下工程自己也能赚3000元，何乐不为呢？再说在中国修铁路，比每公里1亿元的国际市场最高预算还要高出一倍，而给上帝修天堂大门报价仅仅只比德国人高出了50%，报价也算合理。特别需要指明的一点是：剩3000元找个印度人来干，不管怎么说也能把天堂大门修起来，一切都是公开透明的，包括中国开发商所赚的利润，这也能说明中国开发商的血管在上帝那里倒真是"流出了道德的血液"，不像在中国搞房地产，利润到底是多少，一直是谁也说不清的"秘密"，说了多少年，至今还是一个揭不开的谜！

其实，中国开发商说把修天堂大门工程一次性转包给印度人，确实也是一个很讲"良心"的选择，印度人或许还能保证工程质量。因为中国高铁工程经过"层层转包后"，最低一层的包工头为了生存，只能偷工减料，以次充好，在各个环节想出很多"省钱"的办法来修建。这种"潜规划"运作下的后果，正如卢春房副部长指出："铁路工程质量通病比比皆是，安全事故接连发生，质量安全的标准、程序、规定就是不能全部落实到现

行吟江湖一声啸

场，落实到岗位。"所以卢春房副部长认为："不根治违法分包转包，不根除借用资质投标等行为，工程质量安全就得不到有效保障，再多的规章制度，再频繁的检查处罚，都不能治本。"其实也不只是高铁刚刚通车，就三天两头遇停车事故；京沪高铁南京站广场的地砖通车还不到10天就返工重铺；近日新闻曝出杭州大桥原工程总指挥涉腐落马，钱江三桥坍塌后，9天时间内竟有四座大桥连续垮塌……一系列重大工程质量事故，其事故原因也是不说大家心里都明白的。

通往天堂大门岂能不重视安全，所以中国开发商认为3000元一次性转包给印度人来干倒也是一个很不错的选择。

可是，上帝听了却很困惑，那我为什么不直接让印度人来修？中国开发商立马给上帝指出：那样谁能给你3000元的回扣？我又怎么能先富起来？

（原发《西安晚报》2011年7月25日及《四川文学》）

刺贪说腐

» "阳光法"应尽快与世界接轨

《羊城晚报》5月10日报道，广东省委书记汪洋提到，要切实加强对党员领导干部尤其是"一把手"的监督，进行领导干部个人财产申报试点。广东省纪委书记黄先耀介绍，申报财产的方案已经出来了，目前正在做试点方案。"领导干部财产申报后，要在一定范围内公开，接受人民群众的监督。"这消息让人看了一喜一忧。这毕竟标志着官员公开财产"阳光法案"将在我国改革开放的前沿阵地广东正式破局，可喜可贺！而所忧的是在做"试点"，并且只是"在一定范围内公开"，会不会是还在"摸石头"？能不能真正地修桥"过河"？

恰好仅过一日，媒体就报道了法国新当选总统奥朗德未上任先公布个人财产。5月11日法国政府公布了新当选总统奥朗德的个人财产申报清单，现年57岁的奥朗德个人财产超过117万欧元（1欧元约合8.15元人民币），主要为父亲、兄弟、家人共住的

三套房产，无车无股票，却另有25万欧元债务需要偿还。因为，法国的法律规定，总统候选人在提交候选人资格的同时必须向宪法委员会申报个人及家庭财产，当选总统的财产状况以政府公报形式公布，离任总统也必须向宪法委员会提交家庭财产报告。总统财产信息可以在政府公告网站查阅。日本也是一样，前首相菅直人上台时公布个人财产仅有2240万日元，约合170万人民币，住在廉租屋里。菅直人贵为"首相"，其全部个人资产竟然不足在北京买一套房子。去年，日本首相野田佳彦等共18名内阁成员9月就任时的资产10月14日全部对外公开。首相野田资产为1774万日元，约合147万元人民币，成为日本历史上最穷的首相。

官员家庭财产申报公开制度被称为反腐的"阳光法"不是什么新鲜事，几百年前世界上有很多国家就颁布实施了这项法规。比如瑞典早在1766年就制定了《财产公示规则》；英国于1883年通过了《净化选举，防止腐败法》，将官员财产申报以法律形式固定下来；美国于二十世纪的七八十年代通过制定和修订《政府行为道德法》《道德改革法》等法律推行官员财产的申报和公开制度。在这些国家，不管是通过竞选出来还是委任的政府官员，其个人财产信息必须要公开。官员的家庭财产，从政前后个人财产增长幅度的变化，增长渠道的变化，以及配偶、子女所从事的行业等，也都必须向社会公开，广泛接受社会公众的监督。现在国际上90%的国家以及我国的港、澳、台地区，都以大量事实证明，官员财产公开对解决世界难题、官场通病"贪污腐败"会起到很好的预防作用和约束机制,可以说这已经是十分成熟的国际惯例和经验。

其实,早在1988年,全国人大就制定了《国家行政工作人员报告财产和收入的规定草案》,1995年先后出台了《关于党政机关县(处)级以上领导干部收入申报的规定》以及《关于领导干部个人重大事项的规定》,但一直得不到落实和执行。舆论一再呼吁将财产申报列入立法议程,在"正研究和论证"中一再被搁置,在《公务员法》立法时就应将此列入法规条文,却因"时机尚未成熟"而在立法时回避掉了。由于这些年社会腐败现象日益严峻,前几年一些地方如新疆阿勒泰便在当地廉政网上公布过近千名官员的财产;浙江慈溪则要求数百名官员在本单位政务栏上"晒家底",尽管这些地方的做法还不完善、不到位,却不失为参照国际惯例的"修桥过河"之举。

时下有很多官员遇事总爱说与国际惯例接轨,国内到处跑,满世界访问取经,可总是有利的事让我接轨,不利的就让你接轨。如国企高管拿高薪迅速接轨,让工人下岗失业迅速接轨,可社会保障和福利迟迟不接轨。官员家庭财产申报公开制度就是世界各国的国际惯例;官员家庭财产公开作为反腐的"阳光法"是过河大桥,"建桥"经验世界各国都有且大同小异,可是至今尚未与国际惯例接轨,迟迟不能推行。所以,全国人大代表韩德云连续七年七次提出官员财产申报公开制度的议案。每年"两会"期间,媒体舆论对其关注最为强烈,中国社科院2011年调查结果显示,七成公职人员认同公开财产,不知阻力何在?要真正发挥官员家庭财产公开的作用,不能光搞"试点",只试上一点点,

也不能只在"一定范围内公开",因为从逻辑上讲,官员自己的家庭内部公开也属于"一定范围之内",那就等于没公开。"阳光法"是一个系统工程,官员家庭财产公开,程序必须阳光操作,通过制定相关法律、法规,规定财产申报公开的范围,除了正常工资外,还有哪些财产应纳入公开的范畴,以及官员的子女以及近亲属乃至与官员发生财产关系的当事人;务必使公众可以多途径、多渠道和多种方式获取官员财产信息。这样,公开不仅是组织监督,还能使群众参与,让大家都能够看到官员透明的收入,这不仅仅是防止腐败、净化社会风气的有效途径,也是提高政府官员社会公信力的重要举措。因为是清官、是人民公仆就不怕亮家底。

作为国际惯例,官员家庭财产公开早已没有"个人隐私"问题之说,"阳光法"几百年前手写笔录、白纸公告都不存在"操作困难"的技术问题,何况当今电子时代,网络系统发达,技术问题更不存在,关键在于改革的决心。广东省作为我国改革开放的前沿,要当好排头兵,就应尽快与世界接轨。既然要改革,就不能怕涉及某些群体的既得利益,既然与国际惯例接轨就不应以"国情"作为挡箭牌。推行"阳光法",不敢"晒家底"恐怕难称"党的好干部"、"人民的好公仆"。所以,推行"阳光法"完全没必要继续"摸石头过河",应为"过河"修一座现代化、国际化标准的样板桥。

(原发《西安晚报》2012年5月21日15版)

刺贪说腐

» 官价质疑

初看《黄胜卖官明码标价：县委书记30万》的报道，感觉就像假新闻。可是打开其他主流媒体和门户网站，都刊载在显著位置，又不像是假新闻。山东省原副省长黄胜被查处的问题主要是三方面：涉嫌卖官、帮助亲属承揽德州重大工程谋利，以及生活作风问题。这三方面笼统言之，已算不上什么吸引眼球的新闻。就算"黄三亿"捞取三个亿，在当今已不稀奇，别说人家是副省级高官，由于近几年反腐成效显著，新闻披露出的小科级官吏贪腐几个亿也很常见。

报道黄胜帮助亲属承揽德州重大工程谋利，这不用怀疑，近几年披露这方面贪腐案例之多，早已令人麻木。前几天还有山西女老板丁书苗傍上铁道部原部长刘志军，两年资产增值40亿。说"黄胜在生活作风上的问题在当地也是半公开的秘密"，这也无须质疑，暴露出来的大批贪官99%都包养过情妇，只是数目或多

或少的差别。

　　关键是报道他主政德州时期进行了不少卖官鬻爵的交易，如果不是假新闻，简直就是黑色幽默："德州的官位差不多是明码标价了，比如，县委书记30万，县里某个局的局长10万，最低价码是副镇长5万。"事实果真如此吗？不能不让人怀疑。山东德州毕竟只是一个地级市，下辖八个县和两个县级市，总人口600多万，县委书记职位能有几个？如果明码标价一个县委书记才30万，如此便宜，买得起这个级别官的人有多少？这年头一官当道，威风八面，谁不想当？连象牙之塔里学富五车的大学教授们都是几十位教授挤破头皮去争一个副处长或科长，遑论堪称"百里侯"的县委书记，要真是这么"明码标价"便宜卖，恐怕德州市满大街都是县委书记了。再说最低价码的副镇长仅仅5万。现在大学生毕业找工作这么难，千军万马争挤考公务员的独木桥，谁家父母舍不得花5万元，让孩子别找工作也别考公务员，直接去买个副镇长当当多划算。如果这句当真，相信整个德州地区遍地都是副镇长。按照法制理念，就算是大贪官倒台，也应以事实为依据，以法律为准绳，依法治罪，不能夸大事实泼脏水。所以我怀疑这条新闻中县委书记30万、局长10万、副镇长5万，可能是假新闻，至少也含有水分。

　　也不只是我个人这么认为，看凤凰、新浪、搜狐、网易几大门户网站这条新闻下的大量网友留言，都认为这官卖得太便宜了。有的说："我们这里一个村长都得花50万，买一个县委书记30万，副镇长才5万，太便宜了。"有网友称赞："明码标价，

刺贪说腐

买卖公平，黄副省长要价不高。"还有网友说："价格还很亲民的，才30万，比房子便宜多了，确实是好官，一点都不心黑。"当然也有网友对此很愤怒，如搜狐北京市网友微光倾城："这厮卖这么便宜，严重扰乱物价。"搜狐广东省深圳市网友粗绳入画386689说："其错就错在未经当地物价部门批准。"说得很搞笑，却让人笑不起来，因为毕竟官价不是物价。

其实，买官卖官在中国历代都有，官价卖多少才合理，一直是个历史问题。中国历史上明码标价卖官最著名当数汉灵帝刘宏，《后汉书·灵帝纪》记载光和元年（公元178年），灵帝"初开西邸卖官，自关内侯、虎贲、羽林，入钱各有差。私令左右卖公卿，公千万，卿五百万"。《山阳公载记》上说，当时地方官售价是俸禄两千石的郡守职位是两千万，俸禄四百石的职位是四百万，明码标价，公开出售，有名声的人还可半价优惠。当时朝廷重臣的三公九卿虽然位高而实际权力有限，所以有钱人并不想买三公高位大官，纷纷买郡守、县令实权之职。郡守的实际成交价可达到三千万，而三公高位有时只卖到数百万。如崔烈买司徒之高官仅花五百万，授职时汉灵帝都说："这个官本来值千万，仅卖五百万，太便宜了。"看来古今一理，皇帝也有把官贱卖了的遗憾。老夫我本来学问奇大，可被这个新闻中"官价"问题搞得脑子也有点犯浑，总觉得怪怪的，行文至此，官位好像不是该不该卖的问题了，乌纱帽反正是上边给的，至于卖出多少价才合理，是否还得看"市场经济"？

（原发《西安晚报》2012年7月9日）

» 从察举到卖官

察举制是汉代创立的一种选拔官吏制度。所谓察举就是考察举荐选拔有治国之才的官员。汉高祖刘邦就曾下求贤诏,令从地方推举有治国之才"贤士大夫"。汉文帝二年下诏"举贤良方正能直言极谏者",因为这一年发生两次日食,汉文帝深信这是上天对他施政的不满警告,所以文帝希望通过下诏求贤才,"以匡朕之不逮"。汉文帝十五年又下诏"诸侯王、公卿、郡守举贤良能直言极谏者"(《汉书·文帝纪》),并亲自主持"对策"考试。汉文帝以开明态度不拘一格选拔人才,为国泰民安虚心纳谏,亲自制定四项内容"对策"考题,即"朕之不德,吏之不平,政之不宜,民之不宁"。也就是要求考生直言不讳地指出朕当皇帝的失德之处、官吏施政执政中的不公平、国家各项政策的不当方面、民不安宁的情况及原因,让考生们大胆地批评指正并提出治理方案。这次对策考试,晁错被选为高第,直接任命为中

刺贪说腐

大夫。从此开创了"察举"选拔人才的先河,从社会底层选拔了不少干练有为的官员,开创了中国历史上第一盛世,彪炳史册的"文景之治"。

过了半个世纪后,汉武帝听从董仲舒"罢黜百家,独尊儒术",确立了以儒家为正统主流思想。对察举人才又重新制定考察标准,一是以儒术取士,儒学以外的各家均不许举荐;二是选士要考察德行、学问、法令、谋略四个方面;三是察举分岁举和诏举两类。岁举为常科,每年推举。科目有孝廉和秀才。孝廉始为"孝"与"廉"两科,孝即孝顺父母长辈,廉即廉洁奉公,后来合二为一科称孝廉。察孝廉的对象是地方六百石以下的官吏和通晓儒家经书的儒生,由郡国每年向中央推举,其出路是到中央任郎官。举秀才主要是从现任下级官吏中选拔干部。到了东汉为避光武帝刘秀之讳,又把秀才改称"茂才"。凡满20万人的郡国每年举一人,不满20万人的两年举一人,不满10万人的三年举一人。边境地区郡国人少,10万人以上则可以岁举一人。举孝廉是察举常科也是入仕的正途。孝廉先任为郎官,然后再转迁中央或地方官吏。茂才由州推举,大多充任地方县令。另外还有不固定的诏举。无论岁举孝廉、秀才还是诏举贤良文学,到中央以后均需经过对策(命题作文考试)和射策(抽签考试)两种。对策多用于考试举士,射策多用于考试博士弟子。考试后量才录用。察举制在两汉初期曾起过重要作用,为国家选拔了大批有用之才。

之后随着政治日益腐败,势族豪强形成强大的世袭利益集团,民间贫富差距急剧扩大,地方官吏本来是"察举"人才,逐

渐演变成"察举"钱财和"察举"社会关系,谁是官场上关系户举荐谁,谁送钱行礼多就举荐谁,察举不实的现象渐趋严重。到东汉晚期,已成为官吏或豪强安插子女亲属和私人关系的工具。特别到了汉桓帝、汉灵帝的"桓灵"之世,朝廷外戚专权,宫廷阉宦用事,"群奸秉权危害忠良。台阁失选用于上,州郡轻贡举于下。夫选用失于上则牧守非其人矣,贡举轻于下则秀孝不得贤矣"。当时,察举选拔人才彻底变味了,民谣说:"举秀才,不知书;察孝行,父别居。寒清素白浊如泥,高第良将怯如鸡。"还有"古人欲达勤诵经,今世图官免治生"(《抱朴子外篇·审举》)。官场的腐败,使皇帝也夹在外戚与宦官中间无可奈何。与其"察举"都是让各级大小官僚卖官生财,还不如自己来卖收入国库,于是昏庸的汉桓帝开始对官职进行拍卖,谁出的钱多就任命谁为官;荒淫无道的汉灵帝干脆开设卖官的办公机构"西邸",把三公九卿中央高官和各级郡县主政长官都干脆明码标价卖,于是汉王朝的崩溃便指日可待了。

其实,按照孔子儒家思想,《礼记·礼运篇》云:"大道之行也,天下为公,选贤举能,讲信修睦。"这是中国"选举"一词的最早由来。通过"选贤举能"的选举达到一个最高理想的社会,就是"人不独亲其亲,不独子其子,使老有所终,壮有所用,幼有所长;鳏寡孤独、废疾者皆有所养,男有分,女有归。货恶其弃于地也,不必藏于己;力恶其不出于身也,不必为己。是故谋闭而不兴,盗窃乱贼而不作,故外户而不闭,是谓大同"。儒家描绘的这个"乌托邦"式理想社会不能说不美好,在

刺贪说腐

马克思主义传入中国时,就把"共产主义"也直接翻译为"大同社会"。而这个"大同"的前提就是"选贤举能"的选举。但是,如何选举,是官员自上而下地考察、举荐官员,还是自下而上的民主社会的公民选举,一直是一个没有解决的问题,也是在封建专制极权社会不可能解决的问题。即便在隋唐时创立了广受西方社会赞誉的"科举"制,实施一千三百多年,解决了公务员进入的门槛问题,也解决不了升迁途中的官场腐败、买官卖官问题。于是,专制集权的封建王朝便走上一个由政治清明到腐败、由治世到乱世、不断改朝换代、周而复始的怪圈。二十世纪九十年代就已流行"沾上副科边,得花七八千,副科变正科,至少三万多,科级升成县,少说十来万,县级升成厅,那咱说不清"的段子,这些年来随着市场经济物价腾飞,官价也大涨。所以,新闻报道"黄三亿"副省长卖官:"县委书记30万,县里某个局的局长10万,最低价码是副镇长5万。"这不但证明了传闻非虚,而且是水涨船高。两千多年前先圣们"选贤举能"的选举梦想,到了该再次破题、解题的时候了。

(原发《西安晚报》2012年7月23日)

» 胡说证异

　　胡说就是随便乱说,对事物状态不加分析、不论真实与否,做出一种随意且不负责任的语言表达方式。民间也叫"瞎说"、"胡掰"、"瞎掰"、"瞎掰活"、"瞎嚷嚷"。所以"胡说"就是没有根据地或不讲道理地乱说、瞎说。对于"胡说"当今时代人人讨厌。

　　仔细考究,"胡说"这个词也颇有来历:我国古代把边远地区的少数民族称"胡人",像赵武灵王"胡服骑射",如《史记》记载秦始皇时有"亡秦者,胡也"的谶语,秦始皇认为谶语中的"胡"是指匈奴,便命大将蒙恬率三十万大军,北伐匈奴,以绝亡秦之患,又修筑万里长城,以防胡人南侵。晋末之后,五胡乱华,当时的鲜卑、匈奴、羯、氐、羌几个北方少数民族先后统治中原地区。这些边远地区的游牧民族,文化较为落后,他们依靠军事力量打进中原,成为统治者。与汉人一方面有语言交流的障碍,更重要的是文化差异。汉人做事讲究礼法,依理行事;而胡人却不管这一套,完全按自己的意志说话办事,没有任何规矩和章法,没有任何礼、法依据,也不讲什么道理。所以汉人把胡人这种没根据乱说方式称"胡说",把没有原则的做事行为方式叫作"胡闹"。如汉高祖刘邦驾崩后,匈奴单于冒顿给吕后写信:"数至边境,愿游中国。"并调戏吕后说:"陛下独立,孤偾独居。两主不乐,无以自娱,愿以所有,易其所无。"竟让吕后嫁给他。面对匈奴单于"胡说"的调戏侮辱,强势如吕后也没办法,只能忍辱回信:"单于不忘弊邑,赐之以书,弊邑恐惧。退而自图,年老气衰,发齿堕落,行步失度,单于过听,不足以自污。弊邑无罪,宜在见赦。窃有御车二乘,马二驷,以奉常驾。"冒顿肆意调戏,吕后卑躬屈膝说自己老了,不想改嫁,婉拒加贿赂换取国家平安。到了"五胡乱华",胡人主政中原,全国到处都是胡人在"胡说",一时"胡说"流行起来。

  古代"五胡乱华"时的"胡说"主要是汉人与胡人文化理念上的差异,那么现在的"胡说"就不一定是"胡人"所说了,而成了某些官员的专利。如媒体报道称:河北省沧县张官屯乡小朱庄的地下水变成了红色,近800只鸡喝后死亡。由于化工厂污染致使当地40米深井抽上来的水是粉红色的,村民连400米深的井水也不敢喝,做饭用纯净水。该县环保局局长称,该厂排放达标,"红色的水不等于不达标的水"。环保局局长面对央视记者采访时,竟以"红小豆"打比方称红色的水不一定有问题,被中国网民封为"红小豆局长"。针对此事,央视连线采访中国工程

院水资源研究所所长王浩院士,王院士说地下水已经变成红色、粉红色肯定不可能合格,从色度上看就已经不合格,该局长是胡说,是睁着眼说瞎话。再如昆明小江被化工厂污染成乳白色的牛奶河,河边挖的污泥也是气味刺鼻的白色污泥,当地环保部门也依然称水质达标。其实不用院士发言,谁也都知道合格的水质首先是清澈透明、无色无味液体。可是面对胡说你却无法理论,只好请出院士权威。

现今"胡说"的环保官员不是胡人,更不一定是文化落后。如果他们不知道水的质量标准,岂能当环保局局长?但与古代"胡说"相同的一点是,之所以敢"胡说"就是因有权力在手,故意乱说、胡说,他自己心里也很清楚,就是要睁着眼睛说瞎话!面对媒体的采访追问,弄不好他还会反问:"你是准备替党说话,还是准备替老百姓说话?"因为他们的乌纱帽是上级给的,他们知道老百姓拿他没有办法。即使东窗事发也不要紧,就是一时被免职还可以带薪休假,领着公务员丰厚的俸禄和福利待遇,悠闲自在地去游山玩水;说不定哪一天又复出了,不当环保局局长了,还可以去其他局当局长,甚或官升三级也未可知,坏事还变好事呢?这种例子我们已司空见惯。官员胡说没有任何风险,漠视民众利益,不讲道理甚至蛮不讲理,想胡说就胡说,想胡整就胡整,想糊弄谁,就糊弄谁,想忽悠谁,就忽悠谁!以为天下人都是傻瓜、愚民。随意指鹿为马胡说些什么,都得让人们必须相信。"胡说"是一种传染很强的"瘟病",从河北到云南,各地各种环保事件都有各种不同版本的胡说。胡说是一种

"瘟病",传染为祸剧烈,必须猛药急治,还得杀菌消毒加以预防,不能任其传播。

秦始皇因相信"亡秦者,胡也"。所以"乃使蒙恬北筑长城而守藩篱,却匈奴七百余里。胡人不敢南下而牧马,士不敢弯弓而报怨"(《过秦论》)。但万万没有想到的是貌似强秦,二世而亡;不是亡在胡人手里,而是亡在秦二世胡亥手里。因为在胡亥朝堂上,能有官员故意"指鹿为马"地胡说,岂能不灭亡。所以习近平、李克强讲话时一再警示各种"亡党亡国"的风险,依我看很重要的一条是:要禁止官员"胡说",防止官员"胡说",只有不胡说才能拨乱反正,才能有讲理的地方,不胡说才能解决问题,化解社会矛盾;靠胡说不能解决问题,只能加剧社会矛盾,形成更严重的社会危机!

(原发《西安晚报》2013年4月15日)

» 把苍蝇拍子交给群众

在此炎热的夏季,最恼人的莫过于苍蝇、蚊子。妻子打开纱窗晾衣服,一不小心飞进了几只苍蝇和蚊子。特别有一只硕大的绿头苍蝇"嗡、嗡、嗡"的像一架轰炸机闯进我家的领空横冲直撞。妻子和女儿一下子忙起来,挥舞着两把苍蝇拍,奋勇展开了领空、领土保卫大战,从卧室追击到客厅,从客厅又打到厨房,直累得气喘吁吁,满头大汗,在付出了打破一个灯泡、碰碎一只玻璃杯的代价下,终于打死了几只苍蝇。女儿脸红扑扑地流着汗珠,边追打苍蝇,还边念念有词:"要老虎苍蝇一起打!咱打不了老虎总能拍死几只苍蝇!"妻子说:"这苍蝇最可恶!随随便便就闯进来祸害人!"而我坐在藤椅上边看报,边观战。妻子生气嫌我懒,光坐在那里观战不参战。

因为我正在读报纸上的《偷拍县长收礼缘何变成涉黑犯罪》这篇新闻报道。妻子拿过一看就惊呼:"一个中秋节,给县长送

刺贪说腐

礼的人就这么多视频,真正是'络绎不绝'嘛!不是大贪官,也是个小赃官,当地纪委干啥吃去了?"读完又大喊:"这不是老虎,至少也像刚才那只绿头大苍蝇!"报道中说,所谓偷拍县长受贿的"黑社会"、"刁民"——据13组的数位村民的说法,由于偷拍者汪某平时爱钻研法律、熟悉拆迁,他们遇到困难都会找汪某,请他出主意。女儿说:"这两人不但不是黑社会,还钻研法律、帮助村民学法用法、依法维权,是我国法律的义务宣传员呀,应该鼓励、表扬才对!上中学时老师给我们在课堂上都讲过。"与苍蝇大战暂停,一家三口都当起了法学家和社会学家,讨论起这个新闻报道。

是黑社会吗?黑社会以危害社会、敲诈、勒索、暴力非法牟利才能定性,而案主虽偷拍县长受贿镜头不但没有"敲诈、勒索"谋利,更没有危害社会,怎么就成了黑社会?这就像公民在自己家门口打苍蝇,难道还要上级批准不成?就算是偷拍行为不当,侵犯"隐私权",也属于民事自诉案件,县长去法院告赢了官司,也不过是道歉赔偿而已,而受贿应是刑事案。判案也应先刑事后民事,不但把程序弄反了,还把义务咨询法律、宣传法律的人抓起来打成黑社会。

妻子最恨苍蝇和蚊子,看着那县官住的"院子以白色围墙围住、棕色琉璃瓦砌成的牌坊为大门,里面是一栋4层的小洋楼,十分气派",再加上门口络绎不绝的送礼人,一看就知道不是个什么好官!凭一个县长的合法收入,他行吗?给贪官当部下,不行贿就难以晋升。所以基层公务员比一般民众更恨贪官,"只跑

不送,原地不动,连跑带送,提拔重用"各种"提钱进步"的段子及传闻不绝于耳,县长门前"络绎不绝"的送礼视频镜头,更让人们目睹为实!当地公、检、法为什么不按24段视频提供的线索早点调查清楚县长这些"亲属"都是些什么人?说不定这里面才有真正"权钱勾结"的黑社会组织。就算确实是"亲属",也能还县长一个清白呀!

我想对付苍蝇,更关键的是要把打苍蝇的拍子掌握在每一个老百姓手里。别怕打破一个灯泡、碰碎一只杯子。打大老虎,需要武松。拍苍蝇只要有苍蝇拍子就行。其实老虎威胁的是国家政权,对广大民众为祸最烈的却是苍蝇、蚊子,不说它们能传染几十种烈性传染病,就每天嗡嗡乱飞乱叫、晚上皮肤上叮几个红疙瘩就够你受的。因此,走群众路线、得靠民众手里的苍蝇拍子!

(原发《西安晚报》2014年6月30日)

刺贪说腐

» 高俅与沈培平及官场生态

在中国,北宋权势熏天的高俅广为人知。而沈培平不过是前不久中央巡视组才拉下马的一个云南省副省长。两人虽相隔千年,做事方式却相通。

读《水浒传》看《逼上梁山》戏,都不会忘记高太尉如何费尽心机陷害林冲,要置其于死地。林冲号称"八十万禁军教头",实际上就是军队里一个武术教官,在高太尉的眼里如同兵蚁。可是高太尉处心积虑、费尽心机想置林冲于死地,通过一系列阴谋手段大费周折才引诱林冲误撞进军机重地白虎堂,给林冲弄了一个持刀"刺杀"本官的罪名,押送到开封府去推问治罪。可到了沈培平这里就简单多了,沈培平在普洱市当书记时,曾在市委常委会上指示公、检、法办案时说:"给他们判刑,抓错的也要抓,判错的也要判。"到底是时代不同,高俅要是会如此用法,把林冲直接抓来,"抓错的也要抓,判错的也要判",直接

抓捕,判个"斩立决"岂不便捷?

想想高俅够阴毒奸险,却绕不开大宋法律,把林冲送进开封府推问。滕府尹既昏庸又畏惧高太尉的权势,林冲持刀闯白虎节堂"行刺",人证、物证都有,死罪难逃,可遇到了一个办案孔目(书记员)孙定,反问一句:"这南衙开封府不是朝廷的,是高太尉家的?"当下就把滕府尹给将住了。滕府尹虽然昏庸胆小却也知王法,识得大理,斥责孙定是"胡说",孙定却从容说道:"谁不知高太尉当权,倚势豪强,更兼他府里,无恶不作。但有人小小触犯,便发来开封府要杀便剐。却不是他家官府?"孙定连将带激,就是不能听高俅的给林冲定死罪,最后府尹才定罪为"不合腰悬利刃,误入节堂。脊杖二十,刺配沧州"。也算是从轻发落,让林冲逃脱了一死。沈培平在市委常委会上指示公、检、法办案时令人惊悚地说"给他们判刑,抓错的也要抓,判错的也要判"雷人话语时,也不知普洱市委常委会上有没有一个敢于说话的"孙定",是不是当时也当面将过沈培平,反问一句:"这公、检、法是国家的,还是沈培平的?"

高俅大奸大恶又极为阴险,引诱林冲误撞白虎节堂、押送沧州路上陷害、火烧草料场陷害,直到最后把林冲逼上梁山,也没有害死林冲。高俅虽想尽各种办法要置林冲于死地,却不敢对林冲直接来个"抓错的也要抓,判错的也要判",否则不要说直接把林冲判为死刑,就是抓进监狱,也可以让林冲在牢房号子里"躲猫猫死",也可以"喝开水死",林冲有九十九条命也得死九十九次。可见高俅虽然气焰冲天,面对大宋法律还是很无奈，远远没有沈培平"抓错的也要抓，判错的也要判"厉害。

　　沈培平敢说"抓错的也要抓，判错的也要判"，敢如此无所顾忌，确实比高俅要牛得多！倒是与另外一个人相似，那就是秦朝的赵高，公然在朝堂上指鹿为马，在秦二世胡亥说"丞相误也"表示不信时，赵高却说："陛下以臣言不然，愿问群臣。"结果群臣之中一半说是鹿，一半说是马。沈培平在普洱市市委常委会上讲"抓错的也要抓，判错的也要判"，无疑也是一种指鹿为马，但不知道当时的常委们就算有一半是逢迎附和沈培平，是否也有一半人反对，大声说出：这是鹿不是马呢？这真是一个令人不寒而栗的问题。

　　需知高俅当太尉，与蔡京、童贯、杨戬、朱勔等"六贼"沆瀣一气，已到北宋的末日，不久便发生"靖康之难"亡国惨祸。而赵高"指鹿为马"时正值秦末农民起义烽烟四起。沈培平敢这样说，绝不是偶然说错话，其由来也不是一朝一夕，他主政普洱市期间，强行推行旧城改造，曾模仿电影电视上日本鬼子侵略者的话语："同意拆迁的大大地好，不同意拆迁的大大地坏"，落下"拆迁大佐"的绰号。沈培平在普洱市认为自己可以为所欲为，无论说话多么雷人、离谱，谁也不能奈何他，没有一个敢当反驳他的"孙定"，也没有那个滕府尹虽然昏庸却也知道"王法"不是高俅家的。于是，沈书记如入无人之境，到了无法无天、随心所欲的境界。

　　"抓错的也要抓，判错的也要判"，权力大到没有边界，就没有什么法律、道理、对错可言，连黑道都不如了，因为自古杀

行吟江湖一声啸

人越货的强盗还讲个"盗亦有道"！在这位书记的权力下，老百姓还有做人的权利吗？难道我国法律的尊严在某些地方不如北宋末年、不如秦亡之时？还能不令人惊悚吗？这并非沈培平的胆子大，而是目前这种"官场生态"壮了他们的胆。中央巡视组抓一个沈培平副省长容易，但要治理这样的"官场生态"却得花一番大力气！

（原发《西安晚报》2014年5月12日被多次转载，并评为2014年全国报纸副刊美文二等奖并入选《中国报纸副刊作品集粹》）

刺贪说腐

» 鼠辈与老虎

硕鼠社鼠官仓鼠,硕鼠更肥仓鼠壮。
文明古国成江湖,故而鼠辈更猖狂。
投鼠忌器鼠变虎,忍见社鼠毁庙墙。
何当肃清鼠患日,醉酒狂歌赋华章!

这首诗是几年前我写的诸多"纪事诗"中的一首,当时是随意涂鸦,未曾想"投鼠忌器鼠变虎,忍见社鼠毁庙墙"一语成谶,竟暗合了后来习近平总书记"老虎苍蝇一齐打"。军中"大老虎"贪腐的人民币竟以"吨"计,而秦皇岛市北戴河区供水总公司总经理的科级小官竟贪得人民币1.2亿元、黄金37公斤,房产68套。不只是贪腐程度令人触目惊心,也说不清这算是"老虎"还是"苍蝇"了。其实说到底大小贪官不论是"老虎"还是"苍蝇"、"蚊子",原本不过就是大大小小的鼠辈而已。

对于吮吸人民血汗、搜刮民脂民膏的贪官污吏,自古便以鼠喻之。早在《诗经》中就有《硕鼠》之诗，《晏子春秋》中也有晏子对齐景公所言，患莫大于"社鼠"之论。若言巨贪古代也有比今天"大老虎"还大的如虎之鼠，比如秦朝丞相李斯，司马迁《史记·李斯列传》中有记载李斯者，未发迹时为郡守小吏，看见厕所中的老鼠吃的东西很肮脏，有人和犬一走近，便惊恐逃窜，一日数惊。再到官仓一看"仓中鼠"，竟是"食积粟，居大庑之下，不见人犬之忧"。于是李斯乃感叹说："人之贤不肖譬如鼠矣，在所自处耳。"译成今语就是人是贤才还是不肖之人，就如同老鼠，关键看你处在什么地方、什么位置。所以李斯立志要当一个"官仓鼠"或者"社鼠"，终于以一个"成功者的形象"登上宰相高位。这应算是我国最早的贪官"理论"了。

当中国步入江湖盛世时代，"江湖"自古无法纪，"盛世"从来出贪官，而"贪官理论"也与时俱进了，由大经济学理论家总结出"贪腐是改革润滑剂"的高论；还有经济学高喊：权钱交易的官员腐败对于改革"是次优选择，不是第一好的，也是第二好的！"更有从"投鼠忌器"上升到治安策理论，所谓"反腐亡党，不反腐亡国"论一度甚嚣尘上。其实这正是《晏子春秋》中"社鼠论"的翻版。于是乎投鼠忌器、养痈成患，让小老鼠变硕鼠，把"仓中鼠"不断提拔上升为"社鼠"。

鼠辈如此嚣张，反腐真有"亡党亡国"那么可怕吗？非也，我看习近平、王岐山这两年打了那么多的"老虎苍蝇"，党未亡，国运更昌、国势更强。前不久在"打老虎"的高压态势之下，一时还有让反贪见好就收，以防备大老虎反扑的怪论。结果

刺贪说腐

被打虎英雄一句"零容忍"就挡了回去。"大老虎"真有那么可怕吗？需知"大老虎"原本就不是什么真老虎，纵能嚣张窃国弄权也不过是一群鼠辈而已。鼠患猖獗时每读曹邺《官仓鼠》诗，最后一句"谁遣朝朝入君口？"惊人发问，总能引发无限深思，一个"谁"字含蓄极妙，耐人寻味不尽。秦皇岛"清水衙门"的科级巨贪马超群飞扬跋扈，连上级领导都奈何不得，惧怕他三分，因为上面有"干爹"罩着。马超群的"干爹"是谁？所以也不断有人质疑："谁遣朝朝入君口？"

　　　　　　　　（原发《北海晚报》2015年1月1日）

» 酸甜苦辣杂文缘

(后 记)

我自从1985年起在《西安晚报》文艺副刊编杂文，同时也断断续续写杂文，转眼已经三十年了。回首三十年编杂文、写杂文的坎坷之路，面对半身高的一大摞上百个获奖证书，检点自己出版过的十多本书，主编过几套丛书二百多卷，但唯独还没有结集出版过自己的一本杂文集。

所以编选这本杂文集时，回想起三十年伴随杂文坎坷路，心中不免是酸甜苦辣五味杂陈。

其实这大半生烹文煮字，与杂文结缘最深，时间也最长。1984年年底我从秦始皇兵马俑博物馆调到《西安晚报》，当时的《西安晚报》是全国著名的四大晚报之一。1985年上级就命我跑文化新闻的同时，负责编文艺副刊的"秦镜"杂文专栏。这杂文编辑一干就是三十年，从最早一个副刊杂文专栏，由于社会影响

后记

不断扩大,到1998年后逐步变成了一个名叫"漫笔"杂文随笔专版,又是十七年,几乎耗去了我人生岁月最宝贵的光阴。

我第一次写杂文是我刚调到报社时,还正在谈对象。二十世纪八十年代女孩子们谈对象不讲什么有房有车的问题,但有一个很重要的标准就是要求男子身高一米七五以上,而我的身高恰恰不达标。我当时谈对象的女友面容姣美、高挑身材略高于我,她很喜欢我的文才,但也不能免俗对我身高略有微词颇觉遗憾。而我此前在秦始皇兵马俑博物馆工作时,曾接待过很多国家元首和中外文化名人,近距离给他们讲解。这些大人物身材魁梧高大者不少,但比我个子低的也很多。给女友说起这些我亲身经历的事及这些人的个头身高情况,女友听得入神却又半信半疑,她对这些赫赫有名的大人物印象都来自银幕荧屏。于是我便写了一篇《爱情高度问题》的文章,署了个笔名"三笑"当作杂文发在报纸上。发表时被部主任删节了一些当时忌讳的内容,标题被改成了《爱情高度与矮子英雄》发表了。不用说,这篇文章也打动了女友芳心,当年的女友已是现在我的老妻,一对儿女皆已成人。这是我平生第一篇所谓的"杂文",此前我发表的都是专业刊物上历史考古学术论文,而正是这篇杂文,改变了我的生命轨迹。最早一次获全国奖也是杂文——即1987年"郑州亚细亚杯全国晚报杂文大赛",我获得全国晚报杂文大赛优秀编辑一等奖,自己写的杂文也连连获奖。虽惹了不少麻烦也感到聊以慰藉。

1989年,我回到母校西北大学中文系读研究生,所写的硕士论文也是杂文理论研究。硕士论文的指导老师是《现代杂文史》作者和全国著名的鲁迅文学研究专家张华教授。张华先生生前一

直鼓励我将这篇8万多字的硕士论文扩充一下出成一本专著,可因种种原因,一直未能如愿完成。不过,后来选取其中部分内容,分别发表在两个大学学报和理论刊物上,连续三次获全国报刊论文一等奖。

回首当杂文编辑与写杂文,更多的是苦涩回忆,报纸上"杂文"小专栏是一片带刺的玫瑰园,看起来很艳美,香气浓郁,但侍弄起来麻烦却很多。花上带刺常常是惹得公公嫌、婆婆怨,一不小心刺着哪位权贵的手,麻烦就来了。在报社干副刊的都喜欢编小说、诗歌、散文其他文体,谁都不愿意编杂文。杂文没有锋芒不行,不尖锐、不犀利、不敢触及社会现实问题,不只是读者不买账,报社领导也不满意。不是今天批评"你怎么搞的,稿子都是温吞水,不痛不痒,隔靴搔痒都挠不到地方?"就是要求你杂文栏目必须切近现实,干预生活,也不说杂文是什么"匕首"、"投枪",至少要像治病的银针,能触及社会痛感神经,再不济也得挠到社会现实生活的痒处。可是发出的杂文一惹来麻烦,又批评你没把握好尺度,撞上了红线。常常对我的指导除政治性词汇话语外,印象最深的就是常教导我:就像你给人挠痒痒,挠得恰到好处,皆大欢喜;如果挠不到地方,挠痛了甚至抓破了皮肤、流了血,人家岂能不找你麻烦。又告诫我,你是杂文编辑,与业余作者不同;人家是业余的,是作者,出了事没人家一分钱的事;可你是编辑、是专业工作,也是饭碗,不能把自己的饭碗弄砸了。当杂文编辑可以说左右都是为难,写的编的稿子被枪毙的最多、无效劳动也最多,挨的批评更多。那时我很年

后记

轻,慢慢地对批评便习以为常了。当时主任是老报人李炎老太太,她不只是理论水平高,为人心肠也很好,批评你也是真正地爱护你、真心在保护着你。多次惹了些祸事都是她替我把责任承担了。好在二十世纪八十年代后期那几年虽然批"自由化",但也说明"自由化"风气较盛,舆论相对宽松,也是杂文相对繁荣的时期。后来所遇坎坎坷坷,其间甘苦,唯有自知。编过、写过多少篇被枪毙掉的废稿子,又遇过多少次大麻烦、停过职、作过多少次检讨、受过多少次处罚,我也记不清了,就不说了,只提两件事吧,九十年代曾为一篇小杂文,毁过已经印刷接近大半的17万份报纸;两千年后又曾为一篇小杂文,我被罚款1000元,主任及值班总编也陪着各罚款1000元,共计3000元,都从各人当月绩效工资中扣除。所以对杂文我真是又恨又爱,又爱又恨。恨到极致时,心中发誓今后永远不再写杂文。

二十世纪八十年代后期杂文热时,我编杂文同时也写了一批杂文,当时也曾想收集旧作出一本杂文集。可当时出书难,出杂文集更难。记得二十世纪九十年代,曾将旧作编了一本《猪狗牛如是说》,但不愿掏书号费自费出书,又放下了,不是花不起书号钱,而是觉得有伤自尊。可是后来搬家时,编好的杂文集和几大本作品剪贴摞在一起,忙中生乱的疏忽,被收破烂的和其他旧书废报纸一齐收走了,全部丢失。不仅在外地报纸发表的很多文章根本没法找,就是本报合订本也因报社搬迁封存于很远的一个地下室仓库,也没法找了。当时确实痛心不已又无可奈何。妻子见我十分郁闷,对我既调侃又安慰说:"别人花钱发论文、出书

有目的,比如为了评职称,你出了那么多的书,年纪轻轻什么都有了,哪在乎多一本少一本?杂七杂八的小文章有啥意思嘛!"我想想也是,可这些小杂文毕竟也是自己的心血,也是自己的心路历程的记录。妻子又调侃说:"那时你出的书都没打动我,还不是你那篇《爱情高度》杂文把我骗到手了,还获这么多奖。你够本了,值了!"说得我只有苦笑。此后也不再想出杂文集的事了。

但是,就像夫妻生气、吵架、打闹却离不了婚,我与杂文缘却一直未了断,相反更深了。

我这人性格就是"血性文章心血成,路见不平吼一声",遇事总想说出来,如鲠在喉,不吐不快。2000年因一篇《神圣的荒诞》杂文批评中学历史教科书六七百处"硬伤"问题,竟形成了一个大新闻事件。当国家37位权威批评"《西安晚报》所发郭兴文之文,严重夸大,歪曲事实",当《人民政协报》和许多家大报在整版文章的"编者按"中都引用"郭兴文怎么说",我又继续写文章论战。想不到我那篇《神圣的荒诞》获得全国金奖,后来我在被树立为"专家学者型新闻工作者典型"及荣获第六届韬奋新闻奖时,颁奖词里除其他成就外都有一句"作为地方报记者,批评中学历史教科书六七百处'硬伤'错误,单枪匹马论战三十七权威"的表述。此后,又因几千万工人下岗及大卖国企狂潮等问题,又写了多篇文章点名批评多名"主流经济学家",甚至从理论源头评说"稳定压倒一切"的口号,被有些人扣上"反改革"的大帽子,我强辩这是反思改革中的问题,不是反改革。

后 记

再后来因"少陵原之风"征文，针对来稿中的问题，写了一篇《杜甫故里原本少陵原》，想不到又惹了麻烦，河南几十位研究杜甫的"权威"专家又批我"妄挪诗圣故里"，我又不得不奋起连写文章应战……于是乎，领导同事和我开玩笑说："这家伙就是个'战争贩子'！经常惹事。"想称赞我时又说是"文坛侠客"、"剑客"。回想这些年我写的杂文总与国家一些事件相关，虽然也曾惊出过几身冷汗，也有人说我文章"点名叫响，直戳戳地写杂文，放在过去就是不打成'右派'，也是反革命！"幸好现在不以言治罪了。而我最早是搞学术写论文，学术就是较真，针对谁的观点就是谁的观点、针对什么问题就是什么问题，就是要说得一清二楚。所以在论辩式杂文中也不含糊其辞。有些人说"立论不冲向人"，那不是江湖滑头的废话，就是骗子骗人的鬼话。我写的就是杂文，学习的就是鲁迅，宁可直击时弊，向"时评"文章靠拢，不写那些貌似正确却找不着边际，或"心灵鸡汤"伪圣人文章。更讨厌玩弄心术，甚至是坏人心术的文章。我赞赏"血性文章血写成"的气概，我钦慕前辈报人"铁肩担道义，辣手著文章"的风骨，虽说我肩膀没那么硬，但也尽量让小文章有所担当。认为"人无血性文无骨"，在多次风波过程中，我都曾赋诗纪念：

我行我素写文章，心正笔正气浩荡。
不谄不媚不攀附，敢说敢言敢担当。
析骨为笔皮作纸，以血为墨破魔障。
单刀直入作狮吼，光明磊落渡慈航。

行吟江湖一声啸

我行我素写杂文,匕首投枪并银针。
人无血性文无骨,佛无正法天魔侵。
江湖时代行江湖,笔作长剑可诛心。
激浊扬清唯大道,只斩烦恼莫论身!

我行我素不张扬,不逐名利心不忙。
善恶有报知因果,天道循环理昭彰。
千秋文字千秋业,无须他人论短长。
成败是非何足论,祸福无常心平常!

聊以自慰的是,公开发表出来的这些杂文,最终不但都没有事,有些文章被很多报刊反复转载,收入几十种选本乃至《中国新文学大系》,有些文章甚至形成当时轰动全国的"新闻事件"。这本《杂文集》尽管都是2000年后的小文章,但终留下一些历史的雪泥鸿爪,也留下我自己的心路历程。所以在编选时,不是按时间顺序,而是按类型分组。有些事件相关文章较多,只选了其中主要在报纸上发类似杂文的篇章。有一些时评文字及杂文,还有发在杂志上太专业的论辩文章就割爱了。

感谢群众出版社能支持我出这样一本杂文集,也感谢杂文大家阮直兄一直督促我,又勾起我早已放弃出杂文集的念头,编出了这本小书。朋友、读者诸君见笑了,心情滋味,五味杂陈,不论文章好不好,但我说出来的都是真话。